DANG CHENSI
CHUANYUE SHIKONG

当沉思穿越时空

王既端 / 著

ARTTIME
时代出版
时代出版传媒股份有限公司
安徽文艺出版社

图书在版编目（ＣＩＰ）数据

当沉思穿越时空/王既端著. —合肥：安徽文艺出版社，2017.9
（2024.11 重印）
ISBN 978-7-5396-6134-6

Ⅰ．①当… Ⅱ．①王… Ⅲ．①中国文学－当代文学－
作品综合集 Ⅳ．①I217.2

中国版本图书馆 CIP 数据核字(2017)第 169564 号

出 版 人：姚 巍
责任编辑：欧子布 汪爱武 装帧设计：徐 睿

出版发行：安徽文艺出版社 www.awpub.com
地 址：合肥市翡翠路 1118 号 邮政编码：230071
营 销 部：(0551)63533889
印 制：三河市兴国印务有限公司

开本：710×1010 1/16 印张：22.25 字数：350 千字
版次：2017 年 9 月第 1 版
印次：2024 年 11 月第 2 次印刷
定价：69.80 元

contents
目　　录

第二辑 随笔·评论

第三辑　解说词·文学本

■ 任秋声寒色来袭,我自梳理过往

一

这本书,出还是不出,纠结了差不多10年。

退休之后,就想为自己做一件事,把过去零零散散发表于省内外报刊的文章结集出版。

出书总还是希望有人看的。可是,给谁看呢? 我脑海里总是没完没了地琢磨着昆德拉说的一句话:"我们写书的理由是,我们的孩子们根本就不屑一顾。"什么意思? 先且不管它了。我还是想到了两个主要读者群。一个是我的家人、我的亲友,重点是我的后代;另一个是我的一些同事、同学和学生。然而当我一想到我后代的这几个孩子,基本上都是以手机网络阅读为满足,纸质书籍在他们身边常常备受冷落,我就没了自信,没了动力,因为我想出这本书主要就是为着他们的,最应当要阅读的就是他们。赫尔岑说,书是这一代人对另一代人精神上的遗言。徽州的很多有点文化的人似乎都看重这种家传之风。但是我没有能够在他们最关键的年龄段很好地培养起他们手不释卷的阅读兴趣和阅读习惯。我没有足够的能力抗拒潮流。

我常常为此而陷入深深的痛苦与自责之中,常常久久地看着我的几个大书柜发呆,严重的时候甚至被这种挫败感撞击得心理崩溃。当然我明白这绝不仅仅只是我的后代的问题。有一次,我就在课堂上因学生对我指定的课外必读书置若罔闻欲大言相骇，忍到下课前转身在黑板上"笃笃笃"书出台湾痖弦的几句诗，然后头也不回走出教室：

一队队的书籍们/从书斋里跳出来/抖抖身上的灰尘/自己吟哦给自己听起来了。

《寂寞》

葡萄在摩天大厦的阴影下/烧掉爱因斯坦的胡子/痛苦着世纪。

《世纪病》

以往我自以为在阅读方面，家族里甚或老家周遭是可以堪称榜样的，大人们训教孩子往往添枝加叶地拿我说事，但是我这个"榜样"越来越没有什么力量了。我的几位教文学专业课的朋友，竟然也在我面前苦诉他们越来越失落的职业忧虑，说难有呼应，难有共鸣，普遍缺少累积性阅读和思辨性阅读的自觉，急用搜索成了当今为数不少的忙碌学生一种主要浏览阅读方式。我不禁回想起自己当年阅读台湾林文月《读中文系的人》后的那种自惭形秽的心境，更不必说和那些终我一生也不能够望其项背的老一辈饱学之士相比了。

我不时受到"观念陈旧"的批评，纷纷要我务必清醒识别代际诉求的差异。

正所谓人贵有自知之明吧，我何必又去思量有没有人读这样的事呢（女儿说一定认真读这本书，给我以很大的宽慰）。赶紧的，连张爱玲前辈也催了："年轻人的生命三年五年就是一生，可老年人的生命十年八年只是一瞬。"

二

业余写作于我，是一种饶有兴味的爱好，也是一种消遣时间的方式。不同时空里的我的周围，有多少男人牌打得好，棋下得好，书画舞弄得好，或者要么观天下足球,强国兵器,股市风云,滔滔不绝,头头是道,他们多么有男人的雄风!而我总是感觉自己是刚从偏僻乡野走出来的,我本田舍儿,安知天下事,孤陋寡闻,清汤寡味,笨拙得钻不进去,只好选择一款适合自己的把玩。既没有写作规划,又没有写作压力,想什么时候写就什么时候写,想怎么写就怎么写,随性自由。就这样几十年一路孤独走来,勉为其难地合成了这本书。

其实,我的初心是想当作家的。五十多年前读初中、高中都写过"我的理想"的命题作文,我都是真实地表达了我将来要当作家的梦想。那年月,家贫如洗,我就从废品收购站买旧书旧杂志来读,和《人民文学》《安徽文学》就是这样结识的,越读对作家越崇拜。现在回想起来,我对很多作家作品的了解,都不是为了考试,也不是为了应对老师而去记忆的。虽然作家梦早已破碎,但业余写作让我有了一生的生活乐趣。

原本还想请位评论家写个"序"的,如省文联专业作家许春樵先生,安徽大学中文系教授王达敏先生、赵凯先生,《合肥晚报》原资深编辑曹志培先生等,他们都是我所敬重又有私交的文艺评论家,但我最终还是决计不去做那种"谋财害命"的事,无端地浪费他人的宝贵时间,还是自说自话个"序"罢了。

书中所辑,基本上均以报刊发表日期为序(电视片以制作时间为序),并且尽量标明报纸栏目,以示对编辑工作的真诚尊重。我在数月搜集整理文稿的过程中,情不自禁想起当年和《安徽文学》的黎佳前辈、蒋维扬先生;《安徽日报》的葛崇岳前辈、史雄飞先生、车敦安先生、殷伟先生;《合肥晚报》的曹志培前辈、王行先生、檀津生先生、周坚女士;《文化周报》的张纯道前辈、笑眉女士,等等,和他们因稿结缘,时过境迁,而君子之交念念不忘,值此对他们表示诚挚的感谢。我还特别感念省外的报刊编辑,北京的《作品与争鸣》、天津的《散文》、河北的《散文百家》《文论报》,上海的《新民晚报》以及湖北少儿出版社等,素昧平生,自由投稿而被选用,真正体现了读者与编辑关系的一种特别令人怀念的纯美和朴实。

三

　　我启动这本书的前期编辑工作时还是暮春,忽忽深秋了。校园里,大院里,落木萧萧伴随着秋声寒色,我依旧宅在书房继续着我的梳理过往。古稀沧桑感悟自然是丰富的,虽一生无法企及余光中先生那样的文学境界,他从青年时代就一直寻找"精神之乡"(他把屈原、李白、杜甫、苏轼和济慈、雪莱、凡·高、王尔德等都视为"精神上的家人"),但我在高山之底,零零碎碎也留存了一些岁月爪痕。至于将来这些文字是否对我的后人有点价值,实在是不敢妄想也确实是说不好的事。我知道,"生命中,不断地有人离开或进入。/于是,看见的,看不见了;/记住的,遗忘了。/生命中,不断地有得到和失落。/于是,看不见的,看见了;遗忘的,记住了。"(几米《月亮忘记》)。所以,趁着夕阳尚能映照出我的影子,就留下一点记录人生轨迹的文字吧。

　　哪怕不屑一顾。

2016 年深秋,合肥

第一辑

散文·报告文学

性 情 流 纸

　　散文写作是最需要心灵自由开放的,无关写作境界和写作技艺的高低。30 年前我在答《文学青年》学员问时就坦承,自己曾经是个"杨朔散文模式"的狂热追随者和模仿者,杨朔的几篇抒情散文代表作《茶花赋》《泰山极顶》《荔枝蜜》等,在整个中学语文学习中几乎是占据了我对散文理解和喜爱的全部,直至二十世纪八九十年代经历文学多元化的洗礼,我对散文作品和散文创作理论阅读视野才不断开阔,不断检讨自己过去的偏执和狭隘。于是广泛阅读林语堂、梁实秋、郁达夫;阅读曹聚仁、聂绀弩、柯灵;阅读沈从文、施蛰存、孙犁;阅读余光中、王鼎钧、董鼎山兄弟;阅读龙应台、林文月、张晓风;阅读史铁生、梁衡、冯骥才……

　　我的散文观念的解放无疑是跟随着社会的文艺思想的解放步伐的,也是跟随着散文阅读广度和深度而拓展的。杨朔散文固然是无愧于那个时代的美文,但那种主题先行的时代讴歌,那种精美到极致的描写述怀,且被模式化加以推崇,导致严重偏溺,本就不是件正常的事,至少给和我一样的一代文学青年带来了不小的影响。我经历了比较长时间的痛苦反思过程。从辑入这个集子里的几十篇散文来看,前后的变化是比较大的,这个变化主要就是我的散文观的变化。最明显的一点就是后期的散文真正是在心灵自由开放的状态下随心而写,纵令性情流淌于纸上,"一蓑烟雨任平生",便多了几分坦荡,少了几分矫饰。而如散文大家杨朔先生他们这一辈作家就因为种种的缘故而难能像今天这样任文思驰骋。记得有一次,一位省报副刊编辑朋友向我约稿,他正色对我说,以后少写一些《画眉声声》《哪儿是大海,哪儿是平原》那样的散文了,我怵然心跳,接受了朋友的劝告。

1982 年我在《安徽文学》发表了第一篇散文《竹话》。至今我还珍存着责任编辑黎佳老前辈为指点我如何修改这篇习作给我的一封长信，而且特让我惊奇的是前辈在信中还画了一幅我家乡徽州山区常见的竹编斗笠图，多年后我才知道老先生还是位著名漫画家。一封信，足见编辑老师对文学青年的提携是何等的热心！1990 年，家乡文化局局长吴建之先生来信嘱我为《祁门文艺》供一组散文稿件，并要配发评介，为我辟专刊。为此《合肥晚报》资深编辑、文艺评论家曹志培先生为我撰写了《乡情·亲情的呢喃》，真让我如见黼黻，如听琴瑟，给我以很大的激励，所以这次我附录了曹志培老师 26 年前为我写的这篇评论。还有一件事不可不记，有一次我为白榕老先生送去一摞稿纸，一见面先生就和我寒暄谈笑，猝然间顺手拿起一支笔，在稿纸上写了"文章虽不多，篇篇尚可读"，字写得很大，我问："是说我吗？""当然是说你，你送我 10 本稿纸，我送你 10 个字。"他老顽童般笑眯眯地看着我，慈祥透过镜片传递给我。来自一位著名老作家的不虞之誉，让我这个后学晚辈在和他议散文创作、议社会风气的侃侃而谈中深受鼓舞，信心倍增。

写作是件苦事，需要激情，需要思考，需要坚持，需要沉淀。"文章千古事，得失寸心知"，几十年的散文学习实践，我逐渐积淀了一些新的领悟，而今重翻旧作，尚未有不忍卒读的反应，所以才敢每日戴起老花镜端坐于书桌前，数月劳作拾掇这件事。

我的散文创作的灵感，得益于平日的留心观察思辨和认真倾听，随时记下片鳞半爪。报告文学《黏质》和《用灵魂铸造》也是如此。《黏质》来自和老朋友许公炳的一次闲聊，"太后瓷厂"其人其事就发生在他插队落户的地儿，他是个对生活敏感度极高的戏剧作家。我大受感动，趁着春节返乡探亲，竟置父母于不顾，一头扎到厂里去数日不回，收获了《黏质》。《用灵魂铸造》的触媒点来自当时的同事钱维道先生，听他对儿子的班主任多次猛烈夸耀而大受感染，先后采访了几十位学生、家长和老师，丰收了《用灵魂铸造》。而那篇《"荣事达"向您招手》乃是受人之托的软广告，为了报社利益。但因对工厂环境极度的陌生,而对现代家电生产又殊觉新鲜,故而采写中似乎就特别地深入细致,唯恐差错。虽是动机不纯的帮忙之作,现在倒也还勉强看得下去,姑且留下它了。

　　散文是我一生的钟爱,只要鬓毛虽衰但尚可动笔,我还是想继续读、继续写的。

2016 年 7 月

竹话

　　我常常梦幻般地想象着那位最伟大的自然画师是不是我的同乡,若不是他在调色着彩的时候偏心,把绿浓浓地往一处泼洒,何以我家乡一年四季总是郁葱葱翠滴滴的呢。你看,山林田野,绿的;茶园溪流,绿的;竹林,绿的……

　　我家乡地处皖南山区最南面,她不仅以盛产"祁红"驰名于中外,而且也是我省竹子的重点产区之一。当你一踏上我家乡的土地,往山里进去,你就可以看到一处处翠竹成篁,或是碗口那么粗的毛竹、园竹连成片的竹林子,或是酒杯口一般粗的红壳竹、桂竹、金竹等组合的竹园子。在这个大家族里,它们姐妹各显丰姿,美得真叫你看了心醉。

　　更令人看了心醉的,恐怕还要数我们村东头那一大片竹林。它,林中有园,园外有林,相缀互衬,美里添娇。在全县东南西北四乡,也可堪称一绝了。那竹林的位置也极好,上掩瓦舍幢幢,下映流水弯弯,沿着村前的河畔和石板路两旁延伸而去。丛林中,一块竹园突兀而起。看竹子的体态,都是长得十分匀称的中号粗竹。为何比大竹林还高出一头? 原来,这块竹园,是在凸出地面一米多高的土坝之上。土坝周围,全是妙手斧凿过的青石垒砌而成,这无疑是我们的老祖宗兴修的工程了。若再细细看去,那竹的品种却是不一的,有红壳竹、金竹,还有珍贵的斑竹。它们亭亭相间,各显窈窕,是那样和谐地统一于一园之中。我常瞎想,说斑竹只特产于湖南湘江,恐怕只是历史传说。古人既已说那斑竹上的紫褐色斑点为尧帝之女湘妃恸哭丈夫舜帝的泪水所染,当然斑竹也就跟着安上祖籍了。莫非我的祖宗还是湖南人,这斑竹还是从九嶷山下嫁过来的吗?

你看,那土坝上下的排排修竹,亲密无间,相得益彰,美如几百个婆娑多姿的舞蹈演员,在数千观众的团团簇拥之中,云集在一个天然大舞台上,风采好不动人。

正巧,村东头第一幢就是我的家。开门见竹,推窗见竹,月下看竹影,风里品竹韵,抬脚穿竹巷,归时入竹舍,真是妙不可言。我从小就爱上了这片竹林。每当雨后春笋生长季节,爸爸妈妈上工了,我就跟着爷爷坐在门口,担负着看守竹笋的义务。爷爷常用小篾条、小竹节筒给我做玩具,我也常常仿着大人动刀弄篾的。后来上学了,学画画,我什么都不爱画,就爱画竹子。我经常端个小竹椅坐在门口,静静地一边看一边画。进了初中,陆陆续续读了点古诗,感到很有味道,凡是课本上的,不问长短我都能背下来。白居易的《琵琶行》那么长,我也很快背熟。有一次,我突然问语文老师:白居易诗才这么伟大,他写过竹子的诗吗? 老师说,唐代有个画家名叫萧悦,他画的竹,被时人盛誉为"举世无伦"之作。白居易因得到他一幅珍贵的画竹,喜而作了一首《画竹歌》赠予他:"婵娟不失筠粉态,萧飒尽得风烟情。举头忽看不似画,低耳静听疑有声。"我听后兴奋不已。后来,我又知道清代有个工于画竹的郑板桥,而且诗书画三者兼擅,于是我又常常抄背郑氏的竹画题诗。我实在想不起,当时在我眼里,还有什么能像竹一样,给我美感,使我陶醉的了。

听父辈他们说,这片竹林,是老祖宗当初安居此地,造房子的时候就栽下的。有说是在清朝康熙年间,还有说是在明朝万历年间,众说纷纭。随着人丁的兴旺,这片竹林也随之繁衍茂盛了起来。新中国成立前,家乡虽日复一日悲凉萧疏,民生凋敝,但因这山坳坳太偏僻闭塞,不曾成为兵家必争之地,绿岗翠林,枉自多矣,倒也没有受到战火的殃及。解放了,分田分地,分山林茶园,就是这片竹林没有分,一村子的翻身主人都有份。互助组合作社,田地茶林集体化,唯有这片竹林用不着"化"。大家都把它看成是集体的,又都把它当作是自家的,冬去春来,爱护着它,培育着它,享用着它。

木、茶、竹被称为山区三宝。在我的故乡,竹与山民的物质生活和精神生活更是关系密切。每年春雨季节,小溪大河涨洪水,男人们就忙着放木排竹排,放到收购地点卖给国家。小小竹排水中游,巍巍青山两岸走。农家人点着篙,唱着曲,可乐着呢。其实,每年卖出的竹子并不多,主要还是自用。你不妨再挨村挨户去转转、看看,就明白了,这里的农家每年的用竹量该有多么大。收割了,不能没有稻箩;采茶了,不能没有茶筐、茶篮;晒稻谷玉米了,少不了卷簟,笾子;挑灰担粪,离不开簸箕。农家人过日子,摘菜的菜篮,小孩的摇篮,冬天烤火的火篮,凉床、躺椅、小座椅,还有上工用的茶筒、菜筒、饭筒、斗笠……一年四季,谁家又能缺少得了这些家什?

如同刺绣产在苏州,苏州城府必是刺绣一流云集之地一样,我们家乡编制竹器精品的能工巧匠多的是。那一双双手摆弄起篾丝来,真的巧如下凡仙女穿梭织锦、丝丝入扣。你在山里转的时候,只要眼睛稍留点神,就会经常发现好些工艺精致的竹编竹器,叫你赞叹不已。比方说,采茶或者耘田草的时候,女人们头上戴的小斗笠,就很见功夫。巧匠用分得很匀细的青皮和二黄丝篾编出各种图案花样,衬以绿油油的箬竹鲜叶,又用各种色彩的篾丝镶上一簇花边沿儿,不问尖顶的平顶的,妇女们戴着都顿时大添姿色,尤其是十七八岁的姑娘们,又特别爱美一些,她们不满足于此,又在斗笠上穿一串洁白的野生"珍珠米",半椭圆形的从两鬓挂下,圈到脖子或胸前,就像戴了珍珠项链一般,更增添了一种自然的光彩。

还有,孩子周岁生日,姑娘出嫁,都少不了用几只竹篮装生日鞋帽衣裳、小件嫁妆。吉日喜辰,用的竹篮可就大有考究了,平日里用的那种粗陋的长篮、圆篮,哪里出得了手?都是诸如元宝篮、月牙篮、圆盘篮、宝塔篮、葫芦篮、宫灯篮,还有各种花篮等等,小巧玲珑,体态妩媚,质地精优,款式奇巧。而且,出于不同流派的高手,又呈其许多独特微妙的工艺风格来。在长辈们品头论足时,我常听到这么议论,说我们村名震西乡的老泉伯的祖传风格,无论是分篾用篾,还是式样构造,都和"南乡第一刀"的许跛子竹匠不一样,真是一行有一行的妙处。

老泉伯是我们大队德高望重的老党员、老干部。1958年他被提拔到新成立的人民公社当副社长,可他坐了几个月办公室,就卷铺盖回来了,说:"不行,身在竹林不劈竹刀,岂不枉了今生!"回来后,正职也不肯干,坚持靠劈他的竹刀吃饭。老泉伯的手艺系五代祖传,又加上他自小在景德镇陶瓷厂当过几年画红艺徒,更使他出手的竹编、竹器锦上添花。他的竹篮、竹帘,他的竹花瓶、竹屏风,都是精编细琢之品,尤其是竹盘、笪箩,更是他的绝妙佳作。我最爱他的笪箩了,各种各样的都有,那里里外外凸现出来的花草鸟虫、几何图案,全是用形形色色的篾丝编出来的,而不是成器后再画上去的。那盖顶和把手耳朵,不是山雀儿停在上面放喉,就是山花在上面飘香。你说他们是多么会装点生活,多么热情地追求美,为人们创造美!逢年过节吃早点心,或是招待贵客,农家人就用它盛糕点、土糖、瓜子。八仙桌中央一个大竹盘或笪箩,里面放着七八个花色品种,周围是式样各异的小竹盘、小笪箩,犹如众星捧月。老泉伯的扎纸术也很高妙,端阳扎彩龙船,中秋扎长龙灯,春节扎灯笼,土剧团扎戏帽行头,样样在行。"文化大革命"前的正常年景里,老泉伯可忙乎了,一年四季,粗工细活,生意很是兴隆。

关于竹,我的记忆一向是美好的。不料在"文化大革命"的年代,故里村头的那片竹林竟被砍光。据说是出于营造"大寨式农田"的需要,连竹根都被刨尽。所幸冬去春归,乡土又绿,近几年,那竹林终得恢复,又漾起一派新碧。我珍爱这失而复得的世界,而且,我总觉得,这竹园里似藏着一部无字的"竹书纪年"。如果说,这一反一复的历史曲折是无可奈何必然发生的话,那么,愿人们以史为鉴,让青山翠竹长存。

1982 年《安徽文学》第 8 期

家乡树情思

一、苦槠晚节

桥头小河畔，绿绕孤村边。一身粗壮，半空葱茏。那就是苦槠的姿影。山外来客赞赏她的古朴参天，本土乡民念叨她的临危救命。

苦槠果在盛夏冒着酷暑孕育胚胎，待到柿子红栗子落的深秋时节，苦槠果也在向人们热切招呼，该收获了。于是，放学的、牧牛的小儿郎成群结伙，奔向苦槠树，大把大把地把果子抓进书包里、布袋里、衣裙里。

我曾经在那里留下多少脚印？

如橡、似丸，栗色的苦槠果，能制粉做粑和面，能磨浆做豆腐凉粉。五谷丰登年景，它偶尔上桌，平添乡野之味；灾荒之年，却靠它来充饥，那年苦槠果空前丰硕，累累枝头，好一似槠仙从远古童话中匆匆走来，有心要解救乡民疾苦。

过去，我总以为她只是我故里的乡土象征，但是错了。远古时代我们的祖先，就会粗制加工槠果面粉以为主食，古有记载为证。她也登大雅之堂，汉武帝扩建的天子之上林苑，就有槠绿点缀其中，天然一体。

呵，槠树，原来你还是祖先食用过观赏过的树！我想，千百年后的炎黄子孙，是否还能知晓，她还曾立过救乡民于"饥馑"这一大功劳呢？

然而不幸，某年初夏，苍穹霹雳，雷电穿心，她被烧焦了，残废了，日渐枯槁了。一村的人都为她悲痛叹息。她再也没有为村民孕育果实的能力了，也不能再以葱茏的丰姿装点这江山的小小一角了。

但是她没有倒下,没有颓废,也从不希冀受恩于前的村民对她施泽于后。她只是把根牢牢地扎在土地的深处;她只是希冀在风烛残年中还能报答哺育她的大自然。

——在她的那只横空在村前青石板路旁的断臂上,当人们还没有留心于她,两对丛叶婆娑、翠绿欲滴的丝绦便神话般地垂挂了下来。见其渐长,见其渐茂,宛如一群下凡的仙女穿梭织出的精致工艺品——却原来是几根粗粗的藤蔓,虬龙般攀附着她的残躯,欣欣向荣。

多美的两对绿绦绦!一长一短,参差有致,对称相垂,盎然成趣,真不知是谁人裁出?

啊,枯木朽株,巧夺天工,为我们村扎起了一个多么富有诗画情意的门楼!每当她飘拂到我的眼前,飘拂到我的梦里,我就仿佛听到了春之声,看到了春之色;我就要情不自禁地想起,那棵鞠躬尽瘁、高风亮节的苦槠树。

二、白果芳名

银杏,银杏,多么美的树名!

你看我有多孤陋寡闻,小时候爬银杏树,食银杏肉,吹银杏壳,在银杏树下扒泥、打洞、讲故事、抓特务,却不知道银杏就是白果!这几年,我又偶尔在文艺作品里看到了银杏,我特别喜欢由她给作品点染的那股清新的乡土气息。然而我还是不知道,我儿时朝夕相见的白果,还有个这么美的芳名——银杏!

我记忆中的银杏,在我外婆居住的古镇村口。一座低矮的茶园土坡上,两株银杏相依相偎,仰望到顶上就怎么也分不清哪是哪的枝和叶了。那两株银杏,一定记下了我寄居外婆家时的许多稚气的童趣……

有一次,看黄梅戏《路遇》回来,行至银杏树下,一位调皮的小舅舅把我和田娟拉到一起,逗我们拜三拜。"拜就拜!"我真的傻乎乎自个儿向银杏树拜了三拜。可田娟没有理他。翌日放学回来的路上,我问她为什么不拜,田娟唰地红着脸说:"那是夫妻树!"撒下一串银铃似的笑声,跑远了。

我自知上了当，但我后来却用心爱的水彩颜料画了一幅画给田娟："送你一粒大白果。"倘若我知道白果还有银杏这么好听的名字，那该为画意增添了多少美！

又有一次，看完电影《扑不灭的火焰》后，我们男孩便在银杏树下炮火硝烟起来，不小心我把文浩的头打破了。第二天，我赶紧用一根长竹竿打下好多银杏，又在一张白光纸上，很认真地写了一首请求保持友好关系的诗，一并送给了他，题目就是："一粒白果，我俩共。"倘若当时我知道白果还有这么好听的名字，那该为诗情增添了多少美！

……回忆，串昨穿今的珍珠，差不多挂在任何人身上都是多色调的。时至今日，我当然不会再为孩提的举动去多情抱憾了，而是似乎有点不着边际地由白果的芳名想开了去，及至人与人之间的某些称谓。

在植物界，不独白果有此骄傲，许多树木花草亦都有这样好听的芳名。诸如红槭称凤凰木，爆米花叫美人蕉，剑叶石蒜美其名曰君子兰，等等。这些雅号与俗名，又都是人给取的，人们自己又总喜欢取个高雅美丽的名儿，可见人的爱美之心。

但是现在，有些人在称呼从事某些职业的同志时却不然了，似乎是恰恰相反，诸如称"炊事员"是"烧火佬"，称"理发员"为"剃头匠"，等等，甚至以此讥讽鄙视他人，以分贵贱。我想，既然人与自然界树木花草之间，尚知称银杏比叫白果好听，称美人蕉比唤爆米花雅致，又况乎人与人之间！

1983 年 9 月 4 日　《安徽日报》黄山副刊

观音堂叙事曲

观音堂的灯火又亮了。

一支三百瓦的大灯泡,银葫芦似的高悬在粉饰一新的堂厅中央,悄悄然四壁辉煌。济济一堂的男男女女,透过银白的光层,从各个不同的角度露出各自不同的笑容,那么心醉,那么甜美……

我久久地凝视着这处荒寂废墟之上突兀亮起的灼灼灯光,动情地注视着这灯光之下绽开的每一张春风笑脸,不觉神思飞逸,联想起初唐四杰之一王勃《滕王阁序》中的两句来,并有意无意之间倒其序而诵之:天高地回,觉宇宙之无穷。悲尽兴来,识盈虚之有数。呵,观音堂,你虽然不过是我家乡的小小一角,然而你的兴衰,却与我们一国之命运紧紧相系。

这是现代化之光,再也不是一个世纪以前伴随晨钟暮鼓之音的烛影摇红,也再不是半个世纪以前伴随牙牙经学之声的盏上豆光。

我的叔祖母,是观音堂最有权威的历史见证人。她七岁来这里当童养媳,今年九十高寿了,还能在重孙男女的簇拥之中一步三摇地闲庭信步。八十年间,村子里多少人和事在她眼前踵接而过。她的那双眼睛,是两段至今还没有完全涸滞的历史长河的小小支流呵。

木鱼声、"保佑"声,嘈杂一片。百年之前,观音堂就是一座小小的普通寺庙。它北靠深林森森,南向流水潺潺,西邻村舍粉墙,东有一株枝繁叶茂的老樟树,整座庙宇都在它的庇荫之下。虽然那个世界上还不存在我,然而从叔祖母那儿听得多了,凭想象似乎也领略了不少百年前那青山古庙的幽趣。

庙内住着两个和尚。这里显然没有齐云山、九华山那样的繁华和气派,没有远道而来的香客。贫穷的,富有的,求平安的,祈仙道的,盼时来运转的,想升官发财的,都一齐来馨香祷祝,把精神的、物质的祈求一统寄托在那个盘腿高坐、终日里慈眉善目地向着人世间打着哈哈的观音菩萨身上。呵,观音堂,你和我的祖辈同饮一河绿,同居一山青,难道那飘忽不定的,死血一般色调的烛光,就是你给予祖辈百姓的光明和希望?

民国十九年间,观音堂失了一场大火,观音菩萨也可怜被烧成黑炭头了,香火就这样断了。

观音堂还曾经办过私塾,做过讲经学的学馆,能描述这段历史的,村子里就不只叔祖母一人了。和我父亲同一辈的几位花甲老人,都曾在观音堂挨过板子的,后来还不识时务地经常搬出观音堂时的子曰书云的情景,教训后生之辈。

我小时候就常被父亲这样地教训过。特别是当美孚灯下没有了我的影子的时候,他就要动情地说起那小小的油灯盏。他在观音堂也只读了一年书。他除了津津乐道于观音堂小油灯盏下的夜读,再也举不出第二个动人的事例。实际上,我的父辈那几位老人,又真正学到了多少于国于家有益的东西呢?

但是,尽管我是这样想的,在我后来上了中学、大学,以至于现在工作了,那支用四脚支架撑着一个小铁碟子,几根面条一般粗、小蚯蚓似的灯芯草,让人拨弄着在菜油里向前爬,从而给人以一点昏暗小豆光的灯盏,还是不时地在我脑海,在我眼前渐隐渐现,甚至在内心自责过去实不该少小蹉跎。

"父老兄妹们,不要讲话了,"祖康清了清嗓子,笑眯眯地一会打着手势,一会用手理理后梳的头发,开始了他这个农民夜校校长的就职演说,精神十足。

这是和我打打闹闹一块长大的伙伴。一九六六年我俩一同高中毕业,两年后又一同挑着铺盖回乡。

"我们这样的条件比城里学校差在哪?不差! 绿水青山,应有尽有;一色的杉木桌椅,白闪闪的电灯。用这样的条件请你们晚上来,是文盲的扫文盲,是知识分子的学习种田的搞副业的科学,怎么样? 也可以叫开创新局面吧!"

这位夜校校长说起话来还是那么富有鼓动性! 当年的一棋之差,他急匆匆成家做了丈夫做了父亲,使我们有了今日之别。以往我每次回去,一聊起改变家乡落后面貌,他似乎总是那种表情,那种语气。我埋怨他意志消沉,又同情他的处境维艰。在高中,他是校学生会宣传部长,成绩也好,我曾向熟人力荐他去当民办教师,当公社文化站宣传员,他一概谢绝。忠心耿耿和一位乡村姑娘相依为命,用汗水抚养着三个孩子。劳动之余不赌博,不打牌,看看书报聊以消遣。我总觉得,他对生活,对未来,早已冷漠。可是你听,他的心声!

"就像翻日历,观音堂昨天的一页已经翻过去了。她的今天、明天,就靠我们来向后人讲述了。"

语调庄重、平稳,并不激动,然而却把我撩拨得心潮翻滚,眼眶也觉得有些潮湿。我分明感到,这灯的光芒,就好似我的好伙伴的青春在复燃、在焕发! 要是那尊烧焦了的观音菩萨还有什么感应,要是那些在这里办过私学和讲过经学的老先生们在天有灵,该不要羞死、羡慕死!

我听见了一阵阵明快而又热烈的掌声。

我看见了一组组真切而又朴实的笑的画面。

此刻,那激情的话语,那热烈的掌声、笑声,那飘忽不定的死血一般的烛光,那暗淡的小蚯蚓似的往前爬的豆火,那求神拜佛声,之乎者也声,一齐无规则地在我眼前耳旁重叠剪辑起来,嘈嘈混杂起来。忽而又一齐让那三百瓦的通明,气昂昂的鼓动所澄清,所净化……

是啊,人世间的事,本就是这样的,或在愚昧贫困中麻木窒息下去,或在战胜愚昧贫困中感奋起来,扬清激浊,荡去滓秽,求得进步。只有真正掌握了自己命运的人,才能真正创造历史。

这一次我回乡来,最激动人心的见闻,莫过于耳濡目染了观音堂的历史变迁。这座多少年代的荒野破庙,终于从迷信象征中决裂出来了,从荒凉愚昧中复苏过来了,由这块古老土地上的新老两代的并肩合作,把她推向光明,推向文明,这难道还不值得我一抒吗?

1983 年《散文》第 11 期

不思量，自难忘

桌子上铺着几张黄黄的裱心纸。二两黄山松烟墨在我手上磨了一圈又一圈。砚池里，墨汁越来越浓，越来越黑。

半年前，舅舅溘然长逝的时候，我并没有想起来要为他写点追思的文字。因为我平日里不怎么想着他。然而近来，我却越来越有了一种想写点什么的冲动。是因为他不但是我的舅舅，而且还曾经是我的"父亲"？还是因为别的一点什么缘故呢？

我究竟是怎么到舅舅家当儿子的，不太清楚，当时我只有九岁。我只知道我弟妹多，家徒四壁，大概是父母亲怕养不活我们才不得已而为之吧。后来听说，我的过继，完全是舅舅舅妈的执意。老夫老妻万事如意，唯独膝下空空，很可能是那种不愁吃不愁穿的日子，比起我家又愁吃又愁穿的日子来还要难以打发。

父母亲碍于至亲情面难却，或许还因为望子成才而又力不从心，便依允了。殊不知此事一传开，他们很快就被舆论所包围，都说是没见过长子可以过继给人的。二十多年过去了，多少往事如过眼烟云，然而至今我还清楚地记得，离家的那一天，爸爸妈妈送了一程又一程，红红的眼圈里噙着泪。他们是一种什么样的心境，我当时哪儿懂得，乐颠颠地一蹦一跳跟着去了。直到现在轮到自己做了父亲，才渐渐地有了体味。大概，人世间的许多事，也都是像这样，其时昏昏，其后昭昭的吧。

我的到来，冲散了舅舅家孤寂冷清的氛围。舅舅舅妈颠前跑后，不亦乐乎。不几日，家里请了十多桌酒，我被打扮得小少爷似的，由眉开眼笑的舅舅领着，在满堂宾朋面前手足无措地尊称着客人们，不停聆听着长辈们对我的夸耀和教诲。

身临此境，我开始相信前几天舅舅说过的话了：舅舅不是吹，在溶口街李胡二姓中，掐手指头排人物舅舅还是数得着的。你在这里只管吃饭读书，往上读，以后去留洋。

身临此境，我也开始相信临行前爸爸妈妈说过的话了："舅舅是个死要强、死要面子的人。你要用功读书，给他脸上增光，他会疼你的。"

在这条长长的古朴的青石板街上，不论是供销社的屠店还是两姓的私户，一年数百头猪都是在舅舅的刀下放的血。大家公认他是第一把刀。不只如此，土改时期，他是农会主席，常常与挂盒子枪的人出入于政府乡邻之中，后来当上了农业合作社社长。因此，他现借添子之喜拉拉场面，也是顺理成章的事。

舅舅的社交能力和办事气魄，实在使我的那个只会老老实实种田忙家务的爸爸相形见绌。然而，我爸爸还是一向不大看得起他，说他七分本事，三分吹牛，在家里连双吃饭的竹筷也削不好的。虽如此，舅舅在家里绝对是一家之主，说一不二。他的大能耐施展在外边，威严弥漫在家里。所以尽管舅妈在外是个惹不起的厉害角色，可是一旦身子进了屋，却小媳妇儿似的诚惶诚恐，唯命是从。当我慢慢地观察到这又是一种夫妻形式、家庭形式后，我总要不住地暗暗为我那忠厚贤良的母亲庆幸。后来，有多少人问过我早熟的原因，我向他们叙述的首先就是这一段童年史——当多少孩子还在漫游千奇百怪、五彩缤纷的童话世界的时候，我，却已经开始观察社会、体察人生了。

渐渐地，我习惯这里、喜欢这里了。这儿学校大，小伙伴多，条件好。哪像在自己家呢，学校是四个年级挤在一起复式教学的一幢破旧祠堂。在这儿，不刷锅洗碗，不带弟弟妹妹，吃的穿的，更是家里不能比的了。

可是，不知从什么时候起，舅妈和舅舅对我渐渐坏了起来。

一天傍晚，我放学回来，迎着西天的一片红云，端坐在门口的石凳上看小画书。舅舅犁田收工回来。就在这时，舅妈在厨房里嚷了起来："懒坯！还不快给舅舅打洗脸水去！"我赶忙收起小画书，怯怯地去打洗脸水，端脚盆,拿布鞋。多亏了平时看见舅妈是这样服侍舅舅的,才没有被一声令喝吓呆。吃饭了,舅妈照例是给舅舅和我盛一碗新鲜蒸饭,她自己吃粥。又照例把一盘干菜蒸腊肉一片连一片地夹在我碗里。不过在夹菜时那拉长了的、阴沉沉的脸,实在叫我不敢抬头。

我自然对舅妈越来越恨了,越来越怕了。对舅舅,我也是。因为舅妈每次辱骂我,都是当着他的面表演,而他非但不护着我,还对我怒目而视,动辄训斥,尽管有时候他们是占了理的。我偷偷地流着泪,偷偷地做着比较,总觉得这是在寄人篱下受虐待。我更想自己那个弟弟妹妹多、穷得没样子的家了!更想念自己的爸爸妈妈了!有一天中午,我放学回来的路上,遇到了村里放木排的人,突然灵机一动编个口信说外婆病了,叫我妈妈赶紧来一趟。第二天中午,我拎着布书袋一晃一晃放学回来,远远地就看见了立在舅舅家门口那个再熟悉不过的身影。妈妈似嗔非嗔地看着我,似乎暗藏着一丝不易觉察的、无比亲切的笑意。她哪里知道,我每日里一回到家,就感到像是一只小鸟进了笼子,自由活泼从我身边离去,悸怕冷漠从心里产生。在家里,虽然也有着严厉的家教,可爸爸就从没有让我为他打过一次洗脸水,端过一次脚盆。在家里,犯了错,爸爸妈妈教训一顿,说不定睡一觉又忘了。可在这里,不问事大事小,只要舅舅冷一眼,舅妈骂一句,我就再也不会忘记,刻着痕了。

我真想告诉我那许许多多的小伙伴,无论什么时候你们都不能离开自己的家园,不能离开自己的父爱和母爱!

后来,我才明白,舅舅在外边经常挨批斗,还被撤了生产队长的职。因为他不愿意放"高产卫星",不愿意抽调劳动力去大炼钢铁。偏偏他又因为想要一个亲生儿子,与一位中年寡妇相了好,送一条辫子让人抓。从此,这个三口之家就像一只崩了箍的小木桶,散了板。他们老夫老妻之间互相怨恨,互相畏惧,却又都微妙地各自埋在心底,往往借着我的"不是"迸出火星来。有一次,只听舅妈骂:"猪事狗事,早要这样,也犯不着给人家养儿子,不亲不孝图个什么!"舅舅怒斥道:"还不都是你这不顶用的惹出来的事,嘴巴给我当心点!"村街上,一些我喊小舅舅的人经常挑逗我说:"舅舅不要你了，他自己生儿子了。"

强烈的刺激，使我产生了强烈的复仇心理。我真恨不能一夜之间变成古装戏里的状元，衣锦还乡，活活把他们悔死，气死，以洗我心头的奇耻大辱！然而他们之间的剑拔弩张反倒慢慢地收敛了起来。他们都开始把传宗接代的希望从我身上转到快要降临的新生命身上。

爸爸妈妈还一直不知道这里发生的一切。直到我突然病倒，他们才泪汪汪地急急赶来，悔恨交加，要将我抬回家去。而这时舅舅却又再三劝阻，说："这里的医院、药店，都有我的熟人。我手头也比你们宽松，就让孩子治好了病再回去吧。"左邻右舍，远近街坊，都这么说。我大病一场，是让舅舅舅妈害的，也是他们救的。舅舅发挥他的社交才能，到处求名医、配良药；舅妈不但没有怨言，而且日夜护理，也着实辛苦了几个月。一桩美事，不欢而散，爸爸妈妈不好再说什么。裂痕终于没有扩张成鸿沟。

想不到这段经历的尾声，后来竟使我得到一些为人处世的有益启示。特别是随着年龄的增长，知识的丰富，视野的开阔和思想的成熟，对于童年往事的追忆，尽管我抹不掉这短暂的创伤，然而我对于舅舅，对于舅妈，渐渐地淡忘了过去的那种怨恨。尤其对隐匿在心底的狭隘复仇心理，更是常常自责于心。在我们这个古老的文明国度，劳动人民经历千秋万代培养起来的传统美德，我怎么能不继承以修身养性呢？

不料，就在一九七五年秋天，我好不容易有希望跨进党组织大门的关键时刻，突然冒出个社会关系问题，说舅舅于新中国成立前在一个小乡镇做屠夫时，干过伪乡丁八个月，而且我没有向组织交代过。我的天！这突如其来的打击，使我苦恼、委屈、怀疑，又使我复萌起对舅舅的积怨来。我当即言辞不恭地给舅舅去了一封信，又写信回家问爸爸妈妈。结果，还是我那张飞性格的大弟打上府去追问，舅舅才不得已在小辈面前承认属实。弟弟来信说，舅舅当晚捶胸顿足，老泪纵横，连连说："舅舅该死，影响外甥前途了！""你们年轻，哪里了解旧社会啊！""舅舅从闹土改办农会到现在，要求入党这么多年，哪能不希望你们做个共产党员哩！"……

我捧着这封信，第一次为舅舅流泪了。想着舅舅说的那些话，尤其是想起舅舅这二十几年,勤勤恳恳,忠心耿耿,为集体,为大伙,在生活的最底层艰辛了大半辈子,操劳了大半辈子,我真的后悔了。我怨自己,也怨舅舅……

此后,每当我一看见小说、戏剧里写的舅舅,一听见别人谈论舅舅,我的脑际便不由自主地浮现出我的那个舅舅,一个旧社会过来的,生活在社会底层的,饱经风霜,半文明半愚昧的舅舅:紫铜脸,小平头;看他那瘦小个,细腿肚,似乎无能又无力,但杀起猪来,犁起田来,说起话来,指挥起生产来,浑身是精神,满脑子是点子;他喜欢自夸自耀,却也苦干实干;他一生争强好胜要面子,却又干出过损了人格尊严丢了大面子的事;他在外面是一位受人尊重的基层领导干部,然而在家里却是一个典型的封建大男子主义者;他曾经是那样的真心要我爱我,希望着我,却又念念不忘以致不顾名誉,一定要婚外亲生一个儿子。

不过,平常我是不怎么思量起他的。

不思量,自难忘。我已是多年没见过舅舅了。近几年我两次回老家小住,母亲总要在我面前说起舅舅如何支持我上大学,如何想着我、念着我,还把我的一张结婚照要了去挂在厅堂,又如何对别人夸耀我的出息。我相信这一切都是真的,而且我还能想象出舅舅在说这些、做这些时,那种悔疚交集却又深藏不露的复杂微妙神情。舅舅重病期间,家里的人都轮着去护理过,唯有我身在异乡,没有给他送过一杯水,跑过一程路,甚至没有让他听我喊一声! 在舅舅苦挨到人生尽头的时候,轮到我追悔起来,内疚起来了。听说他在弥留之际,他的亲生女儿和入赘女婿都在身边,但他总是声声呼唤着我的名字,又嘱咐不要写信告诉我,说青年人上进要紧。

二两黄山松烟墨还在我的手里磨着,一圈又一圈。砚池里,墨汁越来越黑,越来越浓……从哪儿落笔呢?

——无论从哪儿落笔罢,我都要借着这一纸尺素,倾诉我对舅舅的难忘之情,使我的哀思流向舅舅那或许已是草木深深的坟茔。我应当让这位普通农民之灵放心,不要以为外甥还在记着舅舅对他的过去……

择瓜

我吃了多年的西瓜,但一到择起瓜来,心里还是怵怵的。怕花钱买了回来,食之无味,弃之又可惜。

今年西瓜刚上市的时候,怎样择西瓜的文章就见之于报端了。我很有兴致地找了来认真看了几遍,并择其要点熟记于心,以便临场活学活用。

往年,小夫妻俩在肥度暑,我舍不得买大的,专挑碗口一般大的买上几个,晚间来个一刀切,一人一半,乐在其中。即便碰上个不能吃的,扔就扔了。去年妻子携女儿去了上海外婆家避高温,我独自一人在肥熬煎,西瓜竟不曾进过门,今年却是大吃特吃了。网袋随身带着,三四个、五六个的往家扛,且都是大的!三口之家每日两个,直至闻得报纸放出话来,说是西瓜多吃了秋天要怎么怎么的,才有所收敛。回忆今年买瓜的历史,也是吃过几次亏的。有时候表面看上去好好儿的一个瓜,凑着耳朵拍拍弹弹,声音也觉着像是甜津津的,可是一切开,傻眼了,三岁的女儿一旁惊呼:"哎呀,爸爸又上当了!"我直叹气:"唉,挑三拣四,看上去像样的,却原来……"可见,万事万物,要透过现象看透本质,谈何容易!妻说,得了,少点儿书呆子气!

立秋前一日,火烧似的热,中科大门前来了一大卡车西瓜。价格回涨了,过路者还是纷纷选购。男女老幼,背心衣裙,几十双手在忙不迭地瓜分那座西瓜山。用手捏的,拍的,用耳听的,"啪啪""砰砰"之声不绝于耳。我受这场面情绪的感染,也一头钻了进去。见别人三个四个地择着往网袋里装,急了,可吃了几次亏,越发对自己不相信起来。我不停地翻来覆去,眼看瓜色,耳听瓜声,脑子里还要不断地回默报纸上关于怎样择西瓜的理论要点,真是不亦乐乎!

我择优选了两个大西瓜,自信这一次肯定是一级的,因为我这次的确是认认真真照择瓜理论的标准严格挑选的。不料还是有百分之五十的经济损失,有一个不是生,而是熟过了,吃到嘴里泡泡的,绵绵的。女儿见是红的,不曾说"爸爸又上当了",但吃了两口,便说"不好吃",噘起小嘴走了。家里吃瓜的主角一走,我顿时没了兴致,又不禁叹了口气:"唉,世间的事,看人家做容易,自己做难;看书报上写的容易,自己做起来难。"

1985 年 8 月 9 日 《合肥晚报》逍遥津副刊

茼蒿嫩绿话青团

清明时节,茼蒿嫩绿,正是吃青团的时候。

久居都市,偶尔食之,觉得格外时新、稀罕。其实在我家乡徽州,这玩意儿是采春茶时节农家的主食之一。记得小时候在家采茶,天不亮便让母亲几巴掌拍醒,牙刷在嘴里胡乱捣几下,毛巾在脸上胡乱抹几把,接着就是吃青团,或蒸或炒,两碗下肚便披星戴月出发,挑篮带袋远山采茶去。从清明到谷雨,一个春茶季节,几乎天天都是这么重复着过。曾经有不少从城市下放到我们那儿的知青,原以为采茶真的像舞台上的《采茶舞》那么美,实际上干起来真叫人累得不行,只是当地老乡们做的那青团,至今令人回味无穷,真正是有一股在城市里无法尝到的沁人心脾的野味清香。

其实,这青团原先也不是农家采茶时的主食,而是清明时节徽州人家用来祭祖的祭品,当地方志上是有记载的。老祖宗不叫青团,叫"彩粿"。青团是沪、浙一带的叫法。古时徽州,乃程朱理学之邦,旧徽俗中,尊祖敬宗的氤氲气氛随处可见,清明节是祭祀之要节,祭祀之中,彩粿是不可缺少的。彩粿有红、黄、白、绿等色,其中绿色的便是青团。因为它是野蒿做的,所以家乡人称为"蒿粿"。我还在穿开裆裤时曾尾随大人屁股后上坟山入祠堂跪拜,敬过老祖宗青团吃的。老祖宗不吃,最后还是吃到我们肚子里去。

做青团的野蒿,必须是茼蒿。蒿有青蒿、白蒿、茼蒿等多种。《诗·小雅·鹿鸣》:"呦呦鹿鸣,食野之蒿",此指青蒿;苏轼题画诗《惠崇〈春江晓景〉》:"蒌蒿满地芦芽短,正是河豚欲上时",所指白蒿。唯茼蒿属菊科,色淡绿,有香气,可做青团为人所美食。

日前,妻竟能从一家个体户"上海点心店"买得几只青团,兴致勃勃,我也欢喜得不得了。可是进嘴第一口便觉着不是那味儿,原来这青团是食品染色剂染的,徒有其表,着实没了食趣。

1986 年 4 月 11 日 　《合肥晚报》逍遥津副刊

■ 画眉声声

画眉声声……

从露滴滴的花圃枝梢上飞来,从雾蒙蒙的塘堤绿丛里飞来,从熙熙攘攘的早市人流中飞来,从隐隐绰绰的楼房阳台上飞来。春夏秋冬,日日清晨,四方八面,百转千回。

环城游园,街巷花园,装饰性绿地,花红叶绿处处,把栖居于乡间密林的画眉也纷纷引来了。

鸟儿多了,街景便也活了;街景一活,其中的水木清华,曲桥亭榭,也都一齐有了勃勃生机。

我听画眉声声,如闻乡音缕缕。在我皖南老家,每日里大门一开,便是两山排闼送来青翠鸟鸣,黄鹂唱起来,百灵雀唱起来,娇凤唱起来,相思鸟唱起来,叽叽复叽叽,不绝于耳。更有那画眉巧舌如簧,声声都有一种诱人的婉转之美,好像深山里那一个个朝气蓬勃的美好早晨就是它们唱出来、跳出来的。

采茶的时候,莳秧的时候,耕耘的时候,秋收的时候,且听那画眉声声,如歌如诉,在涧谷,在山坡,在田畔,在河边,百啭千声随意移,山花红紫树高低。这一群群大自然的天使歌星,是在为灵巧的采茶女歌唱,为辛劳的农夫歌唱,为丰收的人们歌唱。

我真想突围这车辆的喧嚣啊!嘈杂之声中,当我蓦然听得几声清新甜润的啼鸣,真教我不由得如痴如醉,寻声奔去——恍忽忽竟觉得自己正踱步在故乡的田园里。日后渐渐地听惯了,那时时刻刻缠绕在心弦之柱上的缕缕乡情,便由着画眉声声一丝一缕地牵了出来,殷红的,翠绿的,金黄的……

呵呵！画眉,画眉,我深林中的精灵,你什么时候能飞出金笼,自由自在放喉于都市的风光里?

画眉声声,画眉声声……

1986 年 5 月 13 日　《安徽工人报》大潮副刊

割"尾巴"之痛

一九六三年,我的父亲背着债台高筑的大山,苦苦地到处筹借了些钱,把我送出了县界,到徽州地区一所省重点高中去求学。因为是这样的一种家境,平时,我尽量避免上街,有时候真想买书,也只能是买几本像《活叶文选》一类的单行本,或是去废品收购店买几本论斤两卖的旧书旧杂志来读。有一回,我咬咬牙把唐弢先生的《晦庵书话》买了回来,我实在是太喜欢了。这大概是我有生以来买的最昂贵的一本书。

念到高二时,我的手也曾受着一种强烈欲望的支配在衣袋里掏了又掏,终掏不出。一次,我在班主任兼语文老师王德中先生的房间,见案上摆着一本马南邨的《燕山夜话》。老师笑问:"你喜欢看这样的书?"我答:"是的。"老师说:"那好,学校马上要举办作文比赛,奖品就有这本书,就看你的了。"参赛之后,果然让我如愿以偿。

从此,我便滋生了那么一点富有感。我经常爱不释卷地读着这两本属于我自己的书,封皮是包了又包,隔几日总忍不住又揭开看看,每次读罢,必不厌其烦地锁入箱中,唯恐有"孔乙己"窃了去。

岂料,到了一九六六年高中毕业时,猛地一声恶雷天昏地浊滚滚而来,"三家村黑店"首先被端了出来。大势所趋,我也跟着愤怒声讨,但又时时不免记挂自己屁股上有条尾巴,谁不记得我有一本"三家村""黑老板"炮制的《燕山夜话》呢!后来,风声紧雨意浓,又怕红卫兵袖章因祖宗三代不是彻头彻尾"红五类"而被缴了去。爷爷一代,他老人家新中国成立前在景德镇一民窑画红,新中国成立后回乡当小学教员,识画识字,是彻头彻尾贫下中农吗?父亲一代,他老人家新中国成立前在县城一店家学徒做伙计,后才回乡种田,会算会写,能是彻头彻尾贫下中农吗? 终于,撑不住一个"忠"字,还是将这两本书交了上去。割尾巴"造反"两年,怏怏地滚回老家接受再教育了。

阴霾过后,我到处去大小书店寻求我不该失去的这两本书,面对着浩瀚书海一次又一次地呼唤着它们的名字。终于在几年前,我先后如愿买回了新版的《燕山夜话》和《晦庵书话》。

1987 年 2 月 12 日 《合肥晚报》逍遥津副刊

那一天,11 点 50 分

　　整座办公大楼渐渐地寂静。楼下的自行车棚里,只剩了我一辆横杆上还骑着小木凳的旧车。令人头昏的嘈杂,跟着下班的人流一路渐渐远去。我的两只开始紧张的眼悬在窗口,四处搜寻着我那应该放学归来的女儿。

　　女儿在安徽大学附小,一年级,6 岁。出了小学校门,便是曲里拐弯的几条校园通道。我时时都有一种不安全的心理威胁。四年前的这个时候,女儿意外受伤的情景也许至死也不能忘却,经常的噩梦连连。打那后,神经脆弱得不行,又怕水火又怕车祸。我只得时时警醒自己,警醒孩子,放了学就回来,不要在马路上跑,走路要靠右,遇车要让道,每天唠唠叨叨。

　　因为家住校外,每日里父女俩早出晚归。或许是自己太自尊,对自己的职业太自爱,不愿为争得一锥立身之地去低声下气,于是办公室就成了半个家。上苍安排我 35 岁才得一宝贝,可不是闹着玩儿的。女儿! 女儿! 我开始坐立不安,"噔噔噔"奔下楼梯四处呼喊,四处寻觅。女儿会跟着谁去玩了吗? 还会在学校里吗? 犯错误被老师惩罚了吗?

　　除了女儿那个班的门是开着的,所有教室和老师的办公室都静静地关门午休了。我一眼就看见了我那女儿,正站在讲台上,还有一个小男孩。他们在打打闹闹。

　　我紧绷的弦猛一下松弛下来,蹿出一头的火,冲上去就是两巴掌。

　　"都几点了,11 点 50 了还在这里玩!"

　　女儿蒙了,双手忙捂着头,粉笔灰到处飞,眼泪夺眶而出:"我不是在玩,我在擦黑板,下午老师还要上课的。"

　　"今天是你值日?"

"不是的,老师没有派值日。"

"撒谎!你和这个小朋友在闹着玩,是不是?"

"不是的。他是负责锁门的,每天孤零零一个人,我就陪着他。"

"是这样的吗?"我问小男孩。

"是的,叔叔。"小男孩回答。

"你又不是不知道,我们这儿没有家,去晚了食堂关门了我们吃什么?"

"那……那……我就不吃饭了。"

"下午也不上课了?"

"上课。"

"……"

"真的,爸爸,饿一餐不要紧的。"

尘地上现出一个又一个湿湿的圈印子……

1988 年 1 月 20 日 《合肥晚报》逍遥津副刊

写春联的二爷

　　时光的脚步一踮进腊月的门槛，我便照例急急地上街买一本农历书，又从报纸上收集一些新春联抄好，待二爷一来信就给他寄去。每年的这时候他都必来一信的。他又要准备搋砚了。

　　二爷早年曾在景德镇一家陶瓷厂画红，文化不高，珠算和毛笔字极好。孤鳏一人，饥饱冷暖，全凭自己高兴。那日子过得着着实实就像是一辈子没有和女人在一起过的样子。有两个钱便添点好菜，或买些纸练字，不嗜酒。衣衫被褛褴褛不堪，唯有两方歙砚，三支斗笔，五本字帖，还有数支大中小楷狼毫，视若家珍。每年到了这时节，家家户户便来人约请："又要麻烦你给写几副对子了。"

　　徽州古民居，又不似皖北平房一般结构简单，尽是轩敞建筑。院门、正门、后门、余屋门，前厅四房八柱、前中堂、后厅两房四柱、后中堂，都是要贴红的，再穷也省不得一个光彩门面。一个村子几十户人家，够他忙的！二爷这人也怪，别的事上他都来不了多大兴致，独独写春联他兴致十足。两张八仙桌一字儿排开，笔砚纸张一并儿摆好，先是静心研墨，双眼微合，而后将手放在火篮上面温烤一时，再轻松地活动一下手腕关节，再响响地搋一搋冻出来的清水流涕，然后是全神贯注一挥而就。一色的漂亮行书，内容却家家不同。一个腊月便是浮津耀墨，转吃百家。

　　有长辈夸我说，看似年纪不大，出字倒笔力多骨。这兴许就是二爷给我启蒙教练的幼功哩。少时一个山野娃子，除了读书劳动，只有学学写毛笔字，便见得有出息的了。且文房四宝之乡，儒雅古风犹存，都市的少年宫没见过，学学毛笔字的条件还是有的。于是便学，于是便懂得，选砚要润涩相兼,临帖应师法造化,执笔分寸因字体而异,七条笔阵须熟记于心、巧运于手等等。后来多用钢笔、圆珠笔,儿时一番功夫,偶尔兴之所至倒也还不至于让人视如爪痕。

二爷写过的春联多不胜举。解放这么多年,几无歇手。对联来路极广,历书的,古书的,民间的,只要见好,便用工笔小楷抄于簿上。还收了不少明清徽州传于民间的精对,竟积了厚厚几本。看得多,写得多了,对于个中遣词用字组句之巧,平仄对仗情韵之妙,颇也能品赏出个子丑寅卯来。有时候写得厌了,也想换换胃口。记得一九六五年春节,他就在自己门上贴了这样一对:

诸葛一生唯谨慎,

吕端大事不糊涂。

对联一上门就是一年,岂料第二年秋冬之时,被"破四旧"的造反兵团揪出来批斗一场。那年春节,二爷平生第一次自己"编"了一副"联",而且几十户人家门口一律的一字不差,一律的工整楷体:

革命形势真是好,

金黄的稻谷望不到边。

多少往事都在记忆中淡忘了,消失了,唯有这副"对联"依然死死缠着老人不安的魂灵。我每每返故里省亲与他叙旧,他总是沉沉地从历史尘埃中将它抖起,我自好笑,他总不笑。

二爷这几年恭逢盛世,越发硬朗精神了。耄耋之年而书,父老们都视为墨宝,心里明白,真正是写一年是一年,有回数的了。我也这么想,所以今年收集对联更加卖力。

1988 年 2 月 11 日 《徽州报》散花坞副刊

新茶香市话旧

谷雨新茶香市,呷一口,神也醉了。

我是道地茶乡人,少时在家乡采茶的情景,至今历历如昨。

记得采茶时节,每天都是五更起床,掌灯吃饭。早食也几乎是天天重复地吃那些有着酸水气的年糕或清明粿,为着耐饥。春眠不觉晓,可是那些为母为妻的女人,总是第一个冲出甜蜜的梦乡,起灶做饭,准备中餐茶水点心。一切停当,再一遍遍唤醒孩子和丈夫。

熹微出门,正是五更春寒,布谷鸟才醒。晓雾弥漫中,一声声舐着甘露的啼鸣,湿漉漉回荡在野山碧翠之间,此起彼伏。男人们下田拔秧插秧,女人们穿着袄,打着棍(防蛇),踏青远山采茶去。二十世纪五六十年代,多半还是老式茶园,分散在远远的高山地上。每日途经峰回路转九九十八弯,到了茶园还得翻山越岭。这高山地茶,由于紫外线照射强烈,更有利于一种独具香气的芳香油的自然形成,所以茶味更浓郁、醇厚。于此茶道,喝茶诸君知否?

一年一个春天,这个春天就落在了我家乡的怀里,凭她怎样的娇柔多情,常常是东边日出西边雨,道是无晴却有晴。这季节,茶农不问是怎样的天气,雨具是每日必带的。淫雨霏霏时候,满山满坡的茶园,尽是青箬笠,绿蓑衣,斜风细雨不思归的一派采摘繁忙景象。晴天也有晴天的苦,顶着炎炎赤日,毛毛虫满茶树爬,浑身都发痒。

这饮誉海内外的功夫茶,首先在采摘上就见了功夫。要求清一色的一芽二叶,一芽三叶,因此,纵然冒着日晒雨淋,也不敢对着茶树乱揪乱抓,须是眼到手到心到。每日里十几小时,硬生生是这样站着重复千万次的单调动作。只有到了晌午,女人们才坐在树荫底下,一边吃着干粮一边扯着鸡零狗碎的又说又笑。孩儿们早已是个个山猴似的到处寻杨梅草莓去了。晚上回来只想床上一倒万事皆休,女人们却又不能够。

这自然都是旧话了。现在在我家乡,采茶时节,新式茶园里尽是人一排,车一排,村姑们唱出的歌也不是当年的味儿了。

1988 年 5 月 12 日　《合肥晚报》逍遥津副刊

女儿对我说

女儿今天极乖巧，到了该睡觉的时候就躺在小床上，不吵，也不唱。半个时辰过去，我以为她睡着了。突然，从睡房里蹦出话来："爸爸，今天班上选举三好学生，有 30 个同学举了我的手。"痴心父母，情不自禁地心头掠过一丝喜悦："哦？是吗？"

"不过，举我手的人还不算最多的，冯炎炎举她手的有 32 个，比我还多两个，我全班第二多。"

"这不就说明冯炎炎比你表现好吗？""不！"她大声说，"要是郑岚岚、李媛媛都举我的手，我不就和冯炎炎一样了吗？"

"是呀，你们在幼儿园里不就是好朋友吗？为什么她们不举你的手呢？"我只是想知道一点幼儿心里世界的秘密。他们不是大中学生，绝不会有背地拉选票的动作的。选三好生时，想必也是不会有多少明确的自主意识支配的。他们还是一群七岁的孩子，闹着玩儿而已，我并没有当真。可是，女儿说："郑岚岚本来和我是好朋友，可是她前天不跟我玩了。"

"为什么呢？"

"前天下午我们不是在大楼前面的花圃里玩吗，她对我说：'唉，活在这个世界上真没意思，还不如死了的好。'我说：'你怎么回事呀，说这种话。死了不就不能到逍遥津公园去玩了吗？死了不就看不到爸爸妈妈了吗？'她就说：'要你管！要你管！我就说没意思，不如死了好，怎么啦？'今天上午我看清楚她没有举我的手，心里很难过。"

"还有李媛媛，跟人家玩就喜欢当大官，当小姐，要别人都听她指挥。昨天在一起玩她又要当大官，好神气的样子。我就说，怎么每次都是你当大官、做小姐呢？应该让大家当当呀。她用鼻子哼我一下说,你当狗屁去,我知道你爸爸是木工房的,我爸爸是科长！我就说,我爸爸根本就不是木工房的,我爸爸是大学老师!"

"爸爸……"

"……"

"爸爸……"

"……"

"爸爸!"

"……嗯。"

"你怎么不搭理我呀?"

"……"

1988 年 7 月 8 日　《合肥晚报》逍遥津副刊

补壶·买壶

　　这只熏黑了的铝壶,还是十年前结婚时两位大学同学老董和小张送的礼品。记得当时他们直言相问:

　　"我们虽然刚出校门,可都老大不小了,筑个窝要紧。买那些花里胡哨的玩意不实用,还是给你买几样起灶过日子的家伙什怎么样?"

　　我连忙拱手作揖:"善哉,善哉,不胜感激。"

　　过了几日,两老兄果然乐呵呵锵里咣当提来一只铝水桶,一把铝水壶,一口钢精锅,一个铝水勺。

　　于是,我们夫妻俩即刻兴冲冲地从集体粮油户口中挖出各自的一份,黏合成一个新户头,颇感新鲜地开始了我们的"锅碗盆勺奏鸣曲"。

　　去年的某月某日,突然发现这只熏黑了的铝壶不幸底漏了,开水从一个小洞眼里滴将下来烫人脚。

　　妻便说:"去买一只吧,该换了。"

　　我犹豫了一阵,意识流流向了父辈、师辈们如何俭省过日子的二十世纪五六十年代光景。最后还是去商店转了几转,一看买只新壶要七八块钱,便有心想省下,总觉得这只熏黑了的铝壶只不过底部有了一个小洞,换个底还是可以凑合用两年的,于是用一张对开旧报纸将它包好,招摇过市跑了好多的路。这年月也听不见补壶的吆喝了,直跑到范巷口,又绕过文物总店艺林阁一条争购黄金首饰的长龙,又拐一个弯,这才找到了一家敲敲打打的小店铺,花去两块钱换了一个亮闪闪的新底,满意地提回家来。

　　旧壶换新底,不是照样可以当新壶使吗?不就是盛水烧水吗?于是又对自己的这种恪守缝缝补补又三年的祖传消费观念自满自信起来。

见鬼,水壶又漏了。漏缝就在新旧交嵌的地方。也许这新旧交嵌的地方本来就容易发生漏洞吧。因此这一回我决计要彻底抛弃这旧的,买一把新的了。

妻又说:"去买一把新的吧,该换了。"

于是我揣了一张硬硬作响的崭新大团结去了商店,下决心提把新壶回来,谁料几个店一看,傻眼了,愣了半晌,直把这张温热的票子贼贼地捏在手心里,怏怏地徒手而归。

1988 年 10 月 21 日　《合肥晚报》逍遥津副刊

织在我视网上的圈

仪式是再古朴不过了。

蒲团是从不用的。每到庙前,只是双膝跪于泥地,毕恭毕敬,放三只陶瓷蓝边大碗,权当香炉。庙也是在旧庙基地上新砌的,锈红残砖,墙无马头,门无镂罩,也没有白灰粉饰,里边空空荡荡,一切都像是顽童般玩耍,一切都像是戏台上的虚拟,却在一炷炷一阵阵一团团香烟缥缈之中,真真切切地寄托着一个庄严的男子汉,一个现在还是党的基层干部的神圣希冀。

据说,农历每月的初一、十五,他就要带着癫痫病的儿子来到这里,焚香磕头,无限虔诚,而且是每日早中晚三祈三祷,严寒酷暑雪雨风霜无阻;又据说他只有把当年亲手推倒的土地庙重新亲手砌起,让香烟重新袅起,如此这般的恕罪三年,他的儿子才有解脱之日。

这可真是,强人也有低头时。三个女儿都体体面面热热闹闹地嫁了生了,唯独一个儿子二十岁上好生生突发了癫痫,一月数次无规律,发作时赴汤蹈火。快过门的儿媳妇挣脱红丝线飞走了,千呼万唤不得回,他便一头扑在祖坟地上撼山摇地地放声大哭。他如焚,如煎,无论如何再也不让儿子上山下田,纵有多少挣大钱的活计,他也未敢再出远门一步。

哗啦!哗啦!土地庙在他有力的手掌下倒坍。那是多么酣畅淋漓的壮举啊!那时候他还没有他儿子现在大,血气方刚,从头到脚的威风。刚翻过身来扬眉吐气的青年农民,一股不可抑制一触即发的革命斗争欲。工作组同志在台上振臂一挥说,不信鬼、不信神,只信党和毛主席,他就虎虎地大袖一撸急吼吼去推了那庙,那座他儿时常常尾随父母馨香祷祝过多少年月的庙。那尊曾经使他奉若神明的小小金粉菩萨,也被他请到庄稼地与

041

稻草人为伍唬雀儿去了。老辈儿中当然也有当面棒喝他不是的,他头昂昂地,浑身抖擞着一种疯狂的快感。

我儿时就听说过他的很多传奇故事。说他如何如何的胆大精明,闹土改破迷信他冲锋陷阵,田地活、手艺活他样样行家。又说他如何如何的好施大义为济危扶贫不吝家财,故有老者称他是"德厚绅士"。他与我家原是素无来往的,虽然他的妻与我父亲系同族同辈,然岁月早已撕断了那些裙带宗族干系。因了有个幼弟病入膏肓无钱求医,得他邂逅慨然相救(原来他还懂得很多的儿科中草药方),治愈后竟又不收分文谢礼,两家才渐渐多了走动。于是我便经常地听到家人谈论他的聪明才智和仁义道德。对他虽不十分熟悉,却早已是肃然起敬了。

然而,他老来却不敢回首那当年之勇,倘有思想就胆战心惊。尽管他已经到了偏爱回忆过去的年纪,尽管他推倒的那类小土地庙在程朱理学之乡的徽州古道上随处可见。那里远山深谷,村有祠宇高耸,路有庙寺牌坊,祭神祀宗,崇贞奖节,乃悠悠千年万民崇尚之习。听说他——这位从云烟氤氲中走出三十多年的铮铮硬汉,这两年竟悔之不及并为此痛苦得难以自拔。家里有电视机、收音机,他不看也不听,每晚只愿孑然一身形影相吊,一支连一支地抽烟,一杯接一杯地喝茶,一遍重一遍地默祷,一次又一次地箆着一生中的万缕千丝。

"真会有因果报应的事?"他惶惶地、凄凄地问自己,问别人。

他带着忏悔,带着楚痛,带着疑惑,步履沉重地去那荒野庙地,照着江湖郎中的吩咐认真去做。

"你是党员、干部,怎么能不考虑政治影响呢?"两年前我返里探亲时曾这样劝导过他。

"不碍事的。现在都在一门心思忙着寻钱,我们这儿的党支部,基本没有什么活动了。不碍事的。"说完,又是一阵烟雾弥漫。

"这庙不过是你自己用砖头砌起来的,你也信?"

"信不信试三年看罢。我一生善德为本,从无害人之心,想来想去大概只有年轻时候那件事做糊涂了。许多老辈人都这么说,由不得我不信。"

那天正巧逢农历十五,我便跟了他去,立于一旁,静静地看着他和儿子一起供食,焚香,跪拜,磕头。他口中念念有词,一脸的严肃。

青山是古老的,小河是古老的,石路是古老的。这三位历史见证者和我这位晚生一样,都在惊讶地看着这里重复的一切。

多少天,我都依稀见到一个踽踽独行的人影。他的足迹,不像是在弯弯曲曲朝前延伸,也不像是在平平直直地朝前延伸,却似乎是转一个大大的圈又绕回到他始步的那地处去。任凭我大声疾呼,要他像三十多年前再虎虎地撸一次大袖,用力推倒那庙,可他那人影只是晃了晃,摇摇头,慢慢地朝我伸出三个手指……

今年暮春,柳絮纷纷扬扬的时节,我突然接到他的来信,说要带儿子来省城医院求医。祭祀庙神三年了不见有效,他说他动摇了。

我当然为之高兴,甚至有些激动。

是的,愚昧要滋生要复燃,就会无孔不入寻找它的腐殖质,然而被愚昧者中毕竟不断有醒悟者的出现,那醒悟的力量如铧犁深翻着土地,将腐朽曝晒于阳光底下。相反相成,相抗相依,也许这正是一部矛盾统一体的文明史主旋律罢。胡乱想来且赶紧收住,忙颠颠跑到省城最好的医院为他联系专家门诊。

我用力穿破车站熙熙攘攘的人流,发现了他和他确有病态的儿子。我的眼睛猛然一亮,好一派二十世纪八十年代农民的现代装束,西装挺挺的,革履亮亮的;缓缓地朝我走来,眼里似在流着痛苦和焦灼,射出一种惶惶者期待的光。

此刻,我俨然自我感觉是一尊现代都市文明的象征。突然间,几十张我所面熟的在省会的大街小巷摆摊看相的人脸一齐朝我奔来,我不禁一阵急急的心跳。

我拼命挤出去……

我伸出我的双臂……

无论如何,我应当用火热的情怀拥抱这个来乞望得到拯救的正被吞噬的魂灵。

1989 年《散文百家》第 1 期

难以忘却的纪念

四十年前，一对军人夫妻从硝烟弥漫的淮海战役前线转战南下，随军一路解放蚌埠、解放合肥。两年后，他们在合肥生了一个女儿，这个女儿十年前做了我的妻子。

二老很高兴有个女儿在安徽结百年之好。因为合肥有他们很多的老战友和无尽的思念。我自然更是激动，一个一无所有的农家弟子，她却并不在乎我一无所有就跟了我闯荡艰难时日。

于是，为了筑起一个窝，我一连几日怀揣只是一张薄薄红纸片的结婚证书满街巷地跑，打听、询寻发放优惠结婚商品票证的地方。

一日，宿州路，市票证办公室。我领得买两床被面的票1张。十年前的合肥市场，冷清萧条，能数得着的除了一家百货大楼就是一条淮河路。日用商品少得可怜且渠道又不畅通。连丝绸软缎被面也如同今日彩电一样的紧俏。发票人规规矩矩在我红红的结婚证上签上"被面票已发/1978年×月×日"字样，然后盖上一个方方的私章。我如视家珍，生怕弄丢。

又一日，铜陵路，市家具公司。领得大二件小一件结婚家具票1张。发票人同样规规矩矩在我红红的结婚证上签上"家具票已发/1978年×月×日"，也盖上一个方方的私章。我又赶紧收好，生怕弄丢。

再一日，寻到市水产公司，领得冻鱼票1张（3斤）；问到市副食品公司，领得肉票1张（5斤）；又摸到市糖业烟酒公司，领得烟票1张（1条），糖票1张（2斤）……发票人一律认真负责地在我红红的结婚证书上见缝插针地签上字盖上章。一圈子跑下来，我那结婚证哪还有一点结婚证书的形象！什么时候这些发票证人都失业就好了，当时，我心里就这样嘀咕，这样希望。

　　二老素来自信子女的独立能力。小女婚姻大事，一见这等窘迫，赶忙从上海大包小包为我们送来许多的结婚日用品，我不胜感慨。

　　就在近时，我偶然在一位新婚青年朋友富丽堂皇的高档居室，看到他们的两册绒面结婚证书在西式组合柜中央熠熠大放光彩，便忍不住取出看看，一句话脱口而出："你们的结婚证书可以放在新房中增辉，我的结婚证书可以放在历史博物馆陈列。"众人与我都轻松一笑。

　　前不久，二老来了一趟合肥。我陪他们逛气派的龙图商场，逛人头攒动的城隍庙市场。二老旧地重游，十年巨变着实使他们吃惊不小，白有一番不胜感慨和激动。说，再也用不着从上海大包小包地往合肥背了。

　　我说，是的，昨天在我结婚证书的签名盖章，成了一页难以忘却的纪念。

1989 年 1 月 24 日　《合肥晚报》逍遥津副刊

深山里的族叔

　　远山一片烟霭，雾腾腾地飘散着。溶溶月空，群星闪烁着光亮，清凌凌的一片乳白的宁静，不时被远处传来露天电影的音响所打破。柴篱小院中，两把蒲扇啪啪作响，我和族叔在叙古谈今。

　　家事国事，列祖列宗，有生四十年第一次和这位族叔坐在一块儿聊聊。

　　那天下午到佛子岭后，我信步走在田间小路上。两旁稻禾深深，莲叶田田，与遍野的荒草同绿。我朝族叔的那片平房走去，朝我记忆中的童年世界走去——

　　那时，我在家乡的一幢破旧祠堂里读书，每日所见，除了山便是田，除了绿还是绿。听父辈说，有一位我叫他侃叔的于新中国成立后不久就到了合肥工作，心中便油然而生出一种倾慕，以为这位族叔在大城市里定是享够了舒适和欢乐。谁料当我长大走出了山野，大学毕业来到合肥工作时，去找他，却说他多年前就已离开合肥去了佛子岭，且安营扎寨了。他的单位地质队队部在那里。

　　"你今年三十几了？"叔问我。

　　我的不期而至，显然使他倍感亲切和高兴。听着他那浓重的缕缕乡音，我如返故里。

　　"四十了。"我说，语气感叹。

　　族叔似乎吃了一惊，不敢相信，"四十了？你都四十了？你看这日子过的，你出世第三天我跟我妈去你家道喜。你爸你妈拜堂成亲，我就在现场呢。一晃四十年过去了。"

　　人生易老天难老啊！

白天，一见面我就仔细端详眼前这位族叔，皮肤黝黑，鬓发疏落，当年的英俊风采，只能从照片上寻找了。

"是差不多了，我们到佛子岭都二十年了。"

族叔告诉我，当年他们地质队来的时候，这里还是一片荒山野林。半山腰上依荒丘，下傍农田，杂树丛生，野草虫鸣。在身临其境的此刻，我在想，族叔和他的许多同事，长年累月在这野山之中，一住十年、二十年，如缀网劳蛛，用着青春年华，缀着一圈又一圈的生命年轮，谈何容易！特别是那些我的同龄人，那些比我更年轻的人，那些来自五湖四海的青年大学生，他们谁不知道都市生活的舒适，精神生活的丰富？然而他们为了祖国的地质事业，默默地沉在这大山里，贡献着，奉献着……

族叔说，他不久就要退休了。国家地质矿产部为长期从事野外作业的老地质晚年生活计，已开始在六安市建造地质新村，明年他就可能离开佛子岭了。我以为他要为人生第二次走出大山而高兴，可是他却说："还真舍不得离开呢！"

老一代行将告别大山离去，更多的中青年还将继续在这里风餐露宿，看露天电影，烧柴灶，提水桶，听大喇叭……蓦然间，沉思使我从一种强烈的城乡反差对比中，勾想起二十世纪六十年代"年轻的一代"的肖继业们。他们的理想、事业心，真正是以奉献、牺牲为主色调的。

我崇敬这种精神，崇敬这种平凡的人。

可为什么今天，有人在默默无闻地奉献牺牲，有人却在心安理得地贪图享乐，甚至不择手段！

我望望族叔，望望星空，继续着我们的话题……

1989 年 8 月 29 日 《安徽工人报》五月风副刊

伤阳台

一

阳台向空间稍稍延伸,把主人的兴趣爱好延伸出来了;把主人的闲情逸趣延伸出来了。

阳台剪一片蓝天下的空间,把千姿百色的园苑剪来了;把淡妆浓抹的庭院剪来了。

杜鹃花开了又谢了;玫瑰花开了又谢了;金菊花开了又谢了;蜡梅花开了又谢了……

三尺之地,有抒不尽的诗情画意,有做不完的锦绣篇章。

可是,年复一年,日复一日,我总在爱别人家的阳台四季如春,伤自己家的阳台四季无春。

我不爱美吗?

二

我爱美。

我来自黄山脚下,我更爱自然美。

我养过花。在我阳台的角落,至今还叠放着大大小小好几只空花盆,至今还存有发白的硬土,枯朽的枝茎。

我活得太累了,风声、雨声、嘈杂声,声声入耳;家事、国事、天下事,事事关心。常常是一心难二用，顾此而失彼。

我曾经养过几盆挺美的花。不是昙花，却都如昙花一现。原先我把养花看得十分省事。不料偶遇一阳台养花专家一吹，又搬出种种花肥种种工具，还有一堆五彩缤纷的养花理论把我一吓，发誓从此不再侍弄娇生惯养的花。

于是我把生命原本属于沙漠的仙人掌、仙人球请进了我家阳台。

仙人掌长高了。仙人球长大了。

可是后来，悲剧还是在我家发生了。一位住平房的老同学对我说，他刚成家两年还在门前种种花种种草，如今也都荒芜了。

一位住楼房的老同学对我说，现在哪是我们玩闲情逸趣的时候，他家阳台也是空空荡荡。

我终于不感到孤独。

三

现实生活中，无差异是不现实的，有差异是现实的。有人活得轻松超然，有人活得紧张沉重，有人活得自乐自足，有人活得忧患重重。

我本是个自甘淡泊又情感丰富的人，理当与花鸟虫鱼有不解之缘，然而现在却不能为。

也许，我们三四十岁一代人，现在的确不是闲情逸趣的时候。既如此，那就让春兰秋菊开在我女儿的智慧树上，开在我书桌的方格上罢。

1989 年 10 月 27 日　《合肥晚报》逍遥津副刊

残羹

　　家乡中学一青年教师小汪来安徽大学函授面授,回去时问我,下次来参加期终考试需要为我带点什么。我说,就给我带几斤玉米粉吧。

　　我小时候几乎是玉米帮我拔个儿的。记得上高小时就寄宿,一星期回一次家带米带菜。常常是米缸空空,就带着母亲五更天起床做的几十个盘大的玉米粑粑上学。初中三年,正是灾害三年。大约一学期回家一次,返校时没有什么可带的,也常常是带着母亲特地为我炒好的玉米粒或玉米粉。三节晚自习回来,饥肠辘辘,抓两把炒玉米嚼嚼,一嘴喷香,透心地满足。

　　玉米和我,就是这样一种患难之交。

　　然而这次我托人从家乡带玉米粉,倒不是因为自己要回味,主要是为着调节女儿的营养。如同一边眉飞色舞的宣传卷烟利润增收一边又理直气壮宣传吸烟有害一样,对于越来越多的独生子女的饮食,营养学家的一次次忠告和食品市场喋喋不休的广告攻势始终是相反而又相成的。我虽然于营养学家的忠告坚信不疑,却又难以抵御得了食品市场那甜言蜜语的诱惑。买糕点,买面条,越精越细越好,似乎买了标准粉的就委屈了孩子。其实心里又何尝不明白五谷杂粮养人的道理。前年回老家见着我那虎头虎脑的小外甥便感慨不已。小家伙才三岁,居然能举起一块大砖头和人打架,了得!女儿和他站在一起,分明比出了一副弱不禁风的模样。

　　因此我决心要战胜一下自己的溺爱心理。玉米粉带来了。新鲜金黄,透出一股股甜淡淡的清香,当晚就为女儿烧了一大碗玉米糊,并大造舆论,称它怎么怎么好吃怎么怎么营养丰富,里面含有多种维生素大量赖氨酸云云。女儿却并不轻易跟着为父者我一般郑重其事,似乎是漫不经心说了声"尝尝看什么味道吧",便用勺子挖进嘴里。"好吃,好吃。"我听了无比高兴。可是吃了还不到一半,女儿就放下了勺子,说:"吃够了!""吃够了?""吃够了,爸爸,快烧饭吧,我都饿死了。"

我一边起灶淘米洗菜,一边吃着那大半碗残羹。我真想狠狠教训女儿一通。我真想狠狠饿女儿一顿。可是,我要又一次战胜自己。更因自己也觉着这玉米羹也不似当年那么津津有味了。

1989 年 10 月 30 日　《合肥晚报》百卉副刊

唤来英魂同住

在我家乡的景山顶上，几年前突兀出现一座庄严肃穆的烈士纪念墓。

墓碑上，红褐色血似的渗印着村民刻上的两行墓志铭："虽然我们只能在阵亡簿上找到你们的姓名，但在我们景山村民心目中，你们是景山村的一代天骄。"

景山非山，不过一圆锥形山丘，青山左右两旁，连绵起伏，远远望去，如泥人高手雕削过一般精致。踞村中央，高数十米，将村舍一分为二。两侧粉墙黛瓦栉比，前方一水护田绕绿。没有山花烂漫，没有松柏常青，只见一层层的茶园，绿油油簇拥着烈士纪念墓，像是村姑一针针一线线绣上去的。

水泥墓，青石碑，本本色色，不着修饰，显然是受到材料技术的局限而露出些许粗野土气，无论如何比不得麻栗坡的。但此处地形却真的是天造地设，非人工能为。那赫然醒目的墓碑在景山之巅巍峨着，顿使这小小的山坞村庄平添了别样的氛围和气势，给多少过往行人留下了别样的印象和感觉。

我曾在那烈士墓前深深地三鞠躬。那是两年前返里探亲，春寒料峭时节。纪念墓周围是大大小小的花圈骨架。我默默地伫立许久，许久。这时候有我的缅怀、仰敬，也有我的迷惘、苦思。崇高感与彷徨感交错交织，撩起我心底一阵阵涟漪，心境好不纷乱！想起青少年时代常常读之入神的是《星火燎原》《红旗飘飘》，仿佛常常看得见烈士鲜血踏出的足迹，听得见历史长廊那不屈不挠和前仆后继的回声。然而现在……

两位富家子弟，在外乡高小学堂读书，受方志敏部队革命宣传的影响，瞒着家庭，秘密参加了赣北红军游击队。他们一同战斗在皖赣边区的土地上,最后又都悄没生息地默默把一腔热血、一身青春洒在了故土。

没有故事传奇,没有惊天动地,他们没有来得及惊天动地。

这里不是老区,不是将军的摇篮。这里我的祖祖辈辈芸芸众生,素以崇尚徽商天下或读书做官。而他们,走的竟是这样的一条路。

他们的坟茔早已被岁月的风风雨雨铲平,他们的肉体也早已化为腐质肥沃了青山。

哦,安魂吧,烈士。安魂吧……

不能因为年代已经久远,不能因为名不见经传。昨天的景山山民,日子着实过得太穷,太累,太单调之味,太提心吊胆,无心顾及其他;今天,他们终于唤来了英魂同住,唤来了英魂同住……

这是他们奏出的安魂曲。

他们要让英灵每天都看着,看着景山脚下的依依垂柳,修修翠竹;看着村前的一河碧绿如蓝,繁枝倒影;看着景山山民的喜怒哀乐,每一个跃动的灵魂。

他们要让英灵每天都听着,听着景山脚下的喜鹊登枝,紫燕呢喃;听着黄澄澄里的笑语,绿茵茵里的呼唤;听着景山村里的书声琅琅,每一株希望的拔节生长……

1989 年 11 月 15 日　《安徽日报》黄山副刊

伴随痛苦的幸福

家里来长途告喜：小鹰生了！

生个女儿，剖腹产。生得很苦。

小鹰是坚强的，该干什么干什么。做家务，写小说，还照顾出国妹妹的孩子。也许四十岁女人怀孕和二十岁女人怀孕是不一样，不再有如花似玉时的自傲和娇嫩。

今年春节后的一天，小鹰电话要我去吃晚饭。我知道王毅捷只是个美食家（就是那个闯荡美利坚，回来写了《大洋彼岸的来信》的王毅捷），操起厨房家伙手脚就笨得不行。小鹰大腹便便，如何忍心这时候去劳累她。不行，毅捷在电话里高嗓门说，小鹰正在厨房掌勺哩，不来对得起人不？

于是去吃小鹰做的菜。她挺着大肚子继续忙里忙外。可中午，她竟还弯下腰给我女儿洗澡。女儿拒绝大舅的热情，说大舅是"男孩子"。我很过意不去，小鹰不在乎，哈哈大笑说：囡囡长大了。

我因此想，这兴许是上帝赐予的每个女人的德行：温情脉脉的母爱。小鹰就是当了女王首相，也得要个孩子。

饭桌上，小鹰对我说，她正在写第二部长篇，每天都坚持写一点。脚有点浮肿，有妊娠反应。她经常躺在床上，用一块木板当写字台面。"有时候，小囡在肚子里一动一动，木板也一动一动，真好玩。"看得出她眉宇间荡漾着将为人母的幸福。

年过四十的女人生育，意味着将要付出多大的代价，小鹰心里是明白的。她正处创作盛年，也是她创作内质和风格发生大变的关键时候。二十世纪八十年代初她的小说多写下放安徽前后身边的生活，女儿家事，细腻缠绵不够力度。这两年,她一反自己过去的阴柔,把笔触果断地深进这个世界的光怪陆离和形形色色的灵魂。一部《一路风尘》以小说和电视剧两种风貌双双荣获全国大奖。去年完成的长篇小说《你为谁辩护》(作家出版社出版),刚柔相济,直面人生,再一次反响文坛,旋即让影视艺术家抢了去。这是她花了三年时间亲自扮演兼职律师角色,沉入都市现代底层生活的结晶。现在,手头的又一部长篇还没有杀青,一旦小生命诞生,天天把屎把尿,何止一两部书的代价!

无怪知识妇女对于生育远不及农村妇女那样的热衷。知识妇女要承受的是肉体和事业牺牲的双重痛苦!

但是王小鹰,这一生只要有这个能力,就无论如何也不忍逃脱这场痛苦。丈夫太喜欢孩子了。而她又是那样爱自己的丈夫。不给他生个孩子,贤惠的小鹰似乎总有一种负债感。尽管命运对这一天的召唤姗姗来迟,为了上大学,为了丈夫出国,为了小说创作。一九八四年春,王毅捷从美国留学归来,举家前往丁香花园拍照,我们便对着长房媳妇小鹰起哄(王毅捷起哄得更疯狂),非要小鹰抱着我女儿的布娃娃权当长房长孙,小鹰无奈,长吁短叹。也许那时候小鹰就意识到,她这一辈子只演妻子、作家俩角色是绝对不够的了,非得过这一关不可。

也好。过了这一关,就是一个世俗视角的完整女人了。作为一个女作家,多充当一个人生的角色,也就多了一份人生的体验,对于小说生命的诞生肯定是多有裨益的。

这难道不又是一种幸福?

1989 年 12 月 3 日 《文化周刊》

可恶，然而……

女儿错怪了她妈。剩下的半斤新鲜菱角不翼而飞，女儿一口咬定是她妈妈嘴馋了。她妈妈委屈地说：没有哇，我什么时候吃了？于是一致怀疑家里有了鼠贼。

夜间，女儿在厨房桌上放几块夹心饼干，说："明天早上看还在不在。"翌日早起一瞧，饼干荡然无存。于是一致认定家里有了鼠贼。

老鼠从哪儿钻进来的呢？层楼高百尺，壁垒有铁门，四面八方旮旮旯旯的找也找不着一个鸡蛋大的洞。怪了，乔迁至今没有过的新鲜事。

第三日，万籁俱寂之夜。我在睡意蒙眬中迷迷糊糊听得厨房里窸窣作响。于是破梦而起，蹑手蹑脚拉亮厨房的灯，坐等恭候。

果然！不一会儿，一双贼溜溜的鼠眼放肆地冲着我发亮。我赶紧关上厨房门，口中喃喃怒喝：天网恢恢，疏而不漏，看你往哪逃！

可是，这家伙许是偷吃了两天，如履家门，贼胆越发地大了，胡须翘抖抖地，贼头贼脑嗅着桌面，根本就不在乎我！待我一棍下去，以为打得很准，谁知这鼠贼竟十分的灵敏，居然逃得那么快。只见它蹿到桌底下，蹿到水池里，蹿到碗橱顶，蹿到米桶盖，蹿到煤气灶，哐里哐当教我动手不得。最后蹿到煤气罐靠墙拐角缝里，喘着粗气，浑身哆嗦。我便使劲儿用煤气罐挤。等到听不见声音了，以为一块肉饼了，才随手拿一双筷子塞进去挟摒它，竟冷不防被它狠狠咬了一口，逃了出来。我气极，忍住痛穷追猛打，惊醒了妻。她起来一看，地上，米袋上洒得一片片殷红的鲜血，全是从我的身上流出来的！慌忙打开铁门，嚷："快放它走！快放它走！明天找到鼠洞是关键！"我的脾性已经被鼠惹恼了，也嚷："不行，血海深仇，今天非结果了它不可!"

贼鼠终于让我揍扁了。以为太平无事了,岂料第二日半夜,卫生间突然哐当一声铝盆响,接着是一片窸窸窣窣之声。我赶忙一骨碌爬起一看,又一只!

这回教我明白了,把眼睛睁得大大的在卫生间上下左右来回扫视,寻那关键的鼠洞。

哪料得到,这鼠洞就在卫生间顶部墙角处,很不易觉察的。上半年维修房子时,马大哈工人给留下的。自堵了洞,已是数月太平无事。

鼠贼们无孔不入,委实可恶;然而,谁又叫你让它有空子可钻的呢!

1989 年 12 月 19 日　《合肥晚报》逍遥津副刊

王小鹰与安徽的缘

近读中国作协理事、上海女作家王小鹰的长篇访苏散记《似曾相识燕归来》，感到小鹰去年 10 月作为中国作家代表团的一员访苏，似乎不像几年前和程乃珊同行访美时那样的轻松自如，这是否是由于她生产刚过半年，人也胖了许多有关。

祖籍浙江的王小鹰，偏偏与安徽有着不解之缘。这不仅因为她公公婆婆是《安徽日报》第一任社领导，也是老报人，父亲母亲是泾县茂林皖南新四军战士，丈夫王毅捷曾在合肥度过苦难的童年，也不仅因她特别喜爱黄梅戏，《天仙配》《女驸马》能整段整段地唱，还因为她真正的文学创作，是始步于安徽黄山。

1968 年，她和她的许多老三届同学下放来到黄山茶林场。尽管知青生活十分艰苦，但黄山的钟灵毓秀，激起了她强烈的创作冲动。这位自小就在画家、诗人家庭里熏陶感染文学艺术的小家碧玉，开始把对黄山、对大自然的陶醉化为心中的色彩，心中的故事，心中的憧憬，心中的诗情。

画画。干曲枝虬的奇松，飘然若仙的云海，玲珑崛起的巧石，纷纷走进她的尺幅之地。

写作。像黄山的云、雾、泉、花，时而浓浓的，时而淡淡的，时而香甜的，时而带点苦涩的。这就是她最初的两部作品《金泉女和小溪妹》《相思鸟》。

她从黄山的宁静走向大上海的喧嚣，她的作品也从皖南的纯净走向都市的交响。她许久许久都还在回味黄山的那段生活，尽管回上海后她写出了不少反映都市生活的作品(主要有小说集《新嫁娘的镜子》)，但许多读者还是执拗地喜欢《金泉女和水溪妹》，说那才是王小鹰的风格。

真正使王小鹰作品发生深刻变化的是《一路风尘》。这部针砭时弊的中篇小说和同名三集电视剧前年双双获全国大奖，使得许多只读其作品而鲜知其人的读者刮目相看之余不免小有惊讶，总以为小鹰只是个似水柔情的擅写身边琐事、儿女情长的纤纤女子，谁知王小鹰也是个敢爱也爱得动情，敢恨也恨得淋漓的人。她的个性的另一面，是感情容易冲动，冲动时候说出的话常常因分寸、火候掌握不好甚至带点"国骂"而令"正经人"难以入耳的。这时候的王小鹰，则是完全可以指挥她作品中形形色色的大丈夫了。继《一路风尘》后，她每天挤公共汽车，深入律师生活三年，创作出版了长篇小说《你为谁辩护》。那年春节回上海，见她身怀六甲却还在艰难地写着另一部长篇。最近她来信告知"一部长篇《忤女逆子》和一本散文集《爱情不独享》即将由北岳出版社出版。"十年间，小鹰已发表作品近300万字。

12年前，小鹰夫妇为了上大学，俩人忍痛扼杀了腹中的小生命。毕业后她在等丈夫赴美留学归来时，文章一篇连一篇地写，书一本接一本地出，直到去年42岁才兴高采烈地做了母亲。小鹰，真的如她的同行姐妹陆星儿说的，做女作家，"好就好在她们是女人，却不易地做成了作家"；"坏就坏在，既然做成了作家，又偏偏非得要做女人"。

1990年2月4日　《合肥晚报》逍遥津副刊

又是一年春草绿

我对着镜子寻找青春。结果，找出了几丝白发，几丝不易察觉的白发。

"白发三千丈，缘愁似个长。不知明镜里，何处得秋霜？"其时李白先生多大了？

我直后悔刚才真不该那么认真地寻找。

女儿一天天长大了，自己一天天老了，我感叹道。

妻说，还说呢，你看看我头上，一撮一撮地白。

怎么会的呢？妻一头青丝，乌黑发亮，茂盛葱茏。还没来得及追寻一次现代女性的梦，还没来得及在七彩世界中飘曳过，芳香过，怎么就有白色了呢？

我低下头细细端详，果然是的。

空泛泛的宽慰难道不显得多余吗？永葆青春美容，终究不过是为了兜售化妆品的广告把戏。人重要的是敢于正视哪怕是最严酷的现实，正确把握自己的人生转折。

我笑道，也好。白发苍苍，饱经风霜，这也是一种资历的标志，有时候比知识才能还有价值。

妻也笑道：苦涩幽默。

正说间，忽听从阳台传来女儿的惊呼："小草！小草！"

原来，闲在阳台旮旯的一只花盆，发硬的黄土经历几场春雨的滋润，居然鲜亮出几束生命的绿色来，勃勃而有生机。

呵，又是一年春草绿！

我住顶楼，又无花木，文人善感，恶习难移，就把这只花盆放在了窗台上,让这几株可爱的小草,将新春气息透进我的窗纱。

回黄转绿,年年岁岁相似。

岁岁年年,人还能相同吗?

少年不识愁滋味。小草给予女儿的是一份大自然的情趣,而给予我的是一份人在旅途的体味。

愿我,愿妻,愿和我有一样心境的芸芸众生的心田绿草如茵。

1990 年 4 月 30 日　《合肥晚报》逍遥津副刊

十年人生话辛甘

这一期的校报上,有我为十年校报生涯画上的一个句号。

这十年对于我非同寻常,这是我人生中的三十出头到四十出头,最黄金的岁月,最华彩的乐段,我把它奉献给了校报。别离时刻,是确有一番剪不断理还乱的纷纷思绪的。

十年前,我结束了学校的冤假错案复查工作,准备去中文系搞教学,却出人意料地被告知去学校党委宣传部报到,把停了十三年的《安徽大学报》复刊。我快快如当头棒喝,谈话的组织部长却笑眯眯说我是被张书记看上的,于是又斗胆去找张行言书记,希图得到扭转,结果被这位我所崇敬的老革命说服,愉快地遵从了组织安排。这块学校的宣传舆论阵地和校园文化阵地,正是他受周恩来总理委派从国务院来到安徽大学任职后亲自开辟的,当年恰从复旦大学新闻系分配来两位青年方铭老师和李焕仁老师,《安徽大学报》就是从他们手上应运而生了。

可是我并不是新闻科班出身,对于报纸编辑方面的知识和技巧,诸如如何选稿、改稿、编稿,如何做标题、排标题,如何设计版面、美化版面等等一片茫然,逼上梁山只有边干边学。坚持数年,倒也渐入佳境了。十年来,为校报撰稿的学生换了一茬又一茬,为校报排版印刷的工人换了一茬又一茬,学校领导换了一茬又一茬,而我却十年如故,写稿,改稿,编稿,校对,一期一期,一年一年,红了樱桃,绿了芭蕉。我们被戏称为天下第一"杂家",是的,要把一堆堆零零乱乱的来稿依照一定的报道主旨和编辑要求精选编排成新闻或其他样式的文章,要把一篇篇有传播价值但杂乱冗长或文理不顺的来稿推敲成精练可读的铅字,把一个个不合要求或俗套的标题雕琢成富有吸引力的"眼睛",个中辛苦,只有自己心里明了。当我们校报的文章被一次次转载时,当我们校报不断受到省内外许多同行和读者的赞誉时,当我们校报的不少撰稿人后来成了作家、诗人、学者、企事业领导而并没有淡忘了我们时,当我们在工作中得到很多领导、师生和工人的支持帮助和理解宽容时,我的十年切身体会是:工作着,确实是美丽的! 诚如是,又何必嗟叹十年辛苦,尽为他人作嫁衣!

很喜欢英国作家布朗宁的一句话:"四十岁是青春的暮年,五十岁是暮年的青春。被青春看作水晶的东西,在老年看来只是露珠。"

那就一切顺其自然吧。无论如何,这十年的人生辛甘荣辱,是我一段重要的青春旅程,沿途的风景已然摄在了心的胶片上。

1990 年 6 月 30 日《安徽大学报》

哪儿是大海？ 哪儿是平原？

小小的我,穿着父亲的一双大大的土布袜,独自朝村前的深山坞奔去。当时一定好神气。

记得那天还带了干粮,带了手电。干粮是 10 火柴盒的炒米花。

进深山坞,再深深地钻进去,有一座山,叫石尖山,据说很高很高。站在山巅可摘星揽月,可腾云驾雾。我心中有了奋斗目标,便也觉得不累也不怕了,只顾在高山丛林中一个劲儿地往上蹿。怕迷了方向,还不时掏出一只万安小罗盘置于浓翳之地。见过一回老祖父看风水,知道有用,就偷了来。左弄右弄,完全是煞有介事。

我并非是听了李白的痴话真想上九天揽月,也并非是中了仙道的邪想真要腾云驾雾。我上石尖山,为的就是要看看我从没见过的大海! 平原!

听村里唯一的一位跑过码头的老人说过大海,诱人极了:碧蓝碧蓝的海水,向着天的尽头流去。每天太阳早早地从海底跳出海面,少说也比山里太阳早两钟点。

我便问:"我们山里和大海是一个太阳吗?"

老人说:"当然是一个太阳。"

我又问:"我们山里能看见大海吗?"

老人说:"不能。除非上石尖山。"

我又听老人说过平原,也动人极了:绿的时候绿得无边无际,红的时候红得无边无际。一望百十里,分不开天地,山里哪有那气势!

我又问:"我们山里和平原共一个中国吗?"

老人说:"当然共一个中国。"

我再问:"我们山里能看见平原吗?"

老人说:"不能。除非上石尖山。"

"噢——大海在哪儿?"

在哪儿——在哪儿——在哪儿……

云在脚下,林在脚下。啊,云海!林海!

后来,我在语文和地理课本上,在文学作品里,不断地读到大海,读到平原。

大海就像云海那样雄奇吗? 平原就像林海那样壮阔吗?

再后来,我走出大山,告别大山,我终于看到真正的大海了! 终于看到真正的平原了!

我的视野让海岸线拉远了,那么远。

我的心胸让大平原拓宽了,那么宽。

我因此热爱大海,热爱平原。

我因此感激大海,感激平原。

我因此多少次提笔,欲把大海、平原引入我的梦,引入我的灵感。我要歌唱她们,我要描述她们,我要向着她们抒发情思。

但是,我始终找不到她们的诗文之眼,写不出她们内在的神韵。

我这才发觉,无论我走到哪里,我都属于大山。只有故乡那青的山,那绿的水,那黑的土,那翠的竹,才常常飘然走入我的梦,触发我的灵感,撞开我的情怀……

1990 年《散文》第 9 期

王小鹰与《你为谁辩护》

最近中央电视台播放的 11 集电视连续剧《你为谁辩护》,以它法庭内气势恢宏的精彩舌战和法庭外的情感纠葛的委婉细腻,引起许多观众的兴趣。特别是律师,更有着不同一般的亲切感受。据说,像这样全景式反映我国当代律师生活的作品,新中国成立以来还是第一部。

早在去年 11 月间,我就在《文汇电影时报》等报上读到《你为谁辩护》在上海试播引起巨大反响的消息,当即挂长途向王小鹰表示祝贺,并急切地问她合肥什么时候能看到。小鹰在电话里告诉我,中央电视台已安排,待《渴望》播完后,每天在黄金时间播映。

52 万多字的小说原著《你为谁辩护》,是小鹰花了 3 年而创作的长篇处女作。记得 1986 年,我们回沪过春节时就听说她正在跟着一位叫赵珪的女律师当兼职律师,体验生活,准备写一部长篇,从律师生活的视角展示当代社会生活丰富多彩而又复杂沉重的画卷。当时,她从《萌芽》编辑部调上海市作协任专业作家不久,既有着一种几近竭泽而渔的危机和困惑,又有着一种决心超越自己过去的阴柔走向阳刚的自信,于是她决定沉入生活的底层,去接触、熟悉新的人物,新的天地。小鹰创作时神情专注,入情入境,在家里也常常是行色匆匆、若即若离的状态。她对我们说,她这两年可真累,几乎是天天跟着赵珪律师上下班,一起跑法院摘录案卷,一起和当事人谈话,一起挤公共汽车,东跑西颠地调查取证,一起颠来倒去反反复复分析案情,一起体味办案成功的喜悦和不被人理解的怨怒,甚至谩骂攻击。

小鹰非常敬重她的女主人公梅桢的生活原型赵珪律师,敬重她忘我的工作精神和高尚的人品,至今她们还经常来往。特别是谈到赵珪律师在一次法庭辩论结束回家看望病中的丈夫而见到的却是亲人的骨灰时,小鹰总是激动得难以遏制。看得出,当时小鹰的创作激情已经在她的胸中沸腾了,一个当代杰出的女律师梅桢的艺术形象已经在她脑海活跃了。

1988 年,小鹰先把刊载《你为谁辩护》的两期《啄木鸟》杂志送给我们看,去年又把新出版的这部书送给我们。不久,家中便告诉我们,浙江电视剧艺术中心和中国电视剧艺术中心都要改编这部小说。小鹰的作品严肃,做人也严肃,她说既然已经答应了浙江台就不能三心二意了,"一女不许两家人"。

"文革"中王小鹰从下放的安徽皖南回城后一边当描图员,一边坚持业余创作。1982 年毕业于华东师大中文系。为了创作《你为谁辩护》,她特地从华东政法学院借来一大摞法律教科书,一本一本地啃,其时她已年近不惑,这是需要相当毅力的。去年,小鹰在经历了一场大龄妇女生育的惶恐与痛苦之后,第二部长篇也随着她的小宝贝的诞生而诞生了。

1991 年 3 月 2 日　《安徽法制报》

减去 10 岁，减去 20 岁

我微笑着走上讲台，一眼就看到了刻在他们脸上的岁月，心的闸门猛然间被这几十道渴望的目光撞开，一腔情愫涓涓流向每一个座位。

他们是来自我省文化系统基层单位的干部，年龄大都在 40 岁左右，又大都是老三届。他们经过一番拼搏，考取了安徽大学和省文化厅合办的文化管理专业"证书"大专班。

我们是同龄人。无怪我们一见面，心灵就产生了感应。

很快我们就成了朋友。他们听课非常认真，认真记课堂笔记，认真做我布置的作业，认真举手发言，认真在黑板上改错别字。课后我们谈文学创作，谈音乐戏剧，谈基层文化，谈儿女情长，谈得更多的是我们这一代人的风风雨雨，曲曲折折。

有一次课堂讨论，分析台湾作家陈启佑的抒情散文《永远的蝴蝶》的写作技巧。坐在后排的一头花白头发的那位第一个举手。他不但读懂了这篇文笔十分含蓄的优美散文，而且分析得那样细致、精当。他第一次引起了我的特别注目。

我原以为班上有两位年近 50 的"爷爷"，他必是其中一位。其实，他今年才 44 岁，太苍老了，待我了解了他的身世，我才感觉我今生今世也算是迎面碰到了一条真正的泰山压不垮的铮铮硬汉！

他叫李再敏，定远县炉桥区文化站站长，人称"定远秀才"。

1961 年，他毕业于定远一中。一个还在"梦"的年龄的天真少年，因父亲被错打成定远县反党集团成员而受株连，两次考高中不予录取，只好辍学在家。1963 年父亲平反，他即到一个区税务所当助征员。从此他开始一边工作,一边自学、创作。第二年开始发表处女作。1975 年他的长篇叙事诗《红枣树》,由画家叶家和配图发表在省级刊物上,开始引起省里的重视。

正当他春风得意、踌躇满志时,长子死于车祸。还没有等他从痛苦中走出来,正在上中学的次子又被狐群团团包围,惊吓得神经错乱,最后服毒自杀。痛失二子,老李呼天号地。然而厄运并不就此罢休。紧接着,庙宇焚香引起一场大火;殃及池鱼,偏将他一个苦难之家烧成灰烬,差一点老李也葬身火海。

我实在难以想象他是怎么挺过来的!他没有让命运卡住咽喉。在作文里他这样写道:"我不想死了,我要拼搏,要让人生的征帆,把我驶向胜利的彼岸,我要开始焕发我创作的第二次青春!"

年近 50"爷爷"辈的其中一位,是安徽省黄梅戏校副校长、二级演员周旭春。他在黄梅戏舞台上度过了 35 个春秋,是我省黄梅戏著名的小生演员。他引起我的特别注意,主要不是因为我非常爱黄梅戏,而是班上这位老大对我布置的命题作文《初冬的醉翁亭》完成得十分认真。他的童年是在苦难中度过的,靠母亲帮人洗衣服勉强读了四年书,13 岁辍学学戏。他在报考文化管理大专班前,正在参加全国自学考试。白天当领导,晚上做学生,啃古代汉语、现代汉语,啃外国文学、古典文学,考 40 多分也要坚持啃下去。一天夜晚,他在把那篇抄得工整秀丽的几千字作文送给我征求意见时,已经是四易其稿了。在接受了我的修改意见之后,又取回去开夜车修改,誊抄。我被他这种学习精神深深感动了。他对我说:"古人说得很对,'学然后知不足'。文凭对于我已经没有什么实惠了,我是真想学点知识。一为今后黄梅戏的发展,为培养黄梅戏艺术人才,提高一下自己的文化素质和管理素质,二也为自己几个孩子做个榜样。"他的长子在安庆黄梅戏一团当演员,平时演出任务不重,老周要他补文化课、学外语,用知识来充实自己。我从心底钦佩这位老同志的高瞻远瞩,勤奋好学。

丁加胜是来自天长的一位有才气的学生。虽然他长期从事基层群艺辅导工作,但交谈中发现他读书品位颇高。他是老三届中的六六届高中生,年过四十还是那样眉清目秀,看得出他是一个豁达乐观的人。我俩同岁,同届,这位船上长大的船家之子,从小就"最爱读水底之彩云,星月,最喜闭月遐思",频频做着文学的梦。后来,梦破碎了,"黑五类"的阴影久缠着他,但他没有放弃执着的追求。虽然已经发表了不少作品,但他听每节课都那么全神贯注,那样如饥似渴。

他们中有人对我说,我小时候一边读书,一边帮妈妈卖冰棒,卖稀饭;

他们中有人对我说,我小时候为了交学费,节假日上山砍柴背到集市卖,那柴上都有我身上的血;

他们中有人对我说,我小时候父亲被打成右派,为了躲避学校天天催那几元学费,竟逃学一学期,被母亲绑在树上打;

他们中有人对我说,我读中学时无钱住宿,每天走读来回三十里,坚持了三年;

他们中有人对我说,我读中学为买一支 6 角 8 分钱的钢笔,把每天当中饭的菜饼卖掉,二分钱二分钱的积攒;

……

这,就是他们这一代人,也包括我,在校大学生的父辈们走过的人生之路,求学之路。

1991 年 3 月 17 日 《文化周报》

童年梦辉煌地逝去

我有一个童年梦,二十世纪六十年代辉煌地实现了,二十世纪八十年代又辉煌地逝去。

有一支歌,最能勾引我的浮想,我只要一听,一哼,立刻就浮动着童年的画面,故乡的画面。"我思恋故乡的小河,/还有河边吱吱唱歌的水磨。/噢,妈妈,/如果有一朵浪花向你微笑,/那就是我,那就是我。"

我故乡的小河,早先还没有水磨。我外婆的那处大村庄有,就在村口。一河清粼粼的水,时而深沉委婉,时而酣畅淋漓,涣涣流到村口,被一道人工石坝横截,水就在这里滞住了,顺从地流向岸这边的水闸门,不紧不慢嘻嘻哈哈,冲进占了小半个天空的百叶轮,旋即化装成一簇一簇洁白的浪花,调皮地从百叶轮里跳出来,从半空中撒下来。百叶轮转动着它的悠悠岁月,把水碓转动了,把水磨转动了,把揉茶机转动了。

我母亲19岁从一个有水碓房的大村嫁到一个没有水碓房的小村。使磨要用腰肚顶着一根杠杆不停地转圈,直转得头晕、呕吐;使碓要用脚死劲地压住离支点最近的碓杆一端不停地踩,直踩得脚酸、腿痛。我好羡慕外婆村庄的人,他们是那么幸福,有水碓、水磨!

后来,在我故乡的小河边,常常就有一个小男孩全神贯注的身影。喷火似的骄阳把他从头到足炙得黝黑黝黑,高树蝉鸣一齐轰出炸耳的噪音,他似乎什么都没有感觉,不停地用小手扒开一条小渠,再折两根河柳的粗丫做桩杈,又从垂柳身上捎一把绿绿的绦,精心编织成一个个水轮。不一会工夫,"百叶轮"转动了,小男孩在绿茵茵的河滩上狂呼、翻跟头,马上引来一大群,当妈的,当爸的,当女儿的,忙得不亦乐乎地用捡来的破碗破罐盛满金灿灿的沙子,表示舂米啦,磨粉啦,再也用不着转圈啦,再也用不着累脚啦!

那就是我的一个童年的梦。夏秋之际,我几乎天天在小河边一遍一遍重复着它。我盼望着我弱瘦辛劳的母亲早一天回到她少女的幸福中去。可是,母亲依然是年复一年在我甜美的梦中一圈一圈千万次地磨,一脚一脚千万回地舂。汗雨浇灌着我童年梦的花骨朵儿。

那年夏,我从县中学放假回家。未进村口,远远就听见"吱吱""咚咚"的声响,就像是从遥远,从古老,从母亲姐妹们的心中飞出的山歌。我伫立着看,伫立着听,呆呆地,激动地。缥缈升天而去,红霞万朵中,好一幅辉煌的配乐诗画。

不料仅两年后,这里竟在我小妹的手中化为灰烬,只剩下百叶轮的悲凉与孤独。父亲带小妹去舂米,她玩火。其时,我刚考进高中读了一学期,而家境已如往来苔雪之间的漂泊之舟。我强忍痛苦安慰父亲说,妹才四岁,怎么办呢?我休学回来吧。父亲只顾埋在寂寞中椎心泣血。但最终,三年高中我还是艰难地读下来了;焦土之上也很快复现了崭新与繁忙。危难之时,我,我的家,曾接受过多少刻骨铭心的温暖与真情。难关过后,那村口的一隅与我结下的特殊因缘,渐渐绕成了一团剪不断的情结,积淀了一缕沉甸甸的回忆。

今天,当我踏着荒芜走进它,这儿已是一片废墟了。废墟是最能诱人发思古之幽情的,或扼腕而叹惜,或填膺而义愤。但此时此地我却真的是宠辱皆忘,把酒临风,喜气洋洋,歌之不足哩。因为我的小小村庄也已经是电视机、收录机普及,米、面加工有电动磨、电动碾米机了。电是从外婆家的大村庄输送来的,我趁着去为外婆扫墓,顺道参观了那座水电站,把我认了出来的站长逼我写一副对子,我蓦然想起下放回乡时昼耕夜读,常常拣个清静独自躲在故乡小河边的水磨房,曾书岑参诗二句贴于柱上:"岸花藏水碓,溪水映风炉",于是欣然命笔:"岸花藏水库,溪水映辉煌。"友人恭维说好,我也窃自得意。不是吗,这"辉煌"二字,不是我故乡的昨天、今天的写照乃至明天的昭示吗?

1991 年 3 月 27 日　《安徽日报》黄山副刊

厝福

故里近婺源。许是沾了朱熹老夫子的什么气,千百年来朱子理学云烟氤氲。冠婚丧祭,繁文缛节甚极。旧俗之一,家人死了不立时下葬,偏将灵柩置于风水先生择好的处所,普通人家只在棺上再盖一层"人"字形黑瓦,以为逝者遮阳挡雨;富裕之户则用砖砌一厝屋,外面粉饰一白,四角绘上炭墨图案,严严实实将灵柩封于其中,俗称"藏基"。老辈人说这是为子孙藏财,必有后福之意云云,以此激励后生发家致富,一代胜似一代,届时再予厚葬,礼仪就必是更为隆重风光的了。

大约到了我一辈,就不曾见过这旧俗的延续,但我至今仍清楚记得儿时一见到厝棺就心惊胆战。因为举目抬足之间,尽是原始自然的阴森幽暗氛围中再见那长眠着人的浮殡停枢,心里委实怯怯的。

其实,这实在不过是老祖宗的一厢凤愿。在我们村上,几乎没有一户是因此而富了起来的,大多是长工、短工,或去了大庄户茶号做个伙计,或去了江西浮梁景德镇当了瓷窑徒工。有两户家景稍好,也渐渐败落下来。老祖宗依旧年复一年在野外餐风饮露,儿孙们活着都十分吃力,哪里还顾得了死去的。有的人家后无子嗣断了香火的,岁月就无情无义将他祖上棺枢腐朽而裂塌,赤裸裸曝骷髅于天野。

我家老祖宗也对子孙寄予着厚望。在我们村前是一条清凌凌的河,过了河就是一座碧翠翠的山,山坳底处并列排着四口棺枢,都只盖了人字形黑瓦,没有高档次厝屋,四周杂花生树,群雀乱飞。那就是我的老祖宗。右边两口,是祖父的祖父祖母;左边两口,是祖父的父亲母亲。右边两口年深月久了,已开始霉烂。有一回我和弟弟一班孩儿在前山玩打仗,弟弟冲锋陷阵不小心冲到老祖宗身边,受了惊吓,夜晚母亲便去给老祖宗磕头烧香,见那山坳底忽隐忽现亮出蓝幽幽的光,回来便禀告祖父和父亲,说不能再放了。

祖父在世时似乎是有心要了却这桩心愿的。有一年,我就曾见过家中来过一位长衫老者,银须飘逸,气宇轩昂,手握一红木圆盘,内有指针摆动。祖父告诉我,他是一位名扬徽州的风水先生,休宁万安人,罗盘巧匠吴鲁衡之后。后来我才明了,当时祖父为何要不远百里请来万安风水先生,原来徽人自古崇尚堪舆之学,尤为看重坟茔风水,万安罗盘乃世之珍品,至今首都历史博物馆还珍藏一只有"吴鲁衡"字样的万安罗盘,工艺十分精巧。我紧紧尾随祖父和风水先生,转了几处,像是真寻到了一处什么风水宝地。父亲对这件事却不热心,活口尚且难以饱腹,哪里还有那等心思。但积习难除,祖父一死,父亲便无奈硬挺着男子汉的脊梁骨到处赊借,换工,趁着安葬祖父,让他老人家的心愿也一同跟了去。

去年暑期,我携小女返里,一路渡水复渡水,看花还看花,到家已是日暮苍山,一抹黛远。快到村口,忽见前山山坳底当年老祖宗厝屋的地方,灯火一片闪烁,并有电视音乐之声回荡夜空,悠悠扬扬从我的头顶飘洒下来,甜甜地,美美地,铺着我通往村庄的路。

我整个身心都翻腾在这崭新的声画世界里,好一阵都挪不开步。

家乡真的变了,这到底是厝福还是什么,我还真说不清。

1991 年 8 月 8 日 《解放日报》朝花副刊

看《天鹅湖》插曲

我是个有些文艺细胞的人,喜看演出,却是多年都懒得跨剧院的门槛。最近上海芭蕾舞团来安徽大剧院演《天鹅湖》,我陡来兴致,决计要携小女去享受一次高品位的演出。于是从菜篮子里慨然抠出 20 元,抢先购了两张甲座票,先睹为快。

女儿也很兴奋。《天鹅湖》舞曲,前些年曾让她听过,一边放磁带,一边对她说,公主奥杰塔出来了,王子齐格弗里德出来了,黑天鹅出来了,然而女儿印象最深的却是那个长鼻筒大大耳朵的老猪,在一年春节晚会上表演的滑稽小品"四小天鹅舞"。我是有心要自小培养孩子健康高雅的艺术玩赏趣味的,于是找出一些柴可夫斯基和《天鹅湖》的有关资料介绍让她粗读,趁此机会引导她对世界艺术精品有所了解。女儿虽年幼,对柴可夫斯基创作《天鹅湖》的时代背景和创作意图不甚了了,但她还是情绪饱满地举着小望远镜看到剧终。当看到淡淡的乳白灯光投射在舞台上,如皓月当空、银辉撒落翡翠般的森林湖畔和那一群翩翩起舞的洁白美丽的天鹅时,女儿似乎也被这世界一流的艺术精华感染得几分陶醉了。

至夜安寝,我一直把一团事关女儿的不悦藏在心底,笑而不露,而是尽情地和她谈《天鹅湖》,让女儿带着一种猎奇,一次满足,一丝品味,轻松愉快地进入梦乡。

第二天早晨,女儿在梳头,我正色告诉她:"昨天下午我遇见你的数学老师了,这次期中考试,你数学考得一塌糊涂,知道吗?"

"不……及格吗?"

"不及格还了得!昨天没有告诉你,是怕影响你看演出。你……"

女儿掉泪了,两颗晶莹的泪珠无声地落下。女儿这一次是认真地动情地哭了。

良久,我又对女儿说,哭倒不必,也没有用。失败有时候比成功更宝贵,关键在于自己。就比如这《天鹅湖》吧,一百多年前《天鹅湖》刚刚诞生演出时,遭到全面的失败。柴可夫斯基活着的时候接受的不是鲜花和赞美,而是扑面而来的冷嘲热讽。但芭蕾艺术家们并不灰心,而是认真总结失败的教训,在作曲家逝世后又重新使《天鹅湖》起死回生,终于成了世界艺术的传世珍宝。

女儿静静地听着,似乎明白了些什么,打开她上锁的抽屉,在日记本上写着,或许是写下我刚刚说的这番话,或许是写下这次数学考试失败的教训,或许是写下看《天鹅湖》的感受,或许还包括这支生活插曲……

1991 年 12 月 19 日　《合肥晚报》百卉副刊

脚手架

夏福英很坦率,她说,如果把高校的学生思想政治工作比作一项"系列工程",她不过是构筑这项系列工程的脚手架。

她在安徽大学做了 15 年的学生政治辅导员工作。15 个春秋过去,从数学系到历史系,先后任过 20 个班级 800 多名学生的辅导员。多少人事更替,多少世事变迁,而她,就在这个岗位,从青春荡漾的姑娘拌着酸甜苦辣步入了人生的中年。

辅导员工作,是高校思想政治工作的前沿阵地。要做好这项工作,举其要者有三条:生活上做好学生的热心人;思想上做好学生的知心人;人生道路上做好学生的引路人。这是夏福英同志 15 年学生思想政治工作的心得体会,也是夏福英同志在许多学生的心目中深深刻下的印记。

1990 年,她带的历史专业 87 级有一位学生突患重病,需住院手术。第一次手术失败,必须立即进行第二次,否则会有更大的危险。可是,接电报赶来的学生家长却不愿签字。在这生死攸关的时刻,夏福英看着身上插满输液管、昏迷不醒的学生,就像感觉到自己手腕上手表的秒针在随着学生的心脏起搏一齐揪着自己的心,她什么也顾不得多想了,毅然在手术单上签了字,紧接着又安排好护理。一切妥当她才拖着疲惫不堪的身子赶回家去,家中还有一个不满 10 岁的孩子。她的从事法律工作的丈夫责备她不该贸然签字,她说:"我知道要负法律责任的,可我总不能眼看着学生生命垂危不管呀!"手术后,她每天到医院探视学生,把莲子粥、奶粉送到学生病床前。清贫的家境,自小又缺少父母之爱,使这位学生养成了寡言孤僻不合群的性格。可是这场大病痊愈后,他的性情也变了。他发自肺腑地说:"我三岁丧母,父亲再婚也离开了我,人生遭遇使我把一切都看得很淡,也很透,是辅导员老师的爱和同学们的情谊给了我温暖。"学生家长很感激,羞愧不已。

15年里,夏福英为多少学生的生活操了多少心,劳了多少神,只有她的学生们心里最清楚。刚跨入安大校门时,夏老师经常手把手教他们洗衣洗被料理生活,帮助他们计划开支;每逢佳节,夏老师又总是撇下家中的女儿和爱人,和学生一起欢度节日,让欢乐驱走学生们的思乡之愁;学生生病或家中出什么意外了,夏老师比谁都着急,更是关怀得无微不至;就连毕业实习,考研究生,夏老师都不忘当好他们的后勤。而这一切,对于她来说,已经是习以为常了。

情和爱的倾注,点点滴滴在心头,化为沟通、理解、融洽;化为动力,向心力,凝聚力。然而夏福英说,大学生思想政治工作,光靠生活上倾注一片爱心是不够的,必须有学习上、纪律上、政治思想上的严格要求和大胆管理,百炼才能成钢。夏福英一方面通过自学、听课等方式,努力加强自身的理论修养和知识修养,像马列经典著作,《辩证唯物主义与历史唯物主义》《人生哲理》《大学生心理学》《青年工作学》等等,包括尼采、萨特、弗洛伊德、林语堂等大家的著作也广为涉猎。另一方面,面对错综复杂风云多变的国际大气候、国内社会问题和学生的思想状况,她不是能避则避,能搪塞就搪塞,而是始终坚持积极、主动、大胆地走到学生中间去,和学生一起学习,一起讨论,坦诚相见,循循善诱,使学生不仅愿意而且乐于在她面前敞开心扉,袒露心声,从而捕捉各种有利时机做细致的疏导、引导工作。在长期的辅导员工作中,夏福英逐渐摸索出了一些经验。前几年由于大环境的影响,校园里不时泛起"尼采热""萨特热"以及"经商热",不少学生在人生与社会、自我价值与奉献牺牲等关口处陷入迷惘和困惑。夏福英就组织以"人生理想""人生价值""个性发展与社会需要"等为主题的座谈会、讨论会,引导学生深入思考,多方比较,引导学生积极向上,振奋精神,开阔胸怀;引导学生多读一些马列经典著作和革命家、科学家的传记、回忆录等。

夏福英曾先后两次被学校评为"先进教育工作者"和"优秀思想政治

工作人员"。前不久,她又被国家教委评为"全国高校优秀思想政治工作者"。15年中,夏福英带的20个班级,有14个班级被学校评为"先进班级"或"先进团支部",51名学生光荣加入党组织。

5年,10年,15年,一届接一届,许多走向工作岗位的学生,远涉重洋出国深造的学生,都深切惦记着、怀念着、关心着这位辅导员老师。

1992年1月19日 《中国教育报》

吴文忠，不仅仅只获得"三连冠"

平淡人生没有高潮，执着人生在平淡中爆发高潮。吴文忠，1960年跨出北京电影学院的大门，没有再回到故乡上海，而是奔赴江淮大地投入了安徽电视台的筹建工作，在这里度过了几十年默默无闻的摄像员、摄像记者、文艺编导的生涯。而自1979年后，他从一个电视短剧《五分三十秒》起步，勤奋不辍，苦心揣摩，终于成为全国知名的电视剧导演。

就在这个缤纷的新文化背景下，就在传统戏曲纷纷落潮的当口，吴文忠把安徽的黄梅戏与现代电视艺术联姻，优生了一个个艺术精品，他把它们送进了千家万户，他把这尊同时流着民族文化和现代电子血液的艺术女神托举在江淮上空。

1984—1986年，吴文忠执导的黄梅戏电视连续剧《郑小姣》《七仙女与董永》《女驸马》，连续三年荣获全国第三、第四、第五届大众电视金鹰奖"优秀戏曲片奖"，为安徽电视剧生产夺得了"三连冠"。

1987年，他执导的黄梅戏电视连续剧《劈棺惊梦》，专家认为是一部用现代观念观照古代题材的熔哲理与形象于一炉的突破性电视剧，在第四届全国戏曲电视剧评比中一举夺魁，个人荣获优秀导演奖。

1990年他执导的黄梅戏电视剧《黄山情》，荣获第九届大众电视金鹰奖"优秀戏曲片奖"的同时，又夺得第十一届全国飞天奖及第六届全国戏曲电视剧"金纸奖"。翌年他执导的黄梅戏电视剧《柯老二入党》，又获建党七十周年全国电视剧展播优秀电视剧奖……

作为一位一级导演、电视艺术家，吴文忠是当之无愧的。个人作品虽不算多，但每一部都浸渍着他对戏曲电视片的个性特征的艺术灼见和美学追求,所以他几乎能年年夺奖,年年爆响。

作为一位省电视台电视剧部主任,吴文忠是克尽厥职的。每年电视剧生产的组织安排、指挥调度,从题材规划、剧本创作到资金筹集、人员培训、使用以及种种规章制度的制定执行,方方面面的,琐琐碎碎的,磕磕碰碰的,他都要和班子的一拨人一道去操劳,去落实。而且,年复一年都是在经费严重不足、缺口越来越大而要求越来越高的窘况下工作着的。

有人很替老吴感到可惜,说他真正投入艺术创作的时间和精力不过十分之一。但老吴说,不可惜,我是个党员,党把我放在这个位置,我就不但要做好艺术导演,还要尽力当好这个行政"导演"。党和政府表彰了吴文忠为社会主义文艺事业做出的突出贡献,1985 年他被广播电视部评为全国广播电视系统优秀工作者;1991 年国务院批准他为享受政府特殊津贴的艺术家。

笔者曾问:"您的艺术追求和目标是什么?"

吴导说:"民族化,大众化,既为观众喜闻乐见,又为专家所认可。"

1992 年 4 月 8 日 《安徽广播电视报》

妈妈，睡吧

斐然让梦惊醒，听到隔墙房间母亲的哭泣，穿过深夜的紧裹，一滴一滴地漏出来。

她想轻轻地走过去陪陪妈妈，但她没有动弹，静静地听着。

她感到一阵窒息，像房顶塌了下来，整个地将她娇嫩的身子压在底下。

她战战兢兢地为自己估了470—480分，其他几科她心里都还踏实，唯有作文，占了50分，很难估。有人说大学老师打分紧，有人说中学老师打分紧，鬼知道落到什么样的老师手里。她为自己估三类卷，及格分总会有的。

一位很喜欢她的王叔叔，以最快的速度托人查到了她的分数：439.5分。可考理工类高校，没有500分以上就没戏。

斐然没有泪，也没有话，木雕一般，任凭那计算机嘴里吐出来的小纸条紧紧勒着脖子。

数学不知是为什么，多估了10分。"为什么要把政治题故意出那么难？这是整孩子呢。从苏联解体谈应当吸取什么教训，还有市场经济什么的，这是考领导干部还是考中学生？"她妈妈在家里嘀嘀咕咕，出了门，依旧疯狂地跑，跑市招生办，跑联合大学，跑……

自行车轱辘赴汤蹈火地飞转。

斐然这才第二次听妈妈说后悔当初的话。三十年前，斐然的妈妈在上海高考落榜。那一年她也是19岁。她不知道那段水深火热的日日夜夜是怎么熬过来的，她只记得绝望和死神每天都紧紧地伴随着她。只要争强好胜的父母轻轻地推她一掌，她就会毫不犹豫地将自己19岁的青春掰成碎瓣,投进滔滔的黄浦江。

她永远感激父母亲给了她第二次生命。她于是打起背包,离开大上海孤身来到安徽,找了一份工作。直至多少年后比她年纪小一圈的上海下放知青为了高考将孩子户口转到上海,她才很吃力地明白过来,当初的一时糊涂埋下了一个多么沉重的后顾之忧。

万一联合大学也上不了怎么办?万一复读一年还不行怎么办?万一⋯⋯

"妈妈,睡吧。"

一个母亲的泪,忍无可忍地从心里漏出来,一滴一滴淌在深沉的夜里。

同在一个中国,为什么上海和安徽的高考录取线要差一两百分?为什么,为什么,为什么???

"妈妈⋯⋯睡⋯⋯吧⋯⋯"

1992 年 9 月 7 日　《合肥晚报》逍遥津副刊

他是一条汉子

22 年前我在我家乡认识了他,他是 1965 年高中毕业后去插队的合肥知青。

他曾经有过一个身材窈窕相貌俊俏的妻子。第一次见面时,就见合肥一伙老知们又是操胡琴又是拍巴掌的起哄,要他妻子跳个舞。她并不娇羞,大大方方地跳了。看得出她在合肥读书时一定是受过基本训练的,大路货的舞蹈也让她跳得很典雅,迥然不同于野路子的拙朴。

两年之后,听说他的那个妻子死了,为了第三个小生命的诞生,她把一副能歌善舞的年轻身躯永远留在了插队的青山。

他从此拉扯着两个小孩过日子。

我心里始终有着一种隐隐的内疚,皆因家乡偏僻落后,缺医少药,才有难产致死的悲剧发生。后来我离开故土出来了,他依然在我的家乡工作多年,也坚不续弦。见了我依然说笑。

那时候,我就佩服他是条汉子。

七八年前,他终于回到了久别的故乡合肥。我着实为他高兴。

虽然同在合肥工作,可是两个大男人往大地方一抛撒,就成了两只小蚂蚁,两三年打不到一个照面也是常事。我一直以为他回了合肥一定是万事如意的了。

不久就传来他结婚的消息。妻是孩子的亲姨妈,也孤儿寡母半山残壁。我想月老做这样戏剧性的安排必定是深思熟虑的,该让这一对不幸的人享受一下后半生的幸福了。

两年前的一天,我们邂逅街头,寒暄之中问他近况,才知他回合肥这几年是在灾难中熬过来的,先是岳父,后是父亲,癌细胞如法西斯一般猖獗,把病者连同他一起折磨得苦无宁日。待到他尽忠尽孝把两位老人送上天堂,迎接他的又是大难临头,妻身染沉疴。

诅咒命运的不公平罢!可又有什么用!好人一生平安,谁敢相信这美丽的祝福?

但他依旧是面对着严酷却面带微笑,他始终不愿意把痛苦的情绪传染给他人。

从那天起,我更加佩服他是条汉子。

他的个头大概一米七〇都不到。

1992 年 10 月 20 日　《合肥晚报》杏花村副刊

与友人书二篇

不再讳言

哲兄:顷接来信,读之再三竟难放下,谢我一类的话实在是不必也是不该说的。你我中学同窗六载,1968 年又一同卷铺盖回老家,情同手足,心心相印。回乡初时,我们都茫然无措。那日,八十里山路相送,至牛头岭,我俩抬头问苍天,最后发誓两年内不讨老婆,看看形势再作理会,还曾记否? 未料昔别君未婚,儿女忽成行,前年开秋你竟脸挂自豪送长子上大学来了,而我却刚从商店买回第一只新书包,真教我又惊又羡。你红着脸要解释,我说你不用解释,这无非是一部生活,我能读懂。你半岁丧父,独苗一根,全仗母亲把你拉扯大,倾家荡产培养你。而今你把希望全身心倾注在下一代身上,本是人之常理。你我老三届中如此者多,彩电、冰箱可以不置,一切时髦舒适尽可以不去追求,而儿女之书不可以不读,且不可以不读好,似乎唯有这样方可弥补今生之憾。故而你每月朔望有书,谆谆以家教,并不时来信侧问于我,问我××在校表现,嘱我务必视为己出严加训导,以除鞭长莫及之虑。实话相告,前两次去信确有讳辞,恐你牵肠挂肚,千虑有加。××在校诸事尚好,但读书不甚用功,浅尝辄止,信马由缰。我几次去宿舍找他,或蒙头大睡,或打牌取乐,夜不思寝,晨不思起。和他谈起我们六十年代读中学时的凄苦,小墨水瓶自制的煤油灯,伴着我们度过多少夜夜星辰;母亲用稻草编的草鞋,伴着我们走过多少乡间小路。那曾经激励过我们的苏秦引锥刺股,车胤萤窗奋发的故事,现在也似乎不值一文了,海尔谆谆,听我藐藐。我也曾劝他学文科要多动笔,不能述而不作,既然将来有畏于仕途经济,就更当及早培养做学问的基本功,扎扎实实把书读好。他不以为然,说"苦苦写那些废话作什么,哪儿去开后门发表?你们老师那些鸿篇论著和粗制滥造的色情凶杀小说比比看,敌得过吗?好没意思!"我一时被噎得语塞。再问他:"你对什么有意思?"回说:"不知道。人生识字糊涂始。"很有些"忍把浮名,换了浅斟低唱"之态。志不高远,心不在焉,似醒似醉,似智似昏,一种令人担忧的颓废心理压抑着身心。我屡劝于灯前月下,似有所悟。还是急躁不得。情况复杂,因素诸多,如××者不是一二。学校近来整肃校纪,学风明显见好,××学业亦有长进,言谈也比过去精神了。为对新世纪一代中坚负责,我们一代承上启下者重任在肩。如此一想,我不再讳言了。

耐得寂寞

成友:记得几年前我开始弄墨业余创作时,你正色告诫我:要耐得寂寞。当时我回答说,我又不想冲进什么圈子里去,不过自得其乐而已。你我大学同窗数载,我了解你最憎恶那些哗众取宠的表演。"耐得寂寞",仅四字矣,真做起来确乎不易。我在渐渐地看见小自留地里发了青,并得了几次小奖之后,便开始有些耐不得寂寞了。想这样想那样,直至看到我所敬爱的文学大家沈从文先生是那样凄清清地悄然辞世,以至于简朴的灵堂没有人为他主持仪式,没有人为他致悼词,只有他的亲人和为数不多的朋友弟子在贝多芬的《悲怆》旋律中向他作最后的告别。而这一切又都是甘于淡泊的沈先生生前留言所希望的,我似乎才第一次从这里感悟到你所告诫的这"耐得寂寞",实在是人的一种了不起的伟大标格,不是什么人都能修炼得到的。如此我又想到我们中华民族自古至今有很多的耐得寂寞的政治家、科学家、文学家、教育家。倘若有大本事的,有小本事的,没有本事的,还有南郭先生一类的种种,都一个个争着显山露水,虎踞龙盘,甚至像乌眼鸡似的,恨不能你吃掉我,我吃掉你;或如公瑾当年的哀叹:"既生瑜,何生亮"，这个社会还将了得！至今我还清楚记得你那次数举名利场上的明争暗斗恩恩怨怨之事说与我听，我未敢忘怀。近日看《围城》，读钱锺书先生《管锥编》和杨绛先生《将饮茶》，又使我读到了一位耐得寂寞的大师。《围城》成书于二十世纪四十年代中叶，比我还年龄长，沉寂30多年才在国内重印。一时研究者蜂拥而至，钱先生竟诚恳奉劝别人不要研究，有时"痴"劲来了还多有得罪。大导演黄蜀芹为改编《围城》电视剧，硬是扛了与钱旧交不浅的老父黄佐临的大旗，从旁门左道而入，方得应允。她上府讨教，老先生居然离着"围城"远远地逍遥，似乎这"围城"不是他筑的，与他竟毫无干系，随人家怎么改去。从杨绛先生《将饮茶·记钱锺书与〈围城〉》中看出，钱先生这种淡泊超然，少时就有端倪。在苏州上美国教会中学时，因为英文好当上了班长。可是上体育课时嘴能用英语喊口号，两只脚却老是分不清左右，被撤了职，他倒如释重负，快活得不行。淡泊而要明志，寂寞而不沉沦，钱先生最终成为学贯中西的一代学者，一位艺术风格独特的作家，我想正是因为他一生在淡泊中勤学深思，在寂寞中奋力前行之故罢。老一代学者、作家尚且如此，你我晚生之辈，在钱老先生面前，学识之距又何止十万八千里，万不可去沾染那些名利虚夸，滋生浮躁。当年你在给我的毕业临别赠言里题的是老诗人音黎的《泥土》诗："老是把自己当作珍珠，/就有被埋没的痛苦；/把自己当作泥土吧，/让众人把你踩成一条道路"，我一直十分喜爱，几乎是把它当座右铭来读的。正写到这里，恍惚耳旁有谁家收录机在朗诵陆游的《卜算子·咏梅》："驿外断桥边，寂寞开无主。……零落成泥碾作尘，只有香如故。"赶紧就此打住吧，让我们静静地用心听听。

1992年11月4日　《安徽日报》黄山副刊

苦蹉跎的朋友

那年他整 20 岁。在鲜花和鼓乐声的簇拥中壮别合肥,去了我的家乡徽州祁门插队。22 年后他几经周折打道回府,已是乡音无改鬓毛衰了。

他痴书成癖。即便在那种蹉跎岁月,他的那幢农家小院里,也是泥土气夹杂着浓浓的书卷气。一介书生做了农夫,也就一样日出而作,日落而息,所不同者就是趁着村野入梦的工夫他尽情尽兴地发着他的书呆。他也算得着一个不小的烟囱,但是他宁可吞吐质地很差的烟,也要省下几个铜板来买书读。有一回他跟我说,实在是手头没什么书可读的了,正在啃字典,一边抄一边背,竟也其乐融融。

1971 年,我们同时被招进县文工团,他搞创作我搞乐队。我俩都迷着文学,他更偏爱于戏剧。那时,他刚和当地一位贤惠的农村女青年结了婚,经常从县城赶回去帮妻一起种些自留地。野山之夜,幽幽的静,他在油灯下刻自己创作的剧本,妻就立一旁帮他来回滚动着油印机。这我是听说的,便逮着他问,他笑说,偶尔,偶尔,多数情况下是坐在我旁边纳鞋底。

过了两年我考大学走了,他依旧老老实实在剧团待着。每每寒暑假回去,总要听见同事们诉说着他的许多苦处和顽强抗争的故事。长子遇车祸惨遭夭折,父母接去不久老母瘫痪。他于是每天披星戴月早出晚归,从县城到他家 30 里地,全凭两条腿一日两趟地赶。

他依旧买书,读书,只要猎取到一点他感觉需要的书刊信息,他就毕恭毕敬地去信甚至急不可待地汇钱。

他依旧钻戏,写戏,哪怕是让农民宣传队搬上悬挂汽灯的舞台,他也涌动着一份追求的快慰。

又过了两年，老母病况日趋险恶，他一纸请求报告，别了县城重又回到乡下，做了一名琐琐碎碎的乡民政员。每每进城为母亲抓药，就对着那片小小的新华书店垂涎，眼里凝着沉重。

人人都在生活，但未必人人都明白生活。我结识的这位合肥知青老许，是个真要读书的人，也是个真懂生活的人。

虽然他在那处柴门闻犬吠的地方苦苦蹉跎了20年，但是他吮吸了许多大山的汁泉。他的作品常让我读出一种乡韵。

别以为他过了不惑之年才从远山走来，他的胸间酿着一缸陈年老酒。

1992 年 11 月 17 日　《合肥晚报》杏花村副刊

"蹚海"

　　拓宽一新的马路两旁的人行道,被商潮淹没成一片汪洋。我不得不小心翼翼地蹚着过街,心境也被此起彼落的喧嚣叫卖搅得有些纷乱。

　　我知道,这云集街头的生意人中,有不少是新近加盟"练摊"的,有些还是"正册"人员。他们瞅准机遇,摩拳擦掌,不怕一百次的艰辛,一千种的重复,勇敢地冲向商品市场。没有人过问他们在单位上班的时候工作态度怎么样,工作成果怎么样,都自由自在地陶醉在弥漫的"888"之中。

　　于是,新的平衡引出了许多新的不平衡。人们在挣脱了缰绳的羁绊之后又呼唤着市场经济的秩序法规,健康地孕育。

　　对于不了解的人我不敢妄议,我认识的几位大学本科毕业生、研究生,并没有在高科技开发方面去"发"它一"发",而是学着小贩子,这里搞一批鞋子,那里搞一批服装,据说还有卖稀饭大饼的。学问也做不下去了,科研也搞不下去了,都"更新观念"去了。我国人多,什么事情稍稍推波助澜,就会汹涌澎湃。比如经商。

　　一次,友人曾问我:"敢不敢也下海试一试?"我说:"不敢。"友人又问:"你们这些端铁饭碗的也是五花八门,本职之外操百业,对此,你有何感触?"我说:"我崇尚责任感和敬业精神。"我不知道在我们今天的经商大潮中,还存不存在马克思说过的商品拜物之谜。也许我的观念确实近乎陈腐,"闻道有先后,术业有专攻",我以为此话大致是不错的,如香港梁凤仪,既是"财经小说"高手,三年出书40本,又是香港商界强人,广告、公关、金融无不精到者,毕竟凤毛。一个大学经济学教授去经商,未必敢得过芜湖那位只会写"年广九同乙"五个字的"傻子"。不必风乍起,乱哄哄地熙熙攘攘都吹到一条道上去。

这就令我想起相声大师侯宝林先生曾说过的一个《改行》的段子。说京城有位京剧名角,因兵荒马乱不能登台,迫于生计,只好改行去街头摆摊卖包子。名角在台上可真是熠熠生辉,先声夺人,然而站在街上"练摊"吆喝,那嗓子眼儿就像是有什么劳什子卡住了喉管,全然没了角儿的丰采。

某日"蹚"至三孝口,见一位干部模样的中年妇女手里捏着几只大气球行走,忽然一只气球从她手中悠悠飘了去,那妇人顿时一脸绯红,尴尬地笑着,朝空中伸着一只手臂,那大气球头也不回地越飘越高,越飘越远;我则怔怔地立在一片哄笑声中浮想联翩。

1992 年 12 月 22 日　《合肥晚报》杏花村副刊

"贵妃"未醉先醉我

委婉动人的京剧音乐与七彩缤纷的舞美灯光交织的艺术空间,回荡着著名京剧表演艺术家梅葆玖先生演唱的《贵妃醉酒》,一向自我感觉极好的杨贵妃,得宠忘形,飘飘欲仙,还未到失意醉酒的时候,而我,却先让梅葆玖先生唱醉了!

《贵妃醉酒》是经京剧大师梅兰芳先生千锤百炼的梅派经典之一。吾生恨晚,无缘亲聆大师的演唱,而今能在合肥欣赏到梅派正宗传人一展歌喉,也可谓三生有幸了。梅先生在他下榻的齐云山庄和我这位看上去很有几分虔诚的京剧迷聊了很长时间的京剧,聊了很多关于京剧的话题,梅先生那种温文儒雅的名士气质,平易近人的长者风度,更令我对他的演唱增添了几分亲切。

58岁的梅葆玖先生是梅兰芳大师的幺儿,1931年九·一八事变后,东三省沦陷,梅老先生被迫举家移居上海,安营思南路,梅葆玖先生就是在这儿出生的。他少小天资聪慧,又有渊源家学,10岁起一边念书,一边从父学戏。且有近水楼台沐浴浸润之便,常得梅老先生的著名琴师王少卿先生的谆谆传授。

梅老先生生了9个儿女,成人的仅4位,继承父业从艺者唯老七梅葆玥和老九梅葆玖。有意思的是女儿葆玥唱的是老生,而儿子葆玖唱的是旦角。梅派弟子天下成百上千,但真得梅兰芳大师亲传,有正宗神韵者亦不过数人而已;而在舞台上唱做念舞形神酷似大师者,恐怕也只有梅葆玖先生了。

我们谈得最多的是京剧的振兴发展,尤其是京剧自身的如何革新创造,传统的表演程式如何表现现代生活,如何出好演员好剧本,如何培养新一代京剧观众等等。梅先生高兴地告诉我,国家最近拨款 1 千万元给文化部振兴京剧指导委员会,这无疑是个好兆头。

我只从录音带里欣赏过梅葆玖先生唱的《太真外传》中杨玉环的一段反四平调"听宫娥在殿上一声启请",以及《女起解》中苏三唱的一段反二黄"崇老伯他说是冤枉能辩",很遗憾没有看过他的全本演出。"前不久在电视里欣赏到您演的《黛玉葬花》片断,太不过瘾了。"我向梅先生苦诉:在这里名角儿难见到,好戏难看到,资料难买到。梅先生双手递给我一张名片,几张剧照,说:"以后我们会来合肥演出的。您需要什么,合肥如果买不到,可以和我联系。"

果真吗?梅葆玖先生,我们就翘首以待您来合肥献艺了,让我再醉他个十回八回,一醉方休。

1993 年 1 月 2 日 《安徽日报》繁花副刊

永远的乡音

舅舅、舅妈都唠叨过,论辈分我该喊他表舅。但他只大我两岁,曾经又同在一所学校来来去去,便喊他"运生"。运生鬼精机灵,顽皮得没治,每当他挨打受罚,班上的女孩子们就拍手称快,于是又遭他报复,又告状,他又挨打受罚。有人就说:看这恶种长大了哪儿找老婆去!

不想这恶种长大了足不出村,天上掉下个"林妹妹"来,而且还是合肥下放知青,而且还为他生了个漂漂亮亮胖胖墩墩的小子。

我是1969年见过她的。那时我刚下放回乡,苦闷得乱窜,窜到度过童年的舅舅舅妈处,见那幢黑乎乎的老屋里突然飘出一位气质出众的姑娘,便好生奇怪,一问才知我们都是一根长藤上结出的瓜,于是三言两语就话题投机。她说她合肥的家其实是相当困难的,如果是别人有可能就赖着不下去。她不想,她说她是团支部书记,响应伟大领袖的号召她不想步人之后,第一批就下来了。正说间,舅妈为她送来一碗菜。舅妈有点拎不清,嘴闲不住,爱寻开心,一见此状便触发起想头来,说:"孤零零的不如给我外甥做老婆了,愿不愿?"我浑身的不自在,又怕人家受不住,未料她却笑道:"行啊!"好像还朝我做了一个表情。

两年后我进了县文工团,经常下乡普及样板戏,有一回普及到那儿,抽空去看看舅舅舅妈,也看看她。她已经嫁到近在咫尺的运生家了,也似乎变了一个人。见了我一声低怨:"两三年了,怎么就不见你来了呢?"

我说这里有我童年留下的创伤,不愿多来。随后我又问她:"怎么这么快你就结婚生孩子了呢?"

她静静地缓缓地合上睁大的双眼,泪珠猛地夺眶而出,湿漉漉的一个谜。

"听运生说,昨晚你们演《红灯记》很精彩。"我问她为什么不去看,她指指摇篮里手舞足蹈的儿子说:"你看,我能去吗?"看着她满头的蓬乱和一屋的破旧,我似乎感觉到从她内心透出的一丝凉凉的凄楚。

当全国知青大返城时,她既不是单身知青,又不是夫妻知青,按规定返不了。她狠狠地一跺脚,把一个家跺成两片,独自回合肥了。

"黄山猴!"一日,我陪女儿在逍遥津动物园观猴,忽然一缕乡音从身边响起,殊觉新奇,惊异地转过身去寻觅,见一中年妇女正微微含笑地瞅着我,于是演出一个几分感人又几分雷同的邂逅场面。

"这些年,除了没有上刀山下火海,什么滋味都尝够了。"

"回来又被逼得走投无路,嫁了人,乡里人知道后,联名告我重婚罪,又去劳改几年,家又碎了。"

"运生不肯告我,我想回报他,可是他1984年死了……"

"我把儿子留在了那儿,替运生,也替我,为他老娘养老送终。"

"……"

她始终说的一口我家乡的方言。我想大概是她为我特意地,也许会永远到没齿不忘。

1993年2月2日　《合肥晚报》杏花村副刊

■ 昨日的批判

　　多少次已经记不清了,那年月,很严肃、很认真地批判自己的一种叫作"小农意识"的自我革命却是刻骨铭心的。家住农村,父亲农民,胎记上便是一个永远磨不掉的"农"字。学《毛泽东选集》才明白"阶级分析",农民是自私保守、目光短浅的,他们没有产业阶级的铁的纪律性,也没有产业阶级的博大的胸怀。于是我便一次次地朝自己的自私保守、目光短浅等等的"小农意识"猛烈开火。我真诚地想着自己如何从小资产阶级的汪洋大海中冲将出来,狠狠触及灵魂,成为一个无产阶级的人。

　　父亲的确是自私保守、目光短浅的。比如说他每天"锄禾日当午,汗滴禾下土",从来就想不到与世界上还有三分之二没有解放的劳苦大众有甚干系;他站在家门口,大概也从来就没有过心向天安门;我初中毕业立志要报考省重点高中,他说我心比天高,能考上县中学就阿弥陀佛了;我下放后上调工作几年又考大学,他又说我心不知足,都有铁饭碗了还去读什么书。但我的父亲一生也有些体面的优点是值得一提的。比方说他从互助组、初级社到人民公社,干了多少年的会计,账面上干干净净;他为了维护生产队的集体财产,也曾不畏强暴,勇敢地站出来和偷盗者斗过;他过去很穷但从不在人前显得猥琐,如今他培养出了我这个能装潢门面的儿子也从不在人前显摆,诸如此类吧。总而言之,我这个农民父亲,真是个极有承受力、忍耐力,忠厚本分、实实在在的人。即使当年我用党、社会、学校教给我的阶级观点无情地剖析他,也是带着深深的爱的。

　　痛苦终于无可奈何地来了,命运带着我去接触工厂、部队、机关、学校,甚至上流社会,我发现我的农民父亲在这个天地之间并不卑俗。假公济私、化公为私、损公肥私、以权谋私的；追名逐利、损人利己、见风使舵、溜须拍马的；只认权势、只认金钱、得过且过、浑浑噩噩的，在我们的都市生活中，这些年所见所闻还少吗？

我终于看到了有少数冠以"革命领导干部"的有头有脸的人物，少数冠以这个"专家"那个"明星"的社会名流，他们脱光了外衣后的真正模样，原本是和脚上有泥、身上有汗的农民没有什么两样的，他们的那些个不检点的言和行，哪能和我的那位自私保守、目光短浅，只想到"几亩田地一头牛，老婆孩子热炕头"的农民父亲相比！

我的确有些悔之当初了。我甚至有些飘飘然觉得我的农民父亲还有些伟大。比如他老人家一辈子没有受到过学校正规的文化教育，又是从旧社会过来，却从不相信什么迷信和运气。过去每年春节，我家既不掌灯发喜也不放炮驱邪；家里人有事了，既不求神也不拜佛，父亲根本不信这一套。未料到了二十世纪八九十年代，在都市的现代文明潮中不断有封建迷信沉渣泛起，从文明退化到愚昧，能不让我想到愚昧落后的农民父亲吗？

当然后悔是没有用的了。剖析也剖析了，批判也批判了，即使今天感觉到眼睛一睁开，满都市到处都不过是穿梭着各式各样包装的农民，对于昨日的批判也只好认了。不过，有人说我既不敢出国，又不敢东南飞，更不敢下海，是不是安于现状的农民父亲的小农意识遗传基因在影响着我，我至今确实还没有反省个明白。

1993 年 2 月 25 日　《安徽人口报》岁月风声副刊

远去的音乐之声

　　我记得,那年县文工团招生是有他们俩的。这两位很棒的合肥知青太引人注目。当时团长求才若渴,很激动地说:这样的人才不要要谁? 我们是文工团,又不是野战军,把他们弄来再说!

　　人才弄来了,一个擅小号、钢琴,一个擅长笛、黑管,真正是高雅档次的,奏出来的名曲使小地方的文艺分子们闻所未闻。来了他们,新建的文工团马上艺术气氛就不一样,像那么回事儿了。

　　"不行!"县革委会政工组头头说,"这样家庭出身的人都要,还叫搞什么文艺斗批改? 还讲什么阶级路线?"大笔一勾,勾碎了两个青年的艺术之梦。

　　后来,那位出身音乐世家的小号兼钢琴手,告别了贝多芬、舒伯特,招工去了另一个县的小煤矿,至今我还念念不忘他的母亲,一次次开小灶面授我大调式小调式五声调式,一段体二段体变奏曲式奏鸣曲式这些音乐语言的温馨情景。可是他,马上却要去当煤矿工了。而这位合肥知青则招进了本县公路局当了一名道班工。

　　团长也无奈,整天绷着脸,难得一笑。有一天,他打了两斤酒,弄了几个菜,叫我们几个大学员把他俩请来,趁着酒兴劝他俩,乐器千万丢不得,说家有千金不如身怀一技云云。他俩并不多话,只顾含泪伴酒一杯杯地灌到那发苦的心里去。他俩走之后,团长才愤愤冒一句:"这些人的黑锅还要背到什么时候?"然后一声长叹。

　　不久,上面指示要剧团排演《红灯记》赶在全县"农业学大寨"会上演出。据说团长趁机发作了一通,多难得的人才,硬是把人家政审到煤矿、道

100

班上去。李玉和出场和赴刑场的音乐都是小号奏的,没有,英雄形象烘托不出来怎么办?有人提醒说,老越剧团不是有个吹唢呐的吗?没有小号可以用唢呐代替嘛。又有人提醒说,样板戏,就是不准走样,连铁梅衣服上那些补丁,多大,什么位置,都是江青同志亲自定的,动走了样,政治责任谁负?讨论来讨论去,最后决定改排《龙江颂》。依然没有给他俩一次改变命运的机遇。

他们再也没有来剧团玩过,以后我们也很少见面。没几日,这一位就老老实实卷起铺盖到道班去了。

几年前我返乡探亲,在县城碰见道班上的他,络腮胡,赤膊短裤,塑料拖鞋,手里提着一只保温桶。问他哪儿去?他笑着说:"老婆生了。"又问他还在道班干吗?又笑着说:"回县公路局了。""没活动活动准备回合肥吗?""都挤回去干吗,这儿习惯了也一样。"再问他还吹长笛、单簧管吗?再笑着说:"肺活量不够用了,手指头也僵了。"

望着他脸上的笑,似乎不是装出来的假笑,也不是压抑出来的苦笑,我估摸这位老朋友的日子是不是过得比过去舒坦、踏实些了。

1993 年 3 月 3 日 《合肥晚报》杏花村副刊

借问酒家何处无

禹老先生是我"文革"下放时在我家乡结识的忘年交。他原是合肥一所中学的资深教员,1969 年随子女下放徽州。先生嗜烟迷棋,且酒力敌众。初识禹先生的那一天,他客居的阁楼小院悄然,只有我在静静聆听散发着酒味的屈原、李白、苏东坡。其景其情,如今能浮出脑海的只有八仙桌上的一碗一壶,还有先生聊作少年状的那份短暂却幸福的狂喜。辞别时,禹先生拍拍我肩说:"封资修,外传不得!"我点头应允。

山不转水转。我和禹先生不期转到地图的同一个小点上来了。开始在某家报纸上常读到署名"老禹"的文史钩沉一类文章时,并未在意,后来读得多了,味道也渐渐读出来了,便觉得有交文友的意思。一次会议上,某报编辑告诉我,那位"老禹"正是我相识的禹老先生,就在本市。

禹老先生着实见老了,精神却饱满。名副其实的"寒舍"离他原来执鞭的中学不远。老先生说:"只图残生有个清静处。"我细一看,确实清静,一条小巷串起两排红砖楼房,没有市场喧嚣,没有车流轰鸣。再细一看先生内屋,不大的书房空间被切割利用到最大限度,书桌与藤椅居窗前一隅,睡床和躺椅居入门一角;四只书柜默默地替先生承受着不堪的重负,无论如何也休想喘一口气;墙上一幅山水画,一对条幅,均为先生自墨,禹老先生一面与我喝酒叙旧,一面取出他的新著题字赠我,并自豪地将他的又一本未完的专著手稿给我看。

我蓦地看到眼前的一行行,每一个铅印的方块字,都是禹老先生从心窝里滴出的血。我无法不动情。归来一路,犹有策鞭在后。

忽一日,禹老先生电话邀我去他家"小酌",并有心事相告。未料三年没有走动,竟如坠了五里雾中。小巷拓宽,摊点云集,更为注目的是巴掌之地,酒楼却有七八家,争着红火,比着排场。我暗想,繁华终于来到禹老先生家门口了。然而一见面,禹老先生便不胜唏嘘:如今的食客何以生出这么多呢!每日酒旗临风招展,拳令不绝于耳,我这第三本书无论如何是写不下去了……

我怔怔地,竟无言以慰眼前这位孜孜不倦的可敬老人,并暗生出一阵淡淡的苍凉。"小酌"间,禹老先生食指醮杯,即兴狂草于桌:

"借问酒家何处无? ——一个老酒鬼的醉问。"

我突如呆人,凝视着餐桌上久久挥发不去的字的酒液。

1993 年 7 月 13 日　《合肥晚报》杏花村副刊

小号手

老同学们对逸风和宜风这精彩的一对儿已经称羡了十几年。贫贱夫妻，从没有听说他俩之间发生过什么不快。当年十几个青春男女嘻嘻哈哈把巢筑起之后不久，便有"坟墓""白开水"之论悄然散发出来，但逸风和宜凤这精彩的一对儿就像是两棵树紧紧攀附着，风景这边独好呢。

不料我那天晚上去他们家，正遇上两口子在很认真地红脸，看样子火候还挺旺。我们之间都是熟透了的关系，彼此也都毫无回避遮掩的意思，我照常进屋落座，他们照常唇枪舌剑。一问，才知道是因为儿子。

他们的儿子是××小学少先队鼓号队的号手。此刻，小号手趴在他小房间的桌子上，像是在写什么。原先一直挂在墙上的那支号亮亮地躺在地上。我走近看，才看清他嫩嫩的脸上嵌着五个红红的手指印。小男子汉显得颇沮丧，却没有泪。

逸风一扫平日的儒雅，瞪圆着眼睛又朝我吼："老王你看看像什么话！前一阵学校附近两家游戏机比着赚孩子的钱，昨天上午，学校附近又开张一家什么'醉梦'酒家，嘿嘿，点子绝了，把学校的鼓号队请了去，吹吹打打一个多小时，完了，一个小孩两小包虾条打发！"

逸风用手狠狠地理了理散乱且愤怒的头发，又狠狠地抖了抖他儿子的两张数学单元测验试卷："老王你看看像什么话！这就是我家小号手的成绩，41分！吹他姥姥的吹，那是孩子应当去的地方吗！那是孩子应当做的事吗！是可忍孰不可忍！"

宜凤一双丹凤眼红红的，一脸乌云，也吼："这能怪得了儿子吗？是儿子自己想吃那两包虾条要去的吗？我也问过校长，怎么能让孩子停课去参加那种活动呢。校长说,怎么办呢? 那门面是学校出租的,学校没有钱过日子,老师嚷着要下海去做生意炒股票。当初谈租金时就答应了人家的,怎么办呢!"

"再穷也不能拿孩子做交易!"逸风大吼。

"穷得卖儿卖女难道不是人干的!"宜凤也大吼。

我的心已经是如铅地沉重,刹那间小号手嫩嫩的脸上那道红红的五指印,突然在我的感觉里变大、变大,颤颤抖抖地,企图想狠狠掐住什么,却什么也掐不住……

几天后的一个上午,细雨蒙蒙,我有事路过那所小学,那家酒店。小号手的身影恍惚出现了,我伫立片刻,清新可闻教室传出的琅琅读书声;酒家门前,稀稀烂烂的落红一地,有十几只花篮的高贵骨骸,横七竖八地倒在"醉梦"酒楼茶色玻璃大门的两侧。

1994 年 1 月 10 日 《合肥晚报》杏花村副刊

为了明天的"接轨"

春节过后,我去上海福州路逛新华书店。尽管这家书店的底层已经改了行,但二楼三楼的售书楼层依然是顾客盈门。书店所有的书一律开架,任你选购。我特别注意到几位中年干部模样的读者,正在认真地购买英语教材。这套教材,是复旦大学等几所高校遵照上海市委指示专门为上海市的党政干部编写的。

我有些茫然,回来问了家里人,顿时感触万千。原来,为了明天的"接轨",上海人正在铺垫跨世纪的基石。上海市决定市里各级党政干部,必须在三年内通过所规定的电脑课程考试,五年内通过所规定的外语课程考试。干部级别越高,考试要求也越高。

据说,此举在上海市民中反响强烈。他们说,机关"皇粮"看来真不好吃了,要优胜劣汰了。"皇粮不好吃",说明有了忧患意识,有了紧迫感。听说南方某特区流传着这样一种民间幽默,说有的家长在教训孩子时这样说:"不好好读书将来进机关当干部去!"看来那里的干部够戗了。我看这样好,"吃皇粮"的机关事业单位也应当有竞争。固然,竞争对于生命的个体,无疑是残酷的,甚至是有痛苦牺牲的;但对于生命的整体,对于社会的肌体,无疑又是必需的,甚至是有奠基性意义的。

不过话又说回来了,目下不少干部"皇粮"吃着还蛮香,甚至吃得都麻木迟钝了。倘若都像上海,来这么一点高压态势,竞争态势,我想那些"革命小酒天天醉"的"冒号",那些不思学有长进,指望着靠熬年头借"背景"上去的人,其精神状态不会不发生变化吧?

从上海回来读到《新安晚报》的一篇报道就很感振奋。消息说我省常务副省长 xx 等 49 位省直厅局和合肥市各部局的负责同志正在利用每天晚上和星期天下午的时间就读中国科大研究生班，两年内学完 12 门课程。这才是以经济建设为中心的新时期领导干部的新作为。为了把合肥建设成中国的硅谷，为了和 21 世纪的明天"接轨"，我们对于现代科学文化知识的储备也当和粮食储备一样同等重要！

1994 年 4 月 13 日　《新安晚报》夜侃副刊

波士顿来信

　　小凉是妻的表哥，老岳父颇为宠爱的小外甥。据说小凉小时候寄居在舅舅家读书，不折不扣的顽童一个，经常变着法子逃学，不交作业，涂改分数，欺负小妹妹。长大了脱胎换骨了，复旦大学新闻系毕业后，先到黑龙江日报社，后去边陲一个记者站，而后又考到北京的新闻研究所。没几年又闯荡美利坚攻读经济学博士。小凉使我又一次想起老辈人常说的一句话："三岁看大"，不知三岁看大怎么个看法。

　　去年秋天枫叶红的时候，小凉夫妇双双从波士顿飞回国，想"侦察"一下情况准备学成归来报效祖国。小凉之妻名冬冬，原是《中国青年》杂志编辑。四十岁左右的人或许还记得，二十世纪八十年代初，《中国青年》曾发动过一场"人生的道路为什么越走越窄"的大讨论，很是轰轰烈烈了一阵子，其间幕后操纵者是那位闻名遐迩的"潘晓"，诱发千千万万青年男女袒露心扉的，就有后来成了小凉夫人的冬冬（编辑署名笑冬）。

　　冬冬不仅是位思想深刻的女性，而且于里于外都颇精明强干。她的家里原是有好大一棵树的，"文革"前父亲是国务院一位副部长，但她相信自强自立。那年她和小凉出国时，已经是副编审了，还是坚决要去大洋彼岸闯一闯。每个人都有每个人的生活方式，该怎么样和不该怎么样都是很难说的。他们在美国当然不容易，但他们都是下放劳动过的老三届，吃苦自不在话下。今年在沪过春节时，读到小凉夫妇今年1月29日给他们老舅的一封来信，信云：

　　"元旦过后，波士顿遇到历史上从未有过的寒流侵袭，室外温度达摄氏零下30多度，室内温度也骤然降到摄氏零下10度，与房东交涉无结果，于

108

是找当地政府的健康部门,政府部门派来警察测量了温度,他们给房东下了一道书面命令,必须在 24 小时内改善室内温度,否则起诉。房东无奈之下,只好把室内温度调高了……"

小凉夫妇在国内都是吃新闻饭的,家书也有一股新闻味。不知别人从信中读出其他什么含义,而我首先读到的是我所缺少的一种生活的机智,一个中国学者在西方生活的机智,一个中国知识分子用人权护卫自己的机智。

1994 年 4 月 25 日　《新安晚报》家事春秋副刊

受阻

　　合肥人提起上海马路的不堪拥挤便唏嘘不已，也不过就是几年前的事情。岂料这种汽车文明的灾难很快就降临到了合肥人自己身上。

　　合肥乘车受阻，骑车受阻，车阻车，车阻人，人阻车，日见其烈，不亦乐乎。上班的，做买卖的，购物的，闲逛的，俱是一副只争朝夕的作态，繁荣是繁荣得真让人高兴，却也教人心累。我经常是在骑车上下班的途中，达到进不能进退不能退的地步。有一日便听得人群中响出一串吼声："这合肥就怕要挤屁得了，这路年年拓宽，反倒一年挤似一年！"我寻声望去，见是一条大汉，正在用眼睛搜寻呼应。果然在他周围发出一片的怨声。

　　汽车是好东西。它毕竟标志着人类含着微笑和自己的过去告别。车无过，过在人。聪明的人类往往制造着事物的两极。比如在发展汽车文明的同时又发展着交通系统的灾难。回想起自己小的时候，对汽车是何等崇拜！直到高小毕业徒步去县城拍毕业照，才第一次饱饱地见过一回汽车，半日怔得挪不动步，何以今天竟滋生出对它的满腹牢骚来了？

　　物极必反啊。据说享受汽车文明的美国人早已经诅咒他们的高速公路简直就是不符合人性的道路。更有美国的城市研究之父芒福德公然声称，现代都市轿车的鼎盛繁荣，乃是商人赚钱的动机与人类中多数成员虚荣的性格合力所致的恶果，细想想也真像是一针见血的话。人类的许多本是很好的事，常常就毁于一哄而起，继而泛滥成灾。

　　西方的一些有识之士在向往着返璞归真的同时，似乎希望我们不要重蹈他们的覆辙。然而这怕是徒劳的一片好心。如同不可能以遏制卷烟生产来有效达到吸烟有害的宣传一样，我们是不可能以抑制汽车工业生产来缓解城市的交通拥挤的。哪管城市日甚一日的拥挤下去,轿车的产销当然依旧是捷报频传的好。不过,就我们合肥市来说,虽然我不知道合肥市区的人口密度和道路密度,也不了解合肥市目前拥有多少公用巴士、出租车、面的,但可以肯定,合肥市的交通拥挤状况与北京、上海这些大都市相比是小巫见大巫。而需要特别一说的是,合肥市的交通拥挤与阻塞,不少时候并不是因为车多得就要膨胀了,而常常是因为城市管理素质和市民自身素质跟不上时代发展所致。好好的一条新马路,左右严严实实布起了小摊点、小商店,然后是卖鱼、卖鸡、卖菜的两旁一占,路面便所剩无几,何以容得车水马龙?机动车、三轮车、自行车争先恐后,互不礼让,明明可以各行其道,偏就有车要抢道先行,于是欲速则不达而立竿见影,各类车挨挨挤挤成死疙瘩,半日疏散不开。上下班的时候,卖水果、卖肉的三轮车肆无忌惮地盘踞于交通要塞抢揽生意,任汽车喇叭鸣叫,自行车铃铛叫,人的喉咙叫,他们的脸庞上显出的就是:如今这世界上谁怕谁谁让谁呀!

我们就这样几乎每天都是在一种有序和无序的生活空间里耗着生命。久而久之,很多人反而都慢慢习惯了无序。这无序亦即无规无矩,无法无天,无所顾忌,无所敬畏,又使人膨胀出人性的许多不光彩来。这才真真着实教人怕哩。

1994 年 11 月 23 日 《合肥晚报》杏花村副刊

111

■ "家"话

　　"宾至如归"一语,常见于国内诸多饭店、酒楼、旅社的门面醒目处。但真正感受过它温馨的人不说是绝无仅有怕也是为数不多。

　　照理说,你开饭店,开旅馆,不就是图个生意红火吗?要让顾客高高兴兴地掏出钱来吃你的饭,睡你的铺,说容易也不容易。尤其是想招徕回头客,确是需要动一番脑筋的。现在合肥等一些地方,有一种现象是颇有些意思的,饭店、酒楼、旅社是如火如荼地开,有时还见着某处一排溜儿地鳞次栉比;然而,身处激烈竞争之中却并没有多少真正强烈的竞争意识,至多是比试着外表装潢的华丽,门口吆喝声的分贝,却没有在服务质量、服务特色上较劲。这不能不使人联想到我们的经营管理者和普通从业人员的素质问题。

　　因此而使我想起曾有人介绍过的日本"青蛙酒店"。

　　据说日本有一家"青蛙酒店",名为此,却绝非我们这里春季常见到的将剥了皮的青蛙成串成串让店家买了去卖时新,而是酒店里的货架上摆满了象征青蛙的陶瓷品,四周到处悬挂的也是画着青蛙的美术品,故而名之。"稻花香里说丰年,听取蛙声一片",坐在酒肆里小酌,陪酒的却是田野的青蛙,好不悠哉乐哉。更有妙的,这家酒店的女店主把食客们喝剩的酒在酒瓶上贴着姓名存放在货架上(当然是不收费的),候你下次再来光顾时继续饮用。生意做到这份上,还有什么话说的,真正是"宾至如归"了。所以这家"青蛙酒店"尽管不是坐落在繁华的街心,而是在蔽处小巷,没有光怪陆离,没有豪华装饰,更没有色情诱客、KTV包厢、少女"三陪"什么的,人家就是靠老老实实的特色优质服务而食客盈门。

再来看看我们的酒店,或许是孤陋寡闻,我可是从未听说过有"青蛙酒店"这样的酒店。许多坐在老板椅上过把瘾的老板,其实是并不懂得怎样当老板的。你不实实在在学点生意经营术,一门子心思急功近利大赚其钱,花里胡哨地把一个微笑一声讨好也尽折了价钱暗暗算到盘子里去,顾客一比较就心里明白,下次不来了。更有甚者,假烟,假酒,死虾,死蟹,以假冒真,以次充好,能蒙则蒙,能宰便宰,骗一次是一次,宰一回赚一回,你还好意思在门上赫然亮着"宾至如归""欢迎再来"?

西方曾有人如是说:当代社会的生存之战,通常是情感的生存之战。细细咀嚼,此话是颇令人玩味的。

1994 年 12 月 28 日　《合肥晚报》逍遥津副刊

一树春光

正是麦收后的花信风时节。一天,我挑几十斤小麦去十里外的磨坊换面条,小扁担颤悠悠,一路的柳暗花明,蘸着我的心思描画那位磨坊姑娘。

那一年我刚从一所省重点中学下放回乡不久,心情的抑郁总是如云雾重重排遣不开,常独自一人猫在祠堂的文化室里听收音机。父母亲如牛重负,从债台底下挣扎出双手,把我一程程送到高中毕业。"文化大革命"开始了,接着又下乡上山,回来了。一日田间除稗,一大片草帽下的叽里呱啦瞄着我逗笑,都劝我去找那磨坊才女说些对榫的话。我那时年方二十,青春躁动,如何禁得住这等美妙的诱导,便挑个由头去了。

那是一处典型的江南水乡的磨坊,下层是几支此起彼落的水碓,楼上是一盘水磨带制面机。楼下的小院落,碧绿着箬竹和兰草,面架上万条垂下形如髯口。我上楼过秤交款,见那间陋房的门口贴着一副对:"溪水长在耳,山色不离门。"我不禁一阵惊疑,对句真好,字也娟秀,便暗中有些相信了村人的介绍;再看那女子,虽长得窈窕俊俏,却是粗衣一身,花头巾下活泼泼两条羊角辫。我原以为她也是下放知青,实际却不是,是县林业局一个伐木工的女儿,老家桐城,方苞之后,爷爷是教书先生。

"那对子是偷古人的,我喜爱古典诗词。"

神交的序幕就此拉开。过了些日子,村里便有了动人的传说,母亲更是闻风即雨,自然欢喜得不行。我们自顾互赠诗词,互借书籍。那年月我家贫,除了带回去成摞的课本,便是我在中学六年零零星星买下的许多旧书旧杂志。她独喜古典文学《活页文选》,挑了去读。我原以为她是不会有什么书借给我的,有一回她却从磨坊间的枕下,抽出《绘图千家诗注释》

和《绝妙好词笺》，低声道："千万别让人看见。"旋即用毛巾一包塞到我手里。自那天始，我便每夜由如豆灯火陪着，一边细细咀嚼，一边抄录不倦，竟如解饥渴。嘤其鸣矣，求其友声，孤寂也早远远地散去。

最使我难忘的还有她两次纠正我的误读，而且是那样的涵养得体。我送她一册"文革"开始串联时买的《毛主席诗词》，她十分喜爱，于是两人共读。一次，她向我指出："'过了黄洋界，险处不须看'，这个'看'字按韵律该读'刊'，不知如今读法变了没有？"从此我再也未敢轻看了她。翩翩少年一激动，便有了一首《七律·磨坊女》传了去。等了好久，我期待来的只有一副让人转交的对子却没有信，也没有诗。对子是用娟秀的楷书写的：

"天生我材必有用，千金散尽还复来"。

它在我怏怏不乐中化成了驱赶颓废和消沉的两条长鞭，悬挂在我床头。我的今日大概与当年她的不知暗自吞食多少情和泪是大为相关的。二十多年过去，结识的女子如云，她却是独特而不可磨灭的。尤其是当我经历了人生太多的世态炎凉之后，似乎更着意要去当年的磨坊寻寻觅觅。

然而那里早已是一片芳草萋萋。但在我脑海里，那里分明立着一棵美丽的树，且是一树的春光……

1995 年 1 月 13 日　《合肥晚报》逍遥津副刊

■ "共名"

　　至今我还记得"共名"这个词。这是已故文学家何其芳先生评《红楼梦》时创造的一个词。二十多年前,我在家乡的屯溪一中读高中,借阅过何其芳的评论集《文学艺术的春天》。恰好当时我正偷偷地看《红楼梦》,便对何先生的评红文章更加注意。更因有的评论家公开批评何先生的"共名"说,何先生又一个劲地反驳,争鸣得火药味十足,结果这个词便深刻地烙在一个十七八岁的孩子脑里了。

　　这便是当时青少年的读书大环境,回忆起来是颇令人追念的。我这一辈人与五六十岁的一代相比,读书明显不及,但还是于清贫之中很踏实地读了一些书的。中外名著如《红楼梦》《水浒》《钢铁是怎样炼成的》《复活》等;优秀长篇小说如《红岩》《暴风骤雨》《红旗谱》《苦菜花》等;革命回忆录如《红旗飘飘》《我的一家》等;自然科学如《十万个为什么》等。而且我读高中时还培养起了对文史理论和政治理论的兴趣。饮食营养虽然严重不良,精神营养却是比较丰富的。当时的潜移默化,使我们一代人受益终身,此乃吾辈不幸中之大幸矣。

　　今天,我们这代人再次被世人所注目,并且也有了一个"共名"——老三届。当年何其芳先生在解读《红楼梦》人物时,运用了社会学,把读者称多愁善感的少女为"林黛玉"的现象理论概括为典型"共名"。共名者,共性也。当人们从社会学的角度,把社会的个人或经过典型化的文学艺术形象从心理、气质、性格、世界观以及能力等等进行层面的或者类别的透析时,你就会从个性与共性的分离中引出一些共名:"阿Q式""奥勃洛摩夫式",等等。现在不是也有人试图在概括我们"老三届"的社会共性吗?

"社会使命感——团队精神——再生能力,这三条已经成为第三代人精神世界和心理素质的黄金组合",诚哉斯言。回首青春,我确实感到"老三届"一代人是以自己的磨难体察民族的磨难,以自己的沉浮感受国家之兴衰。尽管我们的后代们常常嬉皮笑脸不以为然地谈论着认可着我们一代人的某些良好品格、气质和精神,但毕竟他们开始自我意识到了自己一代人的某些缺陷和差距,而且他们中的许多有识者早已开始警惕西方现代派时期出现的"共名"——如"嬉皮士""垮掉的一代"等。

1995 年 3 月 20 日 《合肥晚报》杏花村副刊

当沉思穿越时空

这是一把被称为旷世珍品的越王勾践的儿子者旨於赐之佩剑。珍藏它的香港一古玩商有意出手,上海博物馆馆长马承源仅仅只看一眼,就当即出以百万元之巨一锤定音。这是一桩何等摄人魂魄的交易!

难怪人称马馆长有着一双鉴定文物的火眼金睛。正是这位在文物界大名鼎鼎、素有"北李南马"之称的青铜器研究权威"南马",吸引了我去上海博物馆徜徉一日而流连忘返。

坐落在市人民广场的新建上海博物馆,是一处别具风格的建筑,也是一道别具情调的风景。今年 2 月 25 日,我们刚到广场,几千羽鸽突地刷白了一片蓝天,女儿欢喜得雀跃起来,我却急着要穿越到青铜器时代去。

进馆之后,着实让我惊呆了! 展示在我面前的似乎不是一层青铜器展厅,而是一片海洋,一座山峰。酒器如爵、觚、角、觯、尊;食器如鼎、鬲、簋、敦、豆、铺;兵器如戈、戟、戚、剑、矛、铖;工具如斧、斤、锯、锛、锄、锸……且每一类都有着十几种、几十种不同纹饰结构和表现方法的品种。考古学界中人正是依据纹饰的结构特征和表现方法来判断青铜器的产生年代的。

尽管我已经多少次地耳闻目睹过"青铜器时代",然而今天目睹这儿的辉煌展示,第一次使这个历史名词真正在我心中化成了中华民族炎黄子孙的自豪。

形成于公元前二千年左右的中国青铜器时代,经夏商周至春秋战国,悠悠 15 个世纪。我们的祖先到底制造出多少种青铜器已无法考据。仅就上海博物馆一家的兵礼食器收藏,足可令那些妄自尊大和妄自菲薄者瞠目。

　　更着实令我难忘的是,那天参观者中有着成群结队的中小学生和青年男女,还有坐着轮椅来的少年。这一景象呈现在我的眼前,顿然觉得一股流风余韵绵延而来,仿佛看到历史屏幕上现出一枚蕴藏着生命质感的标志。上海除了这座新建博物馆,还有植物园、动物馆,据说还将建一座科技博物馆。我似乎感触到了一种真正意义上建设现代化大都市的战略目光。博物馆的主要功能在于人文社会科学和自然科学知识的普及和教育,有人甚至说科学的普及直接影响着社会的进步和民族的兴衰。一个力求发展的民族是不能不特别重视文化和科技教育设施建设的,比如在发达的美国,就有波士顿计算机博物馆、旧金山自然科学探索博物馆、加利福尼亚州科学和工业博物馆、芝加哥工业科学馆、伊利诺利州电气博物馆以及位于亚拉巴马州的美国空间与火箭中心等,许多以生动活泼的示范表演和鼓励创造吸引服务于青少年学生的博物馆。

　　让大厦耸起来,让酒楼亮起来,让舞厅响起来,就是在建设现代化大都市了吗?在规划建设的蓝图上,未来的文化和科技教育设施究竟占有多少位置?

　　我们应当比西方人更聪明。

　　　　　　　　　1996 年 6 月 24 日　《合肥晚报》杏花村副刊

换个场景再感觉他们

花蕾一般年纪的女儿对影视歌星崇拜的圈子越来越小了,但还很热衷。前几年我十分地焦虑,常常企图用自己心目中的艺术家形象和品位高雅的作品冲淡她的盲目,迄无成功。而渐渐地,她自己在成长中学会了筛选。毕竟稚幼,难以借给她一双慧眼把诸星诸事都看得那么真真切切清清楚楚明明白白。

但有一点女儿与我们是没有代沟且能达成共识的,即看人重德。有些影视歌星,原是女儿很崇拜很喜欢的,后来或者从报纸上,或者从广播里,或者从我们口中看到或听到了他们的一些不太自重不太自爱的举止言行,诸如逃税、罢演、违约、摆谱、索取高额出场费、骂人打人、目空一切等等,都激起了女儿的义愤,常常要连续批评几天方罢,然后好像是真的要将他们从自己心目中一笔勾去。这虽是孩子的举动,但我还是窃喜。

2月22日,王小鹰邀请我们去她家做客,正巧她的二妹卢小鸥从北京飞了回来。小鸥是总政文工团的钢琴家,和董文华、郁钧剑、阎维文、蔡国庆、黄宏他们都是一个团的同事。女儿正在学电子琴,安徽的不少电子琴教师都是小鸥的学生,我便劝女儿:平日名师难求,今天就在身边,正是良机不可坐失,向小鸥阿姨求教求教吧。女儿却说有些日子没正经练了,怕出丑,不从,热热地向小鸥阿姨打听起明星们的这个那个来。我只好在一旁因势督导。因为这些明星在小鸥的眼里只是一口口家门前的水塘,所以来自她的口头报道自然也就不会雷同于记者或追星族的角度和表述,她是以这些明星的单位同事的身份,将他们一一换个场景,让女儿再感觉他们。

这对女儿来说,无疑是新鲜的,真实的,生活的,内幕的,有些甚至于是近乎残酷的,因为"事实常没有字面这么好看"(鲁迅语),所以对女儿的美丽感觉有着粉碎性作用。比如女儿所喜爱的一位歌星,下基层演出居然在自己人面前摆起架子来,还使小性子呢。女儿被惹气了,"啊?他怎么会是这样子的呢?"转而疑惑地自问,"杨钰莹下去演出会不会也这样啊?"

1996 年 6 月 25 日 《合肥晚报》杏花村副刊

■ "巨笔"书蓝天

　　远远地朝外滩的方位眺望,解放日报社新大楼像是一支硕大无朋的"巨笔"。它壁立千仞,直书蓝天。这一融文化意蕴和职业特色于一体的别致造型,把解放日报的形象巍峨托起,好生壮观。

　　老岳父王维和他的几位先后退了位的老总夏其言、陈念云、居欣如、陈迟、丁锡满等都在新大楼的中段层各有一间办公室。1996 年 2 月 24 日那天,老人安排我们一家去参观解放日报新大楼。二十八层大楼耗资 1.7 亿元,从上到下,从里到外进行了现代化包装。当我在参观几个编辑部工作间的那一时刻,我就总是向往着合肥的新闻界什么时候也能像这样有气派? 还不停地思忖着解放日报社哪来这么厚实的家底? 岳父说,这是范长江同志的一大贡献。他在解放初期上海解放日报社刚成立时就提出实行"事业单位企业管理",自收自支。他之后的历任领导都坚持了这一条,不仅要办好报,还要理好财。我虽对范长江前辈了解甚少,但这一条就足以令我仰止了。由此突然使我联想到旧时在故里所见的"拽奶袋子"现象,都四五岁了还舍不得给孩子断奶,母亲的乳房越吮越瘪,孩子越吃越不见壮实。

　　老岳父的大半生政治坎坷和新闻生涯都是紧紧系着《解放日报》的,我想他每每出入于这幢新大楼时的感受,无疑是不会如客官我等的。几代领导和职工的几十年血汗积累,怎能不是一种凝重的创业回顾!

　　报业集团化,是需要有实力有准备的,应当不是"闻风而动"的事吧? 市场经济大潮把报纸推向市场的大趋势,一方面呼唤着出类拔萃的报业新闻人才,一方面呼唤着出类拔萃的报业管理人才。倘若解放日报社不善积累,不是一代代把公共积累滚雪球似的从百万滚到千万,从千万滚到亿,而是谁上台就吃个精光,用个精光,分个精光,甚而至于让自己的口袋肥得淌油,甩下一个烂摊子扬长而去,哪还能有这支"巨笔"拔地而起?就是磕头作揖到处化缘,能化来这 1.7 亿?

我有一位大学同学小时在解放日报社供职,如今已是上海金融报道的头牌名记。她的高出我五六倍的月薪收入,把一位中年妇女的仲秋景色滋润得山清水秀。看来解放日报社的大楼建设并没有逼职工勒紧裤带过日子。聪明的领导只能向自己的管理能力和管理水平要效益。

我站在"巨笔"笔尖部位的多功能厅放眼窗外,大上海浩浩瀚瀚横无际涯,高楼林立如千帆竞发;此刻,我多么想变成一只蝴蝶,从这里飞向我们安徽的那扇窗口,倾听那"呼应浦东"的阵阵涛声。

1996 年 6 月 26 日 《合肥晚报》杏花村副刊

■ 理书也上瘾

大年初一我仍在理书。

大客厅,四个靠壁构建的大书柜顶天立地,是需要扶梯作业的;中间走道处,也是六个大书柜,霸占了三分之一的空间;岳父母卧室,除了两个也需要扶梯上下的大书柜,还有两个小一点的柜;另两个房间还各有一个柜。

尽是书。

再就是散见于各处的泛滥成灾的报纸杂志。

这儿原是京昆泰斗俞振飞先生的旧居。很好的房子,位于五原路,毗邻武康路、永福路、复兴西路、淮海中路,建于 1934 年的公寓洋楼,据说当年俞先生是可以在客厅练功排戏的。可是俞后来与名伶言慧珠结为连理,言说这宅不好,于"文革"前夕迁至她的花园房去住了。这儿的宽敞自不必说,也因此而生发出大的弊端,收拾起来颇费时费劲。比如这柜里的书,层层叠叠,平常就缺少严格的分类管理,数年下来越拿越乱,两位七十多岁的老人也实在是无奈其何。我并不是个讲究整洁的人,但这些书柜的杂乱却着实让我碍眼,便趁着假期小住,主动请缨。

岳父母自然高兴。岳母背地对妻说,理书已是你爸爸多年的心愿。可让哥哥理又担心有孔乙己行为;叫姐姐理,她说积重难返工程浩大实不敢受命。但他们都想摸你爸爸的藏书家底。我原以为岳父的藏书多为政治类、新闻类,未料文史哲类的藏书量却也是可观得很。我于年前几日动的工,原想三两天理毕过年,哪想到摊子一铺开,战线越拉越长,慢慢地自己陷将进去,欲罢而不能了。而且越理发现的"宝货"越多,几日下来虽腰酸背痛倒也乐在其中。

回合肥后，一天晚上岳父在电话里提起我理的书，称现在是分门别类井井有条了。妻说，知家底者仅你一人。我赶忙声明，我可不是为了摸家底揽此大任的。

这是实话。

就在半个月前，我的年仅 32 岁的胞弟猝然病故，而我的父亲也只刚去世一年。我是在赶回老家完丧之后又匆匆赴沪与二老团聚的。悲痛与哀思积郁于胸，一时无可排解，借着有兴趣的劳动驱散一下眉宇间的愁容，也好与过年的氛围吻合，又为老人做了件实事。

一介书生，以书为友几十年，至今对流行时髦的搓麻将跳舞一类依旧是朽木不可雕，于名于利更是越来越淡泊了，还是且将买书读书谈书视为娱乐和享受罢。真如黄山谷言"士三日不读，则其言无味，其容可憎"，岂不可怕？然而理书也能理出瘾来，是没有料到的。

书啊书，不亦乐乎！

1996 年 6 月 27 日　《合肥晚报》杏花村副刊

■ 疲惫人的爆发力

　　回上海近十天，竟还未能见妻姐一面，这在往常是没有过的事。正月初二她一家来拜年，才从连襟的"状告"中证实，她如今真的是成了拼命三郎，除夕之夜的春节晚会也顾不上看，一头扎在应聘者的材料堆里。

　　妻姐是我的大学同窗，当年同学时哪料得到她后来竟成了我的大姨子。眼下她供职于上海远东出版社，三年前听她说要从"三联"调到这家刚刚组建、据说连工资都保不了的出版社，其时我对"远东"还闻所未闻，不禁暗暗为之捏汗。岂料此番回去，便听得"远东"已不仅声名鹊起，且一跃而为沪上出版界名流。去年"远东"大转机，今年初举办的上海图书订货会上，"远东"更是新闻迭出，占尽风流。由妻姐责编的一套"火凤凰文库"丛书也是抢手图书之一。虽然售价不菲，但第一版一万套很快告罄。当时我读到的只是其中一册——巴金的《再思录》。一看其他目录如贾植芳的《狱里狱外》、蓝翎的《龙卷风》、朱正的《留一点谜语给你猜》、王晓明的《刺丛里的求索》等，就禁不住涌出一股阅读欲，便去电索要，回说要等第二版印出才能购了送我。这在今天是不易见到的事。

　　妻姐说她年终受到了社领导的重奖，她给我女儿的压岁钱就使我有些受惊。她说她那个"远东"的社长，就是用现代化企业管理的办法运行操作的，很坚决地以市场机制为手段来实现每一项出版目标。比如她责编的这套"火凤凰"丛书，她就从头至尾参与了策划、选题、市场调查、向作者组稿以及文字编辑的每一道工序，且经受了市场营销和读者反馈等诸多项目的测评。最后社长用他的"杨式公式"和每位职工算账，将盈亏公之于众。

栅栏拉开,是驴是马,拉出来遛遛,阿混们在这样的地方哪还有立足之地?

她的体质一向羸弱,常闹些毛病,有时候见她歪歪倒倒的模样,像是什么事也干不了。她的确很疲惫,有身体的疲惫,也有精神的疲惫,但是她的身上又潜藏着一触即发的爆发力。其实,有这种潜在爆发能量的人又何止千万,只是难能遇上高明的"引爆手"。

如今无论是事业单位还是企业单位,都已经无可选择地面对着同一个目标:市场。市场效益从本质上说就是竞争效益、人才效益。市场竞争不过是展现在前台的表演,隐匿于后台的是人的素质竞争。像"远东",一个名不见经传的只有五十个人的小小出版社,刚刚赚了一笔钱,首先想到的就是人才投资。他们要高高在上普遍撒网,于新近招聘二十名高素质的跨世纪编辑人才,可谓远见卓识之举。我揣摩"远东"的发迹秘诀非它,乃领导决策层里有几个高明的"引爆手"和出版战略家是也。

诚如是,举一反三思之,不无启迪。

1996 年 6 月 28 日　《合肥晚报》杏花村副刊

你在寻找家园吗？

　　有人说，没有归宿感的人生是空落、彷徨而痛苦的，而人又注定没有归宿感。因为人在滚滚红尘中是找不到真正长久的家园的。

　　想来真有些难以言尽的沧桑。

　　三年前，妻在合肥火车站送走谈芄夫妇，回来喟然长叹：只剩我一个了。

　　我听出了凄婉。

　　谈芄是 1969 年和妻子一起从上海中学下放到安徽阜阳利辛县的。几个十几岁的上海妞住在一间空牛棚改成的"屋"里，吱啦啦地喝着山芋干玉米粥，菜是干辣椒皮切碎拌盐就着，这哪能是她们过的日子！后来一个接一个地回城，又一个接一个地回上海。谈芄返沪前是省里一个什么局什么科的科级干部，先生柳明是一位高校教师。我想他们这样的条件回沪，比工人身份的老知青安排会好一些的。

　　他俩的安排果然不差。只是一提起房子脑袋就炸。眼下他们虽有栖身之地，赖在她出国的妹妹偷偷留给她的一间房里，但终究不是个事。上海人对房子问题有着本能的极度敏感，很多老知青回沪，子女户口回沪，也不知因为房子闹出了多少的怨恨，孽债弄不好就会因此翻腾起来。

　　然而，当我们听了谈芄夫妇的一番长谈，才感到这些打道回府的上海知青的心理压力又岂止源于房子。柳先生坦言相告，在安徽，安徽人把我们当上海人，而且是当毛病"多来西"的上海人；在上海，上海人又把我们当安徽人，而且是当贫穷愚昧的安徽乡下人。我们成"边缘人"了！

"边缘人"？

啊？！

"边缘人"！

这就使我想起了几年前读过的一首新生代诗。一位异乡之客回归故里，寻找家园，结果却是这样的一种感觉："许多目光清晰又遥远/ 许多目光在前后两个世纪/审视你/一双双女人般的手指掩住口唇/——你听不到真实的声音/因熟悉而陌生/人人都习惯了只承认/距离之外的风景。"（雪莹《异乡客》）我就听妻说过这样的感觉。每每回上海小住，总免不了要做一番从外包装到心理上的小心翼翼地调整。

于是我们就经常谈起老三届知青后半生的命运安排。若要想得开了，其实也没有什么。人生岁月，逝者如斯，世间有许多东西原本是想挽回也挽回不了的，因此才有痛惜，才有追悔，才有遗憾，才有无奈，才有呐喊，才有珍视。现在老知青中据说流传着这样一句话："献了忠心献青春，献了青春献子孙"，于是有人铁了心，就是回去刷马桶扫马路也算是有了归宿。然而一些过来人却又换了个说法——

那里果然是你应归宿的家园吗？

那里一定是你应归宿的家园吗？

1996 年 6 月 29 日　《合肥晚报》杏花村副刊

最后的一缕情丝

1998年7月31日上午9时整,安徽大学中文系主任陶新民博士向着两列悲痛不语的队伍说,杨忻葆老师弥留之际,委托我们转赠一句话给全系的老师:"生活是美好的。"

我仿佛感到心的深处一阵强烈的撞击,泪水情不自禁冲眶而出。一个行将消失的生命,在与病痛的折磨做最后搏斗的时刻,从自己的生命精髓里,从自己的灵魂精髓里,抽出这最后的一缕情丝,剪送给生活着的我们,然后自己做最后的谢幕飘然远去。我的手抖抖地在胸前挂一朵洁白的花,实在是不忍再向前挪动一步,真惧怕那一刻的无情到来。

我没有跟忻葆师读过书,同事也是近两年的事。然而我们的厚交却已有二十年之久。忻葆师虽长我十多岁,但在一起便自然地碰出许多投缘的话题。我们都无抽烟喝酒打牌跳舞的嗜好,大概也都属于做不得官赚不了钱的无用书生一类,无非是文学、美学、社会现象等等的随意闲聊,完全是君子之交温文尔雅。我喜欢与忻葆师之间的这种交流,因为我着实是不适应甚至是有些畏怯那种酒过三巡之后的火辣辣。忻葆师是安徽大学中文系资深文艺理论教授,后又教美学,这都是我所钟情不移的所好。虽缺少研究,却特别读得进这方面的论著文章。也想借着这层私交提高鉴赏和写作的美学品位,因此就常常去听先生的见解,讨教一些问题。每每给我那种润物细无声的感觉,我就顺着揣摩起先生何以能把两个女儿悄悄地培养成了理学博士和文学硕士的教子经。

忻葆师是安徽大学元老一级的人了。1959年,刚重建的安徽大学师资紧缺,起点要求甚高,上海复旦、华东师大等全国重点院校分配了一批优秀毕业生来安大充实新生力量,他就是其中一位。他是上海人,知道安徽的艰苦,也知道刚重建的安大的艰苦,但他毅然来了,一干四十年,春蚕到死丝方尽。他是个淡泊明志、宁静致远的学人,一生不恋功名地位,不求张扬显赫,只顾认真教学,严谨治学。他似乎一生都追求深沉平静,悄无声息,真诚地、细腻地在文字铺就的小道上寻寻觅觅着曲径通幽的美妙,向他的学生他的读者诠释美与文学,美与生活。

四十年教坛生涯,桃李天下,夫妻俩人缘又极好,那一天是断然不应该只百余人闻讯赶来为先生送行的。而他的临终叮嘱"不贴讣告,不搞告别,不告知亲朋好友",却让许多他的生前同事好友学生事后谈起都肃然起敬,教常常思量他的人不住地祈祷忻葆师在天之灵也一样的祥和安宁,永享生活的美好。

1998 年 9 月 10 日 《新安晚报》人生百味副刊

《丹青引》引起的话题

一位喜读王小鹰小说的读者,在合肥书店买了一本她的长篇新作《丹青引》,一看封面设计、书名题字和内页插图,均出自作者一人之手,将信将疑,听说我和王小鹰熟识,便向我探听虚实。

王小鹰是已故诗人、画家芦芒的长女。芦芒的诗歌、雕塑和国画,一般读者可能不熟知,但一提起脍炙人口的电影《铁道游击队》插曲"弹起我心爱的土琵琶",也许今天的年轻人也能对上号的。小鹰自小在这样的一种家庭环境中耳濡目染,艺术对她潜移默化的熏陶又非三年五载,又颇多灵气,自然如春风熏人,渐而滋生出了丹青雅趣。十几年前,曾见她画过不少姿态不一的黄山松,挂在家里,这是她下放黄山茶林场的观察积累。后来她和丈夫出国都用自己的国画当礼品赠外国友人,颇受欢迎。去年我去参观她的新居,见另有一张画桌,桌上的笔架、笔洗、镇纸好似一种待命的样子。原来小鹰正在师从黄宾虹弟子王康乐老先生深造画艺。如我,再读《丹青引》时,就不会奇怪作家何以对国画艺术和画家生活的描述,还有以小说中几位画家之名作的四幅插页国画,是那样的生动而精当,细腻而传神了。这绝非一时兴之所至的把玩,而是作家几十年习艺的厚积薄发。

王小鹰还是个戏迷,她有许多戏曲演员朋友。曾听她说过读初中时竟偷偷离家,只身去嵊州市学戏。越剧、昆曲、黄梅戏都喜爱,这些零零碎碎的生活片断,一般人可只是即逝的生活流程,而对于作家王小鹰就过滤成了艺术的触媒,她的这部40万字的长篇,就是看戏看出来的。二十世纪八十年代中期,王小鹰偶尔结识了几位早已隐退舞台却又眷念不已的老艺人,并含泪观看了他们演的全本《丹青泪》。正是这出《丹青泪》,无意间成了王小鹰《丹青引》形象受孕的触媒。从艺术初念的萌发到40万字小说的完稿，花了十年时间，可谓精心构思，精心塑造。

王小鹰的几部长篇，如《你为谁辩护》《我们曾经相爱》等，我都读过，艺术表现技巧上当首推《丹青引》，为我所最爱。这是一部有震撼力的悲剧作品，而且又是一部雅俗共赏的都市寓言小说。一般的读者，可以听作家向你娓娓叙述一个撩人情怀的市井故事，那些真的和假的，善的和恶的，美的和丑的，杂于其间，教你嬉笑怒骂，哀怨憎怜，着实是情不自禁。而文化读者则又可以穿透世俗故事的层面，去透析韩此君、安子巽、陈亭北、陈良渚、辛小苦们在复活无极画派古典艺术过程中的精神品格分裂。文化批评学者或许还对《丹青引》中所描写的中国传统文化价值系统在社会转型期多元分化的社会现象聚焦，对小说中点准人性的弱点甚至丑陋的穴位而体现的鲜明现实主义色彩更感兴趣。小说精心塑造的韩此君、陈良渚、辛小苦以及安子巽、陈亭北，是作品最具艺术价值和社会道德评判价值的几个艺术典型，他们是故事层面的鲜活人物，又是可供深层剖析的艺术标本。

《丹青引》今年获上海文学长篇小说一等奖。暑假我去上海，原打算就《丹青引》和王小鹰深入聊一聊。无奈她的法国的美国的北京的几个妹妹妹夫一齐哄了来为老母贺寿，一时家里成了"联合国"，忙乱得不可抽身，便说，国庆节吧，我带女儿去合肥看看你们的家。

1998 年 9 月 30 日　《合肥晚报》杏花村副刊

把你的名字刻在我的生命树上

    那只是一间有着许多皱褶的平房，却第一次使我的青春梦化成了一座峰巅上的塔。

    三十六年前，我带着父亲给我的愁容，一路山寒水瘦，独自向陌生的屯溪高中忐忑走去。屯溪高中，今屯溪一中，全省重点，心仪久矣，家贫却偏又中了，想起四年前考取了县中而又辍学一年的疼痛，便策划着请求转学徽州师范的心事。那一日，新生入学教育，我聆听着屯溪高中的"桃李满天下"，清华、北大、科大、复旦……就在那间有着许多皱褶的平房。我哪里还禁得起这样的渲染，神魂早被迷住，从此咬定屯高，衣衫褴褛、半饥半饱地苦读，再也不思转学。

    我终于对重点高中的非同一般有了切身的感受与领教。我们1963年入学的一届，来自徽州全地区各县，参差不齐，而大匠不为拙工改废绳墨，羿不为拙射变其彀率，严格的教学管理和严肃的教风教态，将我们陶熔鼓铸，镂月裁云。师资的雄厚或许正是重点的标志。他们中的许多骨干，虽然没有职称一类的光环，却实实在在都是专家学者型教师，以至多年后从大学到社会，结识了不少教授名流，也依然不曾消磨对他们的仰敬和怀念。甚至于现在回忆起当年他们上课的情景，竟是一种艺术享受的好感觉积淀了下来。因之而使我以为，教师是大抵可分为两类的，一类是扼杀学生青春和前程的误人子弟者，一类是传道授业解惑的教育艺术家。

    如我，读高中时偏文又甚，然而教过我解析几何和三角函数的黄澍先生，教过我代数的郁祖权先生，却使我因欣赏老师的授课艺术而乐于费许多的时间和精力去学习它，并无半点的厌学。这不是教师的特殊魅力是什么？黄澍先生乃新安书画名家，又谙熟古典诗词，他授几何三角，往往不经意间有一种文化的品位显山露水飘然而至；郁祖权先生大约是平日间喜览书阅报，常常于课间三言两语指古摘今，对我们沐风浴雨昭明事理，我等无不心折。而实际上如他们一样的教师在母校是一个群体，只有群体的敬业精业意识才蔚然成风。这种教师的魅力，乃是对学生的引力，是素质的糅合锤炼而迸出的火花——学生心目中永远开不败的火花。三十多年后，我的小侄又从屯溪一中跨进中央财大，问他就读一中的最深感触，他一言相告："不想学的人到了这里都想学了。"诚所谓薪尽火传，"石蕴玉而山辉"也。

那里还是我梦开始的地方。至今还能记起老师牵着我的手蹚着梦河向着一种境界一步步走去。我原是极爱着语文课的，教我语文的王德中先生曾给我语文 30 分的难堪，却也给过我花去两周课外时间、两本作文簿写就的长篇作文一个近两千字的淋漓尽致的批语。何其芳的评论集《文学艺术的春天》和《文学评论》杂志，我都是从他那里借读到的，它们使我更早更多地知道了周扬、茅盾、邵荃麟、林默涵、钱谷融、傅雷、秦兆阳等文学大家。其实当时诸如"文学即人学论""中间人物论""现实主义广阔道路论"等等的纷争，我是似懂非懂的，却让我如行雾中，潜自有润，就这样点点滴滴培育着一种对理论学术的关注。还有一次自拟题目的作文，一位平时写作能力较差的同学写了一篇《蚂蚁的脚》，引起我和众人的哄堂大笑，未料王老师却特别高兴地表扬了他，称赞这是一篇观察力很强的"科学小品"，让我们在孤陋寡闻中初吻了一个陌生的体裁样式。1965 年下半年我已高三，姚文元的评《海瑞罢官》出笼，并抓住了我，我竟不知天高地厚跃跃欲试要跟着批判，还要批判郭老的《蔡文姬》和《武则天》。其时邻班的语文老师洪静渊老先生和我们讲明史，讲明史专家吴晗，使我愧怍自己对历史的无知，再不敢妄动，并对读历史小册子和一些史学争鸣诸如"时代精神汇合论""关于地主阶级的让步政策"等发生了兴趣。教导主任方前先生是个出色的管理者和演说家，他做形势报告，进行思想教育，让生动事例和着理论色彩，如好雨随风，澡身浴德。不知不觉中受了影响，我又对哲学和政治理论有了兴致,便使劲背《关于国际共产主义运动总路线的建议》和"九评"苏共中央公开信,读《对立统一规律一百例》和徐寅生的《关于如何打乒乓球》。

我想我的一生都要感谢屯溪高中给学生创造的这种严谨而又活泼的成才氛围,培养了我终身受益的文科素养。须知那是一个天天讲阶级斗争的特殊年代,学校却努力地延伸着我们的课堂视野,努力地开拓着我们的思维空间,努力地放飞着我们的理想之羽,委实是极不易的。尽管对文史理论的受业与掌握都只是粗略的、浮浅的,然而却是奠基性的,蓄势性的。这是远胜于死记硬背的一种学科素质,这是可以影响人一生的一种孜孜学风,这是母校惠赠予我和我的同学的一笔财富。

那是我一生中最美丽的年轮——从十六岁到十九岁。

那是我一生中最难忘的岁月——从高一到高三。

我早就把你的名字——屯溪高中——今屯溪一中,刻在了我的生命树上。而且,树长名字也长。

1999 年 10 月 31 日 《安徽日报》天都副刊

六十年代：我从"镜子"前面走过

　　我是一遍遍自责：当年为什么就没有想起来好好地把它们保存下来呢？——又一声声对天长叹，随风飘了去。

　　二十世纪的六十年代，我从少年走向青年。现在二三十岁的年轻人，常常把我们这一代人的那段经历，极简单地用几个主题词（组）概括了：饥饿、贫困、"文革"、极"左"；文化的荒芜，反文化的疯狂。然而假如你是从历史的"镜子"前面走过来的人，历史就从简单的概念复原成了驳杂的具象。

　　二十世纪六十年代是个极其特殊的年代，一声霹雳轰然将1966年炸裂，一个二十世纪六十年代就这样裂成了两个历史天空。从1960年到1966年，我的六年中学生活，几乎没有摆脱过穷困，然而我却在电影院、在校礼堂、在露天，看了许多当年拍摄、至今还被尊为经典的电影。北影、上影（当时分天马、海燕两个制片厂）、长影、八一，四大名家，龙争虎斗。北影的《红旗谱》《青春之歌》《早春二月》《烈火中永生》；上影的《红色娘子军》《李双双》《林则徐》《舞台姐妹》；长影的《甲午风云》《五朵金花》《冰山上的来客》《英雄儿女》；八一的《野火春风斗古城》《兵临城下》《东进序曲》《霓虹灯下的哨兵》。政治的、历史的、艺术的；英雄的、典范的、俏丽的；从各个方面给我这个十几岁的青少年以历史垂训、道德说教、艺术熏陶。我从银幕上看艺术家的电影，在影院大厅看二十二位大电影明星的巨幅照片，收藏着每一次买回的电影歌片（一种为扑克牌大小的相纸，一面为电影歌曲，一面为当时影星的照片，两分钱一张），还有从旧货店淘来的《大众电影》，十几岁就在脑海里刻下了一串串令我心仪崇拜的名字：夏衍、陈荒煤、郑君里、蔡楚生、张骏祥、水华、凌子风、谢铁骊、崔嵬、沈浮、赵丹、孙道临、张瑞芳、秦怡、王丹凤、于蓝、王心刚、王晓棠、谢芳、杨在葆、曹雷、杨丽坤、王秋颖、李默然、冯喆、雷振邦……二十世纪六十年代的电影，让我阅读了许多改编电影的文学名著和电影文学剧本；让我学唱了许多电影歌曲；让我忘却了生活的窘迫；还让我降服了青春的躁动……直至今天，我仍然在《艺术人生》《电影传奇》《流金岁月》里寻找他们在艺术世界的每一处音影，每一帧碎片；仍然在收藏欣赏他们每一部经典的 DVD，向我的后生们描述他们和他们塑造的艺术典型。

我的几个歌本，曾经让多少同学传抄过，每一本每一页上，都是我利用星期天一音符一音符抄的，有《红珊瑚》《洪湖赤卫队》《江姐》等。宁可食不饱腹，旧衣烂衫，也要买本子抄歌剧。《珊瑚颂》《盼天下劳苦大众都解放》《绣红旗》，是二十世纪六十年代的流行曲，后来我借来钢板刻写、复印、送人。当大型舞蹈史诗《东方红》上映，我看了激动不已，又买了新笔记本，把所有朗诵词一字一句抄在本上，至今还在活跃的乔羽、阎肃二位大名，我是 40 年前抄背《东方红》朗诵词时就记住了的。

1965 年暑假，我为挣几元钱的护校费和高考服务费，要求留校。那年暑假，我向老师借了何其芳的评论集《文学艺术的春天》、夏衍的专著《写电影剧本的几个问题》，一面勤工助学，一面读着它们，整段地抄，整段的背。我迷了文学，迷了电影，迷了音乐，我在做着美丽的梦。——明年高考的考场上就有了我，我要报考……我要报考……

美丽的梦碎了。那些歌片、歌本、笔记也没有了，永远没有了。

后来，再后来，我才渐渐明白，我少年不识愁滋味。实际上那个时候的文学界、艺术界的日子越来越难熬了。二十世纪六十年代初期文艺创作的短暂复苏，是因为有周恩来总理、陈毅副总理的两次全国创作会议的鼓动。才黄泛绿，就发出了严厉警告："最近几年，竟然跌到修正主义边缘"！于是，赵丹这样的艺术大师也不得不去演《青山恋》了，我们从银幕上也只能看到《千万不要忘记》《夺印》了。用电影图解政治概念，用艺术演义阶级斗争，二十世纪六十年代的艺术家们是多么的痛苦，然而我依然是倾情地看,看了还触及灵魂。这是一种负载着强烈政治色彩的身心愉悦,看电影越来越变成了我们一代人体验政治激情的青春冶炼。其实,二十世纪六十年代世界电影正在发生着重大变化,电影观念、电影叙事因现实主义和现代主义两大思潮的重要影响而形成精彩纷呈的多元艺术格局。当西方观众在电影院观看《去年在马里昂巴德》《杀死一只知更鸟》《八部半》《饥饿海峡》这些新鲜出品的经典电影时,我们却正在接受时代传声筒的图解说教。当《电影艺术译丛》的理论家们刚刚打开一扇面向世界现代电影之窗,迎面而至的不是俄国的爱森斯坦和普多夫金,不是法国的巴赞和梅茨,也不是瑞典的伯格曼和意大利的费里尼,却是一阵紧似一阵的风起波生,又封杀又批判。无读,无诵,无演,无歌,长夜绵绵寻觅,杜鹃声声啼血。——这也是我所经历的二十世纪六十年代。

历史是"镜子",我从"镜子"前面走过,留下了我在二十世纪六十年代从少年走向青年的影——布满尘埃的影。

2005 年 6 月 24 日 《安徽广播电视报》

百炼一书情未竟

　　一世英雄的老岳母，已在华东医院数月难起，子女们见沉疴缠身的母亲日削月朘，便决定抢最快速度完成一件久拖未做的事——为母亲出一本书。

　　这是老岳母多年的心愿。七十多年前老岳母投身抗日救国时十八岁，一位穿旗袍的青春少女。其时她在上海一所高级助产学校读书，受革命潮流影响，毅然离别家乡——上海，偷偷奔向苏北抗日前线。十年军旅，炮火硝烟，战斗到全国解放，岂料太平日子没过几天，就在安徽合肥被一场"老三反打老虎"的政治运动打入牢狱，撇下三个幼小的孩子，和丈夫一起囚在自己的监狱里，甚至将要被处以重刑。这也许是安徽新中国成立后的第一桩大冤案。两人被中央平反后调沪几十年，又是风风雨雨一路走过。从抗日战争到解放战争，从"老三反"运动到"文化大革命"，最后一站改革开放至离职休养，风雨人生大半世纪，历经多少人和事，一时难付谈笑中。于是，老人在离休赋闲后，除勤习书法国画，就是将一生中一串串岁月带不走磨不灭的记忆真实地笔录下来。年积月累，倒也可观。

　　几年前，老人就有将自己所作聚散成册的意愿，子女们见老太太还是一副迟暮英雄不服老的模样，便懈怠了，直至最近才觉得此事再也耽搁不得。幸而家中有个出版社资深编辑出身的长女，对母亲此书如何操刀，运筹帷幄，才使得我们临危不慌。书名《风雨人生》是岳父定的，他是最能读懂此书的人。其间有个细节却让我意外，也让我感动，编辑过程中姐姐派给妹妹的活是在堆如小山的旧照片中筛选为书所用的插图，无意间从一本旧相册里发现 20 年前岳母七十寿辰时我寄给她的一对贺联，妻子那头泣不成声地又是网传贺联照片又是浮想联翩地一通感叹。那联是：

桑榆晚景有几许闲情逸趣作消遣
松柏节操花多少雪雨风霜为口碑

是了，是我撰的，我对岳母不仅仅是亲情的爱，更有对打下江山且刚正不阿的老革命的深深崇敬。《风雨人生》是老岳母的百炼一书，熔战友情、同志情、爱情、亲情、革命情、事业情于一炉，我想，驰骋一生的情一定不是这本书所能尽书的。

但我更感欣慰的是我那80后的女儿读外婆《风雨人生》的状态，很投入很动情。这或许是老人也是我们最期望的，诚如女儿的姨妈在"编后记"中写下的话："愿这本书能与更多的人结缘，为徘徊在人生十字路口的人增添一点抉择的力量，为在风风雨雨中的人们增添一些前行的勇气"。

岳母杨琪华，年且九十。

2011 年 10 月 20 日　《安徽老年报》

《安徽老年报》编者注：王维、杨琪华夫妇均是老新闻工作者，曾在《江淮日报》《皖北日报》（《安徽日报》前身）任社长（王维）、总编室主任（杨琪华），因在安徽有一段特殊的经历，所以对安徽感情很深。在他们到上海任职若干年后，特意把在安徽插队的小女儿晓珊留下扎根，以便通过她与安徽"老新闻"时向往还。这是王维、杨琪华的小婿为其合作的《风雨人生》出版后写的文章。

百龄眉寿或可期

时隔仅四个月，老岳父又一次住进了上海华东医院。

这一次真是险象环生，一个顶尖级专家的话让全家人的心都骤然悬了起来。专家第一次目测判断说，百分之六十是黑色素瘤。这要人命的倒霉玩意儿以前闻所未闻，还是偶尔看了电影《非诚勿扰》才有所闻，是确有这样的恶瘤，还是电影虚构也弄不明白。上海、合肥两地的子女赶忙上网查询究竟，顿觉恐惧来袭。去年的八月份，老人因腹部主动脉血管瘤住华东医院挨了一刀，开始死活不肯手术，还幻想着要将自己几十年没有住过院甚至没有打过针的超常记录进行到底，经不住子女们晓之以厉害，动之以亲情。更重要的是当时病重的岳母住在华东医院，每日探视来回地跑很是辛苦。孩子们说，妈妈来日无多了，你住院做了手术，也可以在妈妈最后的岁月多陪陪她，这么一说老岳父才去。

10月21日在与岳母诀别的那个时刻，整个龙华银河大厅一遍遍回荡着悲凉的哀乐混合着一个93岁老人撕心裂肺的徒唤奈何，吊唁者无不动容。近七十年的同袍同泽，患难相恤，金婚钻石婚一路恩爱走来，沪上出了名的模范伴侣，顷刻间轰然塌了半边天，多少人都不免担心起来，子女们更是每日里提心吊胆，惶惶恐恐。

然而老人比我们预想的要坚强豁达得多，表象看去，大鱼大肉照旧地吃，书报杂志天天雷打不动地读，饭桌上依然少不了美日作祟，叙利亚局势，中东石油，朝韩争端，台湾乱象，办了一辈子报，血管里流的血也充盈着政治色彩。实际上老人一旦睹物生情时就暗自神伤潸然泪下，两个女儿赶紧地把母亲的遗物清理收藏。渐渐地，眼看着老人的状态慢慢好了起来，我们也常常有意识地在他面前提及流传了多少年的王维长寿九字诀:吃得下,睡得着,想得开。

想起二十世纪末,老人多次在大家庭聚会时宣称他的三个目标,第一目标是跨世纪;第二目标看北京奥运会;第三目标看上海世博会。满堂儿孙积极呼应老人家说:第四目标轻轻松松过百岁!不料今年二月间,岳父的脚上又闹出事来,正当子女们为权衡手术利弊纠结得手足无措时,专家再次诊断说"百分之八十是黑色素瘤",这才铁了心不由分说把老父第二次送到华东医院。可是等到各路医生、专家紧锣密鼓、认真谨慎准备了好些日子把瘤剜出,活检的结果却让我们既眉开眼笑,又联想翩翩。但毕竟还是给老人的腿脚留下了难以愈合的洞,于是他就不断地对着来探视他的人说:老了老了还是要挨刀,在劫难逃啊!

有道是"人生无长术,难登百岁台",可是看着慢慢走出阴影后的我家这位奔百的王维老翁又神气活现起来的态势,寿登期颐说不定还真不是痴心妄想。"我出生入死,奈何以死惧之!"老人说。

2011 年 11 月 21 日　网文

戏痴

今年五·四之夜,我陪上海来的四位亲戚王小鹰、杨晓敏、魏淮、王奔洲第一次走进安庆黄梅戏艺术中心,观赏再芬黄梅艺术剧院出演的全本《天仙配》。一行五人,个个戏痴,尤以王小鹰更甚。

招待我们看戏的是安庆市政协秘书长丁庆平,他是我和杨晓敏的大学同窗。临行前,小鹰就在电话里表达了一个心愿,到安庆什么玩的都不要,就盼望着能在黄梅之乡看一场原汁原味的黄梅戏。我当即联系小丁,他任秘书长前就是安庆市文化局局长,不找他找谁。演出当晚的晚宴席间叙谈,根本用不着我多此一举地介绍,丁庆平就连连说出小鹰的诸多作品书名,小鹰立马取出自己的近作——长篇小说《长街行》赠予他。毕竟都是中文系毕业,专业的亲缘感似乎有些"与生俱来"。而后小丁介绍当晚《天仙配》的主演,刘国平的董永,吴美莲的七仙女,小鹰忙说"我晓得,他们很棒的。"丁庆平好像很惊讶,问"吴美莲你也知道?"小鹰说:"知道,《寻找七仙女》总冠军。《寻找七仙女》电视大赛我是一场不落全看的。"小丁真的很感意外了,问小鹰"老演员你都知道哪些?"小鹰回道:"黄新德、五朵金花不用说了,安庆的赵媛媛我也很喜欢的。"安庆主人有些激动了,问要不要请赵媛媛来见见面? 小鹰忙说不用不用,我们并不认识。

王小鹰祖籍浙江,母亲是越剧之乡嵊州人,喜欢越剧不奇怪,上海越剧院的不少名角都是她的朋友。而她如此痴迷黄梅戏,还真有些意思。小鹰说,安徽的"二黄"令她陶醉一生。她的山水画,大多取材黄山;严凤英的《女驸马》《天仙配》她早就买了碟片,翻来覆去不知看了多少遍。韩再芬的《徽州女人》在上海演出,她去看了,"真是一出美戏"。

王小鹰自小就痴迷戏曲。她说她少女时代就独爱看戏，上海的许多剧院只要有便宜价位的她都去享受过。据她的《看戏》一文说，有一次为了去看一场名角大汇串，竟饿了一星期的早饭省下一元四角钱，星夜排队买票看了这场戏。更新鲜的是，如今她已年过六旬，一部长篇的创作任务压得她直不起腰，竟还偷闲去正经拜师学艺，混在一批90后孩子堆里学圆场云手。听说有一次老师就拿她说事教训学生：看看你们，还不如一个老太太学得快，人家可是鼎鼎大名的作家，纯属学着玩的，你们难不难为情啊！

　　王小鹰喜好黄梅戏，我早就知道的，有一年大家庭聚会，她就唱了一段黄梅戏。但究竟迷到什么程度，这次和她一起看戏便探了些深浅。比如"路遇"一场，她就看出了细节小有改动，由此而引出我们关于经典如何继承的话题。这就使我想起她早期的一篇散文《秦先生带我看昆剧》中关于传统戏曲如何改革的一些思考。有一次，以《秋海棠》名扬天下的秦瘦鸥老先生把小鹰带去看昆剧《甲申祭》，当天看戏的还有京昆泰斗俞振飞。若干年后，小鹰回忆当年看戏情景，有感于台上台下的如此默契，又有对传统戏曲一往情深的痴爱和敬畏，联想起当下的一些现实状况，说了不少传统戏曲应当如何改革创新的一己之见。她透露，她正在酝酿创作一部以越剧演员的舞台生活和现实生活虚实交错为题材的长篇。可见，戏痴看戏，真的是带着透视镜由里而外看的。

　　其实，这次在安庆看《天仙配》，当晚的剧场秩序并不太好，有少数年轻观众频繁地来回走动，甚至大声喧哗，令几位上海戏痴忍无可忍。或许，这会不会使小鹰在为演出的精彩击节叹赏的同时，不由自主地又生出一些关于戏曲命运一类问题的新思考？

2012 年 5 月 20 日　网文

言他只取两出"戏"

　　谷雨才过,还是春风沉醉的时节,我陪同上海家人穿梭屯溪新安江畔的柳暗花明,直奔"徽州照壁"。这处新景点是老朋友汪厚德力荐的,说"不可不看"。而全程为我们讲解的恰是"徽州照壁"的主创团队核心人物倪国华。

　　他是黄山市文联主席,一个拥有 17 个文艺协会的一方文化统领。我是徽州人,土生土长,对于很多我自小就司空见惯的徽州风物,能引动我的内心震撼确乎不那么容易了,毕竟它们早已浸淫到了我的骨子里。然而当我们走近"徽州照壁",我忽如眼前突现光芒四射洪波涌起的奇观,我再也抑制不住少有的亢奋,一阵惊呼过后,才驻足细细地品味千百年渊懿古茂的沉淀,静静地凝神聆听时空隧道传来的声音。以往徽州稍有些格局的古民居或宗祠,大都附建有一墙照壁,本属平常,并不是特别引人注目的。而眼前的"徽州照壁",由居中主壁和两边侧壁联袂一体,总长 108 米,高 6 米,南面《徽州人文之光》,尽展数百年天下徽商和千年徽州历史人物;北面《新安山水胜揽》,尽示天下独绝的徽州奇山异水风景名胜。一色的青石浮雕,凝固了多少动人的故事和动听的音符!更有江那边,一处九龙山嘴的化腐朽为雄奇,神来之笔将一块地质灾害的"疮痍"师法造化成"摩崖石刻",上镌宋理学集大成者朱熹手书"新安大好山水"。字态生风,气凌霄汉,真乃浑然天成,妙不可言。

　　我久久地立在了"徽州照壁"前,恭谨地和她对视着,心潮翻涌,浮想翩翩。试想,在这样一个全球多元娱乐化甚至任凭金钱作祟的文化大背景下,在徽州这块土地上,还能有为数众多如倪国华这样的坚守者创造者的孜孜以求,还能让我们尽情尽兴观赏到如此忠诚于徽州历史风貌的皇皇巨作,把当代人的追思怀旧情愫融入本土化的徽州故事、徽州山水景观叙事之中,不是唐临晋帖,不是衣钵复制,更不是杜撰造假,而是据史据实又不拘泥的全新创意和策划设计。这不正是传统文化传播复兴的希望昭示吗?

我毫无疑问视"徽州照壁"是徽州人文景观和自然景观的聚珍之版,也毫无疑问对这一独具徽州形象特征的历史文明形态发自内心的文化认同。她的每一个艺术细节符号都凝结了创作者们的心血和才智。新安一勺水,阅尽古来人,无边往事,无穷山色,要在如此浩繁的史料中剪裁取舍又谈何容易!

此时此刻,想起读过的一首诗里有这样的诗句:

带着血的热情和孤独/宁愿去创造一块有生命的石头/而不去雕刻无生命的人/相信美在血液里不朽/相信岁月在血液里不朽……
——《我举着火把走进溶洞》

此时此刻,还想起身旁这位"导游"解读者,我40年前的老同事、老朋友。坐镇文联主席之位指挥文化建设,才干和机遇缺一不可,否则断难作为,而倪国华是兼而有之。此前他曾在县市级旅游文化局长岗位的历练已是经年累月,又一直坚持刻苦自学潜心钻研文艺创作和书法摄影等,身手不凡,作品颇丰。所以当黄山市委市政府决策开发新安江延伸段,打造精品艺术景观以提升黄山旅游业文化品位时,机遇降大任于斯人,黄山市文联临战受命,主席披袍挂帅,殚思极虑,以他的才干勇气和团队精神,聚集一批雕艺大家能工巧匠毕其功于一役,最终在更大的舞台成功上演了一出磅礴"大戏",为当代也为后世磨砺了一座史诗般的艺术丰碑。

这就不禁使我回忆起40年前他和另一位小演员余一凤主演的现代京剧《沙家浜·军民鱼水情》一折,两个十几岁的娃娃演的一出折子戏,不知演出了多少场次,也不知收获了多少喝彩,它积淀了家乡一个时代人的集体记忆,至今还有许多老观众津津乐道当年那个小"郭建光"。这是从乡村走出的倪国华初出茅庐第一次被社会所认知。其实,倪国华是低走高飞,1971年他招进县文工团还是个小学没毕业的懵懂少年,但没过多久,人们便看出了一叶小荷在崭露头角。同一个舞台上练功,他的起霸,走边;他的旋子,窜毛;尤其是他的小翻,串小翻,无不凸显他的出类拔萃。团领导为学员开设政治课、乐理课和文化课,要我一个二胡手兼任他们的语文教学,我欣喜地看到小国华是勤奋好学中的佼佼者。十几年前我读他的散文集《梦落黄山》,透过字里行间读出了他一路求知的艰辛和坚毅。我掩卷沉思,一声赞叹:这是个靠自己成就自己的文化官员。

当年,他在舞台中央,我在舞台一侧;后来,他走上了地方文化指挥台,我走上了三尺讲台。数十年间且续且断的交往,时空大跳只让我留下印象最为深刻的便是他的两出"戏"。

他的才华,他的志趣,或许和他生长地——徽州的滋养有关系罢。

2012年6月7日　网文

好刊为媒

我至今仍然顽固地坚持每天阅读纸质书报杂志,除《新华文摘》《中国新闻周刊》《炎黄春秋》和一些专业学术刊物外,还有三份赠阅杂志——《时尚祁门》《徽州社会科学》和《黄山》,是受到我特殊青睐的。

我阅读《时尚祁门》很认真很细致,每每收到《时尚祁门》,我便情不自禁,先粗翻,后细读,从文字到图片,不肯轻易放过。我原先并不知道家乡的这份刊物,一次小聚,程志文老先生送我一本《时尚祁门》,嘱我认真看看,提提意见,这已是创刊一年多后的事了。我很高兴家乡创办了这样一份质地上乘的刊物。一个具有历史文化底蕴的地方是不能没有平台的。我给素不相识的《时尚祁门》编辑部同志打电话,接电话的恰是总编成风先生,从此我就如期收到《时尚祁门》,一睹为快了。

我对《时尚祁门》每期传播的家乡建设的信息尤感兴趣,生态文明,县域经济,民生工程,是我的重要关注点。我常常从杂志传播的信息中听到家乡前进的脚步,尽管有不少的文字描述或图片展示是我并不熟悉的地方,但我的认同度只有一个词:"家乡"。全省生态文明建设居首,县城第一次开通四路公交,《时尚祁门》传递给了我振奋和自豪。

《时尚祁门》每期都有一定篇幅的诗词文章,作者大多数我都很陌生,但有几位作者我很感亲切,除已居合肥的叶露孜老师,我还要特别提到的是王齐鹤和程家麟,他们应当是祁门中学的两位老师。1961年暑假,我初一,因家贫申请暑期护校,可得几元护校费,王齐鹤老师负责这事。我依稀记得有两件事,一是王老师同情我们饥饿难忍,默许我们偷摘些操场上种的蔬菜充饥;二是有一天他告诉我们梅兰芳去世了,我因在县电影院看过电影《梅兰芳舞台艺术》，所以心有触动。我一生酷爱京剧艺术，恐从此始。我尤其心存感激的是程家麟老师。他是我初中的几何老师，班主任。1963 年是我初中最后一学期，当时国家正处困难时期，号召大办农业，当年祁门高中又停止招生，初升高的升学率极低。就在我咬紧牙关苦苦坚持的关头，我作为班级生活委员把收来的全班煤油钱(当时祁门中学没有电)放在抽屉里被偷光，我既害怕同学怀疑我品德不端，又着急赔不了钱怎么办。是程家麟老师悄悄为我解了围困，鼓励我不要分心，认真复习迎考，最终让我以优异成绩考上了屯溪高中(今屯溪一中)。这两位老师，一位教政治，一位教数学，晚年却以旧体诗词大放光彩，学生在《时尚祁门》上一再欣赏到他们的佳作，实在敬佩之至。

《时尚祁门》的很多历史典故和人物报道我也很爱读，尤以我熟悉的人物更为关注。如最近读到潘彦靖同志的《马路老师》，我仔细辨认图片，这位白发苍苍的儒雅老者很可能就是我五十年前的同班同学马润生(？)。马润生，城里人，当时就酷爱书法，宗柳体，且擅体育短跑，爱说笑。1963 年毕业我俩考入不同学校，从此各奔东西，未再谋面。如今他已成书法大家，乃童子之功一发不可收，一生不懈穷其最高境界是也。

难怪我如此喜爱《时尚祁门》了，好刊为媒，没有它的媒介之功，我哪能知晓家乡的这些事？

这又不禁让我想起当年县志办的程成贵老朋友自始而终为我寄赠《祁门志苑》，我将之装订成册珍藏至今；已故县文化局局长吴建之先生每期寄我《祁门文艺》，并常常通信或约稿之事。其实，家乡情结对于旅外游子是可近可远，可亲可疏的，"媒"之作用十分要紧。比如我一个无用文人，有好刊为媒就足以粘连一辈子了。

2012 年《时尚祁门》第 10 期

足印义，诗寄情

大门门铃响了，我拿起对话机问哪一位，一楼传来苍老的声音："请问是晓珊同志家吗？"我说："是，请问您是……""我是徐味，那首诗我改了两处，又重抄了一遍。"我俩赶忙从五楼冲了下去，见老人一手拄根拐杖，一手拿一只大信封。老人微笑着从信封里抽出一张泛黄的纸，展开，用浓重的苏北乡音轻声诵读：

报界尊元老，清誉饮江淮。一身腾正气，满腹是雄才。夏日飞霜雪，秋水净尘埃。敢触高层怒，但为下民哀。寿公逢九秩，千里寄情怀。

恭贺王维同志九十华诞
乙丑初秋鸿景蕴之于云水轩

读毕，便解释为什么要改动两个词，又说与王维、杨琪华同志当年在《江淮日报》《皖北日报》如何结下深厚的革命情谊。我俩很是过意不去，我们两家虽同居一街，中间却横隔着一条车流滚滚的长江路，且已是黄昏时分，这位八十七岁的老人是怎么过来的，着实令人后怕得很。简单叙了些话，晓珊就搀扶着老人缓缓往回走，直送过长江西路至省文联宿舍家门口。

这是 2009 年 8 月 8 日。

这一年的 8 月 15 日，是岳父的九十寿诞。上海人说，祝寿的事就此打住，以后不可做了，让阎王爷忘了你。我女儿于是就格外重视起来，为孝敬外公,决定展示一下专业特长为外公摄制一部短片,内容包括两类:请合肥老战友视频叙旧祝寿;撷合肥新貌,特别是《安徽日报》发展变化的片断。我被封为"外联",得令后立马去找邹人煜阿姨。这些年,岳父从苏北转战合肥的那个老战友圈越发地缩得快了,没几位了。即便如此,我也须仰仗邹阿姨,请她老人家拟一个名单并帮助联系。正是酷暑时节,骄阳如火,女儿和她几个朋友组成的摄制小组马不停蹄地跑。被采访录影的岳父的几位老战友非常热情配合支持,还直夸王维同志的外孙女如何如何孝顺云云,女儿更是满腔的热情。邹阿姨面对镜头向自己的老战友说罢一番话后,用苏北话朗诵起她的《调寄忆江南》:

曾记否,六十二年前,数句禅语如度牒,从君挥手别平原,洪泽辟新天。

挥戈罢,内祸自天来,六月雪飞奇案起,忠诚战士却招灾,怎不令人哀。

生死劫,自此忆庐州。音讯往返时相聚,谆谆嘱托似加油,抛却许多愁。

今日也,老友贺齐眉,仁者寿高松鹤品,一门桃李尽芳菲,欢笑接朝晖。

到徐味叔叔家录影那天,老人对着女儿一拨80后小孩一边朗诵他的《五古》,一边描述着当年安徽"老三反"运动如何把王维置于死地。女儿回来说徐味爷爷讲他诗里的故事实在生动得很,"我以前读过外公外婆写的《"老三反"的故事》,徐爷爷今天还差点把我讲哭了"。我说徐爷爷也是当年这一大冤案的亲历者和见证者之一,不过我听着听着似乎这又是一个多了不少细节的版本。

在上海为岳父贺寿回来,我即把短片送到徐叔叔家,两位长辈很高兴,和我谈笑风生。虽然面前这位大家第一次拜见,却是仰慕已久了。在合肥,有邹人煜、宋亦英、徐味三位的诗词最令我偏爱,未料有两位与老岳父有着如此不一般的关系，实在是相见恨晚！话间徐味叔叔又问我是否认识中文系赵凯，我说很熟悉，搞文艺理论教学研究的。"他是我女婿"，恍然间我这才把赵夫人与眼前这位眉宇间透着秀气的耄耋老妪从血缘基因上链了起来。在上海我和岳父闲聊提及此事，老人笑道，他们当年可是郎才女貌，绝配呀，不知羡煞多少年轻人！"别看她红光满面的，走不得路，前年你爸爸妈妈来合肥，我是用轮椅推着她去会面的。想念呀，见一面少一面了。"徐味叔叔对我这样说。

斯言诚哉。去年十月老岳母杨琪华就病逝了。最近某一日，又突然读到《安徽老年报》大篇幅悼念徐味老的诗词挽联："风雨潇潇亦苦吟，苍茫云水放悲音。瑶台有约诗魂去，回望山河万里春。""大雅能容物真善美兼之蕴之别无他求；小轩经风雨山河情不舍不弃磊落一生。"真让我不胜唏嘘。眼前反反复复迭现着三年前的8月8日傍晚的情景：蹒跚地行走着，激情地朗诵着，我，真真切切地感触了徐味老甚或是他那一辈人身上的情义二字，浓浓的。

2013 年 1 月 15 日　《安徽老年报》

一棵移栽的树, 正渐渐老去

一九四六年端午节第二天午时, 在距祁门县城 40 里外的一个小村庄的一幢老屋里, 我以令全家人欢天喜地的哭声宣告来到这个世界。当时家境虽不好, 但据说在第三天还是很隆重地摆上了几桌。无数次地, 我多么想凭借村里几位老人的口述, 情景再现我只出生三天时是个什么熊样, 终想象不出。村里的辈分依序是大、正、光、明、树, 我树字辈。

毗邻村的水口, 气势磅礴地张扬着一棵几百年的老樟树, 据方志载其冠幅为祁门古樟之最, 我就像是它苍郁笼罩下刚破土的一株嫩苗。辗转数年, 1959 年我从小路口小学考入祁门中学, 第一次被移栽至县城凤凰山文峰塔下。然而读了不到两个月, 学校总务科门口的小黑板上就有了欠缴伙食费明日停伙的名单, 我在其列。自卑狂袭, 求学之欲被撕裂得粉碎, 惶惶然当晚夜行几十里山路逃回家中, 其时正是三年困难时期的开始。十二三岁, 既读不成书, 又种不了地, 成天无情无绪跟在饥肠辘辘的大人屁股后苦苦熬耗着小命。幸而第二年学校派老师上门劝返, 父亲贱卖半爿祖屋, 我才结束辍学, 插班续读, 在歧视和关怀的双重激励中发愤苦读三年, 终于在 1963 年秋借以一纸屯溪高中的录取通知书致我那段苦涩的青春。于是父母又到处去借, 我又在屯溪发奋苦读三年高中。这三年里, 最疼爱我的外婆一夕溘然而逝; 五岁小妹玩火烧了水碓揉茶机房遭赔偿; 母亲产后风九死一生……桩桩揪心, 家里却从不写信向我吐露一字。我的父亲母亲, 如此默默扛着不堪的重负, 竭尽全力保住了我的高中学业。学校风气正, 氛围浓, 我在这里不敢有丝毫懈怠, 奠定了影响我一生的学科基础。正在我踌躇满志等待跨入 1966 年的高考考场, 迎来的却是"文革"动乱, 下乡上山,而后招工进城,直至1973年邓小平复出整顿,我才得以以27岁高龄从县文工团考入安徽师范大学中文系。毕业后分到合肥,迄今我这棵树移栽至省城庐州已四十年。

　　居肥四十载,从青年至老年,光阴一路狂奔抖搂成碎片,学术无所建树,抱憾终生。聊以自慰的是,家,门户不当却美满至今,尤其添了宝贝外孙女更是其乐无穷;业,学历不高却站稳了大学讲台,尤其谢幕之后雁过留声似还不恶。艰辛难以尽言,也无须赘述,一句话:一如既往地刻苦努力,一如既往地不懈坚持。此乃寒门学子唯一可出息的人生之路。教学之余、家务之余,来了兴致就码些散文随笔一类的文字见诸报刊,虽于国计民生无补,却能任所见所闻所思所想所喜所怒所哀所乐涓涓细流于纸上,倒也有趣。

　　不忘桑梓,眷眷为怀。我的身上有着古徽州文化的血统基因,它时刻影响着我对本土文脉的归属思考。年纪愈大,怀旧愈甚。南宋时祁门出了个重量级人物——诗词大家方岳,这位老乡人在官场大概也不怎么会做官,常常心气不顺,心气不顺便起乡愁,起乡愁便作诗填词:"待不思家,怎不思家!"(《一剪梅·客中新雪》)"芦叶蓬舟千里,菰菜莼羹一梦,无语寄归鸿。"(《水调歌头》)我想,客居他乡的祁门人,无论古今,大抵都相似,这是叶对根的情思。

　　更何况,我这棵移栽的树正渐渐老去。

2015年9月　《在合肥的祁门人》丛书

注:这是为《在合肥的祁门人》丛书所写的自我简介原稿,丛书所刊稿经本人删改。

老翁何所有 聊赠数行诗

《安徽广播电视报》资深编辑汪健女士约我为报纸创刊 60 周年写点纪念文字，我初颇犹豫，想老朽不过当年在报社只打了 3 年工，何足道哉。可又一细想，匆匆那年虽是白驹过隙而已，但我的人生片羽毕竟有三春岁月是蘸了油墨贴在那份报纸上的。何况我和报社上下尤其是编辑部同人厮混一起的那些日子，至今回忆起来还真别有一番滋味在心头，何不辑录一二？

24 年前的那年元旦刚过，我毅然走出了工作多年的校园，投门如日中天的《安徽广播电视报》。报纸由 4 开 4 版扩为 4 开 8 版，又雄心勃勃地扩为对开 8 版，进口彩印机首开全省双面彩印先河，自办发行达 60 万份，80 万份，甚至 100 万份。每周要从发行部驶出很多辆卡车东西南北地跑，把报纸运抵全省各市县发行站，再由他们送达千家万户。那个阵势，真是浩浩荡荡！原来先我而进的已经有华中师大中文系研究生毕业的许春樵，华东师大中文系毕业的管琼，安徽师大美术系毕业的钱立国，还有省文联调来的龚梅。迟我一步先后加盟的又有年轻我 20 岁的孙力、菊丽娟、魏明、王纯、陈晓虎，还有省电台调进的李琨。有了这股力量加入原有的编辑队伍里，瞧瞧！据说当时在省城，倘是把我们这支队伍拉出来遛遛，也是要让同行刮目相看的。

那是一种多么令人怀念的工作场景！是专注的，是热情的，是认真的，是忙碌的。选题、策划、采写；专版、栏目、版式……列会的讨论，日常的争论，已是编辑部常态化的生活主旋律，而且这主旋律里，专业人文的色彩还杂伴有一股荷尔蒙的气息，很青春，很朝气，很奔放，很激情。《艺海星云》

《视听采风》《社会特写》《人生百态》《缤纷世界》《视听博览》……选题策划直切受众关注点,甚至还出现过"洛阳纸贵"的奇迹;专版栏目更是叶新林换绿,花落地生香,风致翩翩,吸引了多少受众注意力!每周都有相当丰富的稿源可供选择,除了遍布各行业的大量热心读者、文学青年,还有专家学者、专业作家,给我们的报纸品位和读者的阅读欲望提供了保障。当然20世纪90年代初叶,还是一个电脑网络没有普及的时代,更遑论互联网技术的强势发展驱动了社会化媒体的打压,纸媒的整体地位并没有因电视的普及而撼动。那个时期《安徽广播电视报》风头强劲,很多人都视为前景看好。当我离开报社5年之后,10年之后,15年之后,20年之后,我每每忆起,谈起,总是情不自禁,认为那应当就是《安徽广播电视报》的一座顶峰,一段辉煌,也是我与广电报的一场蜜月。

我在报社的最后1年,不自量力地做了一段时间的编辑部主任,百无一用,拉不到广告,还极力反对编辑部被捆绑。我只想做一件事,就是凝聚团队精神,朝着新闻理想和文化理想的方向努力建设这支队伍,进一步提高报纸质量,扩大影响力,绝不敢奢望重振雄风,毕竟胜地不常,盛筵难再,多做修炼内功的事总是有益无害的。但我终因力不从心,最后选择了重返校园。两年后,适逢学校申报国家"211工程"项目建设,校领导让我领衔主创一部向专家组汇报的专题片,事后听说一炮打响,从此欲罢而不能,领导很高兴地说我,你那几年没白去,学了这套本事。我也不做解释,只把它当作回报学校重新接纳我的机会。人应当懂得感恩,我对报社也是心存感激的。无论如何,曾经的那个平台给了我知识,给了我经验,给了我视野,这是财富,不是物质化的赐赏可以相提并论的。更让我珍惜的,是三年的情谊延绵至今。不只是报社,还有省电视台、省电台、省广电厅。"岸花飞送客,樯燕语留人",当时的情境难以忘怀,所以才藕断丝连,甚至有的成了我过从甚密的一生朋友。直到现在,我每每翻阅《安徽广播电视报》,首读的往往不是明星,不是娱乐,而是我熟悉的那些名字,以及熟悉的那些名字笔下的那些文字,不时为那些文笔的灵气发出赞美,或不时为灵气挥发得淋漓尽致发出慨叹。

时下办报的大环境和 20 年前相比，真不可同日而语了。三大传统媒体面临空前的颠覆式冲击，纸媒处境的恶化程度尤甚，受众接收信息的途径和方式的改变已远不只是代际差异导致的结果，主要还是社会的多层次、多因素急剧变革和互联网技术的突飞猛进共同作用的深刻影响。职业困境和职业焦虑已是全球性报人的共同遭遇。然而《安徽广播电视报》我的昔日同人、今日的朋友们，不戚戚于位卑贫贱，不汲汲于富贵荣名，仍然在殚精竭虑，共同坚守，奋力突围，改革求进，我因之不由自主地在心中安放着我对他们的一份想念与崇敬、祝愿与祈望。尽管现在有人站出来"旗帜鲜明地反对'内容为王'"，但我仍然顽固地认定报纸必须坚持"内容为王"。这份报纸是全省广电系统的领军之报，提升其阅读价值和传播影响力的空间还是有的，并非一息尚存，当似应多采多写，精选精编。你要读者对你的报纸有阅读兴趣，首先你自己必须有生产优质内容的动力和兴趣。如果报纸都患了网络依赖症，没有自己的采写特色、编辑特色，那就真的是危在旦夕了。

我的报纸编辑生涯已是遥远的过往，社会角色也早已鞠躬谢幕。年近古稀，姑妄听之吧。老翁何所有，聊发少年狂，一时兴起，信口诌几句打油诗，权作示贺《安徽广播电视报》创刊 60 周年。

故人入梦谈笑间，欣逢甲子贺群贤。不知细叶谁裁了，"海豚"一跃舞春天。

2015 年 5 月 28 日 《海豚 TV 周刊》

且借纳兰问：天为谁春？

母亲是 2009 年被冬天的第一场雪带去天国的。那场雪来得猝不及防的早，且猛；立冬才过，就很张狂地肆虐着。我在合肥，只见天地浑然一片白茫茫，连高高挺立的绿化树也纷纷折腰断臂，其状之惨烈，令人痛惜不已。

以往，冬雪飞来，我总是洋溢着高兴，"雪里已知春信至，寒梅点缀琼枝腻"，这种情与景的交融，何其沁人心脾！然而那一场雪我是万万没有料到它会在铺天盖地之时把我母亲的老命也席卷了去。其实，那年初冬，我曾匆匆赶回老家，那是应邀参加祁门文工团聚会和祁门一中 60 周年校庆，白天还沉浸在久别重逢的欢乐之中，踏月夜归才亲眼看见了老母亲已病卧在床。几十年间的这个家，我是门罩，弟是大梁，彼此间大多是报喜不报忧的。况且，老母亲贫苦一生，为儿为女耗尽心血，未老先衰，岁至耄耋，已是常病之躯了，所以这次家人也就没有特别地警觉，照旧请来邻村的土医生诊治。我快步地走近母亲，母亲见到我，似乎又来了些精神，还披衣坐起，长时间地两眼直瞪瞪看着我，和我沉沉地说着话，说到开怀处，就心花怒放地笑，还未及收住，就爆发出地动山摇的咳喘。稍稍平息，我就急忙把母亲放平，把枕再垫高，把被再掖紧，果断地对家人说，明天一早送县医院。

120 救护车载着母亲在新建的山村水泥公路上疾速驶出。此刻，我坐在母亲身边，似乎是平生第一次真切触摸到新农村建设实惠的幸福，不禁回想起 15 年前的 1994 年，春节刚过，病重的父亲和摔伤的母亲双双躺在两张仰翻的竹床上，被几个大汉抬着走出这条弯弯的山路。救护车一到县医院，就被医护人员送至 ICU。胸透的结果猛地把我们的心怦然高高悬

159

起,医生对我说"凶多吉少",可是母亲只住了两天院就吵闹着决意要回家,任凭每天一拨又一拨来看望的人苦苦相劝,她就是斩钉截铁地重复着一句话:怕来不及了。

我不清楚"尸不入村"是否只有徽州山村才有这样的习俗,这种超越时空的思维惯性力量实在太过强大,我孩提时就亲眼见过这种令人悚惧的场景,死于村外的人抬了回来,绝不能入村进祠大殓,只能停尸于村口田地临时用晒簟搭建的棚里,所有殡殓程序都只能在这里进行,无论男女,不分尊卑。全家人都等着我拿主意。失怙之家,长子为大。我当然也是斩钉截铁地重复着一句话,绝不放弃。可就在当天夜深人静的时候,守护的弟媳电话告急:老人悄悄坐起,悄悄下地,轻轻地朝着门外走去。我十万火急赶到医院,问她做什么,母亲很清楚地朝着我们喊:"赶快!赶快!我要回家!"又喊,"我明媒正娶,我要进祠堂!"

"我要进祠堂!我要进祠堂!"

一连数日,我耳边一直回旋着母亲的这声呼喊。祠堂,在徽州,数百年里素来是乡民顶礼敬畏的图腾式建筑。徽州古村落,大到数以千户繁华之地,小至仅有寥寥炊烟的几户人家,大多是以宗族体系为核心聚族而居,但凡祭祀先祖、冠婚丧祭、宗法施规等等大事,统统在宗祠(或支祠)这一公共之所进行。我儿时常在祠堂玩捉迷藏游戏,亲见享堂之上的寝堂里层层密密地摆放的牌位,旧社会妇人们生前虽无地位,死后却可以堂而皇之在这里占有一席的,徽州女人因此而特别地珍视自己的这一人生价值。我还记得祠堂的阁楼上有一顶既不标致又不豪华的花轿,母亲说她当年就是坐着这顶花轿抬来的,入祠拜祖,入厅拜堂。无怪乎祠堂纵然已成了残垣断壁一片废墟,但它在母亲心中俨然是那样的巍峨神圣,似乎只有那一处才是她寿终正寝的灵魂归宿。母亲的呼喊,让我真真切切感受到了祖先创造出来的这一精神空间的潜在神力。

在重症监护室苦苦坚持到第七天,我听从了家人亲友还有医生的劝告,出院回家。母亲好像异乎寻常地高兴,可是回到家,睡在自己床上,她却又坚持说我们都在合伙骗她,这里还是医院病房。我指着散发母亲气息和体温的墙上的年画,柜子里的食品、用品,还有那盏电灯,那两条毛巾,本意是为了让母亲从这个再熟悉不过的生活场景中,把她从似梦似幻中拉回来,实实地感受到这就是家,出了大门朝前百步之遥就是王氏宗祠。可是我却渐渐地,渐渐地,外视角不经意已发生了潜移,猛然间陷入深深的自责之中:墙上的年画早已泛黄起皱;那盏照明的电灯不过是一只悬空裸挂的灯泡;那两条毛巾每天就晾在一根报废的日光灯管上……其实我每次回来,都在这间房里像现在这样和母亲坐在一起,但我似乎只有在此时此刻才发现了触痛我的这些生活细节。我一遍遍地自埋自怨。长年累月在家侍奉母亲的弟弟,他是个从未出过山门的农民,粗人,他只有在他的视野标准范围内很好地尽孝,而我是走出了大山的人!

母亲很坚强地坐了起来,用她那黯淡无光的眼神打量着周围,转而又凝视着我,半晌没说一句话。我想母亲一定是要和我说些极要紧的话,甚或是要说些"遗嘱"一类的话。可一时又像是思绪在纷乱着;我呢,面对气息奄奄的母亲,竟也一时语塞,甚至陡然冒出一种连自己都不寒而栗的陌生感。而且母亲似乎也对三年五载才能相见一次的长子有些许的陌生感。的确,几十年里,母子之间都有很多的艰辛苦楚彼此瞒过,几年难得一见也是来去匆匆,有了家庭电话后,母亲也极少用,实在熬不住了,便在村里找一可信赖的人帮忙拨号接通,母子间大抵也都是说些相互宽心高兴的事。所以我和母亲之间,最重要的生命过程,很多都被省略了,被跳笔了,被碎片了,被遗漏了,甚至是被焚烧了。而母亲,正是在这一次次被省略、被跳笔、被碎片、被遗漏、甚至被焚烧的思念过程中走向衰竭的。

那天的深夜两点,家人来电话说,母亲喊了一天我的名字,实在是撑不住了……电话里爆出混杂一片的撕裂夜空的号啕……我于三天前为第二天完成期末最后一次研究生课程赶回合肥的,行前我问过乡医,乡医明确说三五日无碍,冬至前务必到家。然而天不恤我,我奈其何?含悲忍泪披衣坐起,灯下为母一气呵成千字祭文,未等破晓就急奔车站而去。路迢迢花甲老翁全无劳瘁,也无心凭窗远望,任纷乱的思绪奔腾呼啸。

当晚,深冬之夜,我静静地坐在母亲的旁边,母亲静静地躺在我的旁边,缕缕香烟缭绕着我们,她无语了,我也无语了。母亲是一位很受人尊重也令人羡慕的老人。她是从祁门溶口嫁过来的独生女,溶口是个坐落李胡二姓两大宗祠的村落,不仅屈尊下嫁到一个只有十几户人家的袖珍小村,而且父亲清苦绝伦,九岁丧母,十一岁离家学徒,祖父在景德镇谋生,儿子成家,他捉襟见肘,竟给两个儿子同日完婚。据传,徽州乡间有一说,兄弟同日大婚不吉,母亲不计较,外公外婆也不计较。半年后外公故,五年后叔父故,也从未听母亲怨悔过。家居用品从娘家一担一担挑过来,出阁坐的也没有八抬大轿而是小轿,一路众目睽睽,母亲也都坦然得很。有时听村里老辈人说起这些旧事,就会突然冒出辛老祖的"莫问家徒四壁,往日置锥无"的句子。就这样,父亲置了六分水田,开垦了一块荒地,开始了他们的农耕日子。母亲从 19 岁起就跟着父亲生儿育女、辛苦劳作至白头偕老,再至 84 岁寿终,弥留之际还指定一块墓地,就紧挨着父亲的那一处。父母的婚姻,一直是盘旋在我心中的一团疑问,系在我心中的一个情结。我的千字祭文,就撰颂了母亲一生的这一件事,因为它特别地吻合徽州千百年来推崇的传统妇德。

母亲的大殓出殡定在冬至。那日,朗朗晴空之下特别寒彻、清冷。我不放心,还是提前去察看一番祠堂。倒也奇了,母亲千呼万唤的祠堂,不过只剩下了心目中的一具象征、一点信仰,然而此刻当我立于仅有碎砾颓垣荒草青苔的堂基之上,依旧感觉似有一股先祖之气袭来。母亲的红漆寿棺就摆在了仪门偏右处,肃穆中似还透出一丝喜气。殓殡仪式比 15 年前先父的祭奠要繁缛考究得多。跪拜引幡,披孝买水,棺底垫币,站凳暖衣,鸣金装祭,撒钱买路,不一而足,环环相扣。现场一位朋友对我说婚丧嫁娶是最具仪式感的徽州传统乡风民俗,似是要消除我虑,而此时我心中只为了母亲的安魂,——顺从了富有寓意的所有礼节。

母亲安魂了没有呢?

冬去春来,桃红柳绿重回了大地;又是冬去春来,桃红柳绿又重回了大地。季复一季,年复一年,那一处处被 2009 年那场雪摧残的树丛又重新葱茏了起来,满目的妖娆如乾坤再造。可我母亲呢?

最亲的亲人再也不能重回到身边的残酷，让我一次次地回放着 2009 年冬天的那一场暴雪和终而复始春回大地的一片油绿。既然"一叫千回首，天高不为闻"，我，便不由自主地，一次次地，且借着自己所喜爱的词人纳兰性德的心声，向着苍天发问：天哪，你为谁春？

2015 年冬，古稀长男恭祭寿母离世 6 周年作，

载《黄山》2016 年第 1 期

附

乡情·亲情的呢喃

——读王既端的散文

曹志培

　　王既端的散文创作,越来越引起文坛同行和读者的注目。最近,读完他于省内外报刊发表的20多篇散文,别有一番兴味。这些作品总体给我印象深沉而炽烈,质朴而细致,叫你掩卷后仍情牵魂绕。

　　既端由山清水秀的祁门来,在拮据匆忙中垒起了一个三口之家。他时时觉得累。可许多作品正出自生活的挤压与内心的撞击。这样,他对故乡生活美好的回忆,小家庭儿女亲情的呢喃,就自然给他的散文创作在题材上初划出有别又相关的两个系列。

　　王既端第一篇散文《竹话》,发表于1982年《安徽文学》上,这是他家乡系列的发轫之作。接着他陆续写出了《家乡树情思》《观音堂叙事曲》《不思量,自难忘》《织在我视网上的圈》等十多篇回忆故乡生活的作品。单从题意上看,这是江南特有的色彩、风情、文化的精当提炼。那"经历几百年的绿色屏障——竹林",那"一身粗壮,半空葱茏"的苦槠姿影,还有那村口土坡上两棵相依相偎的大银杏树,在那闪着生命之光的绿盖下,发生过多少悲壮、隐秘、有趣的故事!作品把父老乡亲们的悲苦与欢乐融入了现实的观照与历史的反思,在淡远与幽微的回忆中给人以无尽的牵挂。

　　皖南山区,徽商的发源地,那里文化悠久,人杰地灵。由此再生的徽派文化,往往精华与糟粕参半。这里既有珍贵古民居建筑完好的遗迹,也有带浓厚封建色彩的牌坊庙堂的变迁。作者在这独特文化氛围中展现人物与事件鲜明的地方性，又雕刻着时代发展的印记。在《观音堂叙事曲》里，那古老的四脚支架的菜油灯，昏黄的光已被银葫芦似的300瓦灯泡所淹没，老祖母听惯的木鱼声为夜校校长铿锵的就职辞所替代。在《织在我视网上的圈》里，写了一个基层干部的自我异化与回归。这些都深刻揭示了故乡人们从愚昧中苏醒，由虚无走向现实。

王既端的散文擅长多色调的渲染。他笔下的人物，更多是生活的经历、时代的更迭与性格发展脉络不留痕迹的融合。简洁的勾勒，却见形见神。《写春联的二爷》里的"二爷"，一生贫困、清白，独有写春联的辛酸与乐趣；《不思量，自难忘》里的"舅舅"与"我"的双重关系的微妙与难解，作者在刻画其心态与性格时已经很典型化了。这是既端家乡系列散文最独到的笔墨。

王既端的另一组散文，都是七八百字的短文，主要发表于《合肥晚报·副刊》。其中有《择瓜》《那天，11点50分》《女儿对我说》《补壶·买壶》《难以忘却的纪念》《伤阳台》《残羹》等，他自己把这组文章称为散文小品。如果究其题材，多以写爱女为中心的父女、母女之间的种种感情波澜，当归属于家庭系列。这些散文曾在省城许多小家庭与年轻父母中产生共鸣。既端已进不惑之年，但江南学子特有的温厚、细腻，更使他的家庭充满着爱的温馨。这些生活进入他的笔下，从四处奔波领取各种证明、购物票证，到阳台养花失败，择瓜屡误的感喟，夜战鼠贼以及淡墨浓情写他娇女的无邪、淘气、老成与天真，无不充满着家庭的亲情与幸福感。作者善于在平凡生活中截取横断面加以发掘，以自己的社会阅历和思考使之生发升华，以悟性求得更为广泛的共识。他的散文贴近生活，如诉家常，娓娓道来，似出山的小溪，流畅、清澈中见跳跃迂回，读了使人倍感亲切。

既端有兴趣写这组散文，自觉是难得的锻炼。因为这类散文要求文短意蕴，不能有一句废话，要求内容实在，且与时代共脉搏。因此除炼意炼词外，在结构上要不拘一格，放收自如，叙事缘情，情随文出，做到浓缩多味。作者为此煞费苦心。尤其结尾，有时戛然而止，叫你思接千里，浮想联翩；有时又以富哲理的议论与感慨，立意涉趣外，点石成金。这是既端写这组家庭系列散文练就的一招,故文才如此精致、深邃。

王既端写作散文仅 8 年,但作品风格已初见端倪。他虽以散文创作为定向,可文艺评论、报告文学也写得颇有自己的特色,其中多篇曾在省内报刊作品评选中连连获奖。既端功底扎实,又淡泊、勤奋,其学识修养有素,创作上有着很大的潜力。

1990 年 9 月 6 日　《合肥晚报》,《评·品集》2013 版

黏质

[生活画面素描1]

1986年11月1日。安徽省徽州地区祁门县横联乡。

萧瑟秋风中,一路哀号。四条壮汉抬着一具崭新棺柩,步履沉重,汗如雨滴。

"厂长,我来吧……"

"走开,孬小子!"厂长范顺育愁眉一耸,双目一瞪,抬手一掌推去,低吼一声,算是对部下一片赤诚的答谢。

小伙子理解厂长,默默地含泪离去。

当地旧俗,未婚童男子不能抬棺,长辈、年长者不能为小辈送葬,厂里出钱请不到抬夫,逼他上梁山。

[采访者叙述1]

太后瓷厂,一个由当地农民集资创办的乡办企业,位于祁门城东"太和坑",与老大哥祁门瓷厂机器之声相闻。

县志载,清同治初,慈禧想要一张瓷床备炎夏纳凉,命景德镇官窑制献。太后御床因得祁门庄岭瓷土而终制成功。从此庄岭矿有"太和坑"或"太后坑"之称,闻名遐迩。

一个世纪后的今日,在这处伊甸园,昔日陶土商的子孙奋起挂出了闪烁的"太后瓷厂"厂牌,意气风发走出了那块狭地贫田,扬起发展农村商品经济的大幡。他们在祁门史上树起了一方新里程碑。

1984年9月,32岁的横联乡莲花村青年农民范顺育,受命于乡政府,白手起家筹办太后瓷厂。跑资金,跑厂房,跑基建,跑设备,跑煤电,一趟一趟跑上跑下，一次一次笑脸相求，使尽了聪明，绞尽了脑汁。

组阁、招工、基建……

开门见山，步步艰难。但他信心十足。在他的办公室，贴着一纸他的信条："自我感觉好的人工作必有成效。"

他自信，凭他当过7年大队党支部书记，有经验做好职工的思想政治工作；凭他当过养鸡专业户，当过建筑队包工头，当过农工商联合公司副经理，有把握管理好一个乡镇企业。

他开始边干边学，开始读《乡镇企业经济学》《领导决策学》《陶瓷工艺学》……

妻儿老小也顾不上了，他一头扎了进去出不来。所有由他组阁来的厂领导都和他吃睡在厂，睡上下铺，粗茶淡饭。

苦战过关。八个半月建成投产，当年完成产值十四万元，旗开得胜。真的是炉火照天地，红星乱紫烟，好一派蒸蒸日上的景象！

[生活画面素描2]

1986年10月29日。生产区。

厂长范顺育提一桶水泥，爬上车间屋顶补瓦洞，嘴里嘀咕：操！这磷镁瓦什么×质量，才一年。范顺育心里想：我的产品绝不能让人骂半句。

都说这是个能透了的人，除了没学会生娃。他当厂长不但喜欢动嘴讲，更喜欢动手做。瓷器生产工艺复杂，每样瓷器生产全过程都有30多道工序，每一道他都学过干过，百来号小青年没一个敢在他跟前耍小聪明打马虎眼儿的。

窑炉车间主任小吴来找他，见他在补瓦，绾起袖子就帮忙干起来，说："今天坯数不够装窑，我放他们回去了。"

范顺育是个有刚有柔的人，想到小吴家里人多事重，便叫他回去。小吴说什么也不肯。他和许多小兄弟一样，敬重这位大哥。

厂长顿时感到一股暖流在拍击着心扉。有这些好伙计心贴心跟着我干，我还有什么说的！

下午三点多钟，乡长唤走了范顺育。

"小吴，千万小心！脚要踩在钉有木条的瓦上！"范顺育扯着破锣沙哑嗓门再三关照。

仅仅十几分钟，转眼之间，一场灾祸降临！

自出事以来，范顺育就没有合过眼，头胀痛得要炸裂。那张爬满络腮胡的脸上，虽在大难临头还时隐时现一股男子汉大山压不垮的英武之气，但两道浓眉下，明显锁着一双下陷的疲惫无神的眼睛。

哀伤，迷乱，沉闷笼罩着全厂。垂头丧气的，忧心忡忡的，厂外还有冷眼旁观的，幸灾乐祸的……

范顺育暗自较劲，天塌下来也要顶住！灾难既已来临，首要的是自己必须沉着冷静，精神不可崩溃，后事必须果断而又妥善地尽快处理，把职工情绪尽快稳定下来，把生产尽快恢复正常。将不坚则军心乱。

10月31日，死者家。范顺育双膝跪在死者父母面前，神情悲痛、沮丧而又带一些不易察觉的激动、浮躁。他只有以这种古朴的方式海誓山盟，哀求信任。死者的父母、妻子毕竟还是通情达理的老实庄稼人，也许是在痛不欲生之时想起了儿子、丈夫生前说过这位顺育厂长的为人处世，终于动心了，同意收殓。

[主人公口述剪辑]

尽管1987年烘房失了一次火，直接经济损失近七万元，停产近一个月，后来又翻了一次车，但我感到最难过的一年还是1986年。心理负担太重！新工人招了近二百，又要生产，又要基建，又要生活。煤和电都是议价的，另一部分资金是以9厘6的利息从农行贷来的。就在这起事故发生前三个月，四个车间主任暗中串起来不辞而别！少几个人倒不在乎，可他们都是车间主任，动摇军心啊！没法子，几个厂领导，会计出纳、供销科长，统统下车间顶班抓生产，培养技术骨干。这下子又跌死人。越怕出事越出事，真是活见鬼。

说实在的，为了这个厂，为了这份事业，我个人可以委曲求全，但我内心一直十分痛苦。我到底是个堂堂五尺男子，性格向来刚强好胜，又是个天王老子面前不低头的犟货，有生以来在谁人面前这样低三下四过？

169

总算闯过来了！尽管折腾得九死一生，1986年我们还是完成了日用瓷二百多万件，产值63万，扭亏增盈。因为投资效益显著，被县委、县政府命名为先进单位。

细想想，值得。我以我真诚的心，赢得了死者家属的心，赢得了全厂职工的心。他们是不知不觉在心里投了我范某的信任票。我很看重这个，它比权力、比金钱要贵重得多！

［生活画面素描3］

1988年春节在即，我趁着回乡过年的机会，跑到这个太后瓷厂去。采访后总印象：一个实实在在的、因陋就简而又充满生机活力的乡村企业。

成型车间。笔者与一磨坯工人对话：

"你们一月能挣多少钱？"

"平均六七十、七八十吧。"

"安心吗？"

"安心。现在是苦一点，厂不才办三年吗？"

"你对你们厂的发展前途有信心？"

"有。你看我们厂三年三大步，去年产值达105万了。在地区评上了发展农村商品经济先进单位，54头中餐具获省陶瓷庄园会优秀创作奖。好势头吧？"

"听说你们差不多都挨过厂长骂，你挨过吗？"

"挨过。年轻嘛，不懂事。不过他也常表扬奖励我们。我们尊重他，服他。"

"为什么呢？"

"他什么活都拿得起。有领导魄力，不说空话假话。关心人。正派。不为私。……"

彩绘车间。采访者与一女工对话：

"听说你已经是吃了秤砣铁了心'嫁给'太后瓷厂了？"——（赧颜一笑，低头默然。）

"范厂长对在厂结婚的双职工有没有点那个？"

"有,特殊优惠。结婚奖金每人100块,优先分住房。他就是想足了点子把我们留在这里,我们也认啦!"

"听说你们工人生孩子,厂长都要意思意思?"

"是哟。礼虽不多,情义重。这一点我们工人是很感动的。人不都是这样吗?你敬我一尺,我敬你一丈。一高兴,手里都要多出点活。"

窑炉车间。笔者与车间主任小蒋对话:"你就是当年开小差的四个车间主任之一?"(腼腆一笑,供认不讳。)

"怎么又'开'回来了?"

"冲着范厂长。我在他最困难的时候离开了他,良心上时时刻刻在受责备。"

"厂长有没有给你小鞋穿?"

"没有。不过我父母来求了情才收了我的。嘴上骂我没出息,又派我去淮南陶瓷专训班去学习。"

[主人公口述剪辑2]

我虽然对办好这个厂比较乐观,但是我心里一直是藏着一种危机感的,只不过平时不好挂在嘴上。我们有的仅仅只是一点资源优势。如果光顾眼前的生产效益投资,用报纸上的话说就是没了造血功能,对工人也没有一种目标的刺激,怎么参与将来的竞争?对我来说,技术、人才、工人素质,比什么都更重要。

[采访者叙述2]

有人说自信者好自足,而范顺育在成绩荣誉面前却有危机感。难能可贵的自省意识。

仅有资源优势,只能是一只缺少翅膀不能腾飞的鹰。能烧制"至精至美之瓷"的景德镇,并不产瓷土,古来有赖于祁门供给,为什么瓷土储藏量那么丰富且质地精良的祁门,廉价卖了多少个世纪的原料,而不能近水楼台先得月夺千峰翠色呢?当景德镇的制瓷技术自元代发生了两次重大突破,从而使瓷都之称誉满海内外时,祁门的老祖宗其时还在满足于用几方瓷土坯换几石稻米。

相比之下,我怎么能不为今天家乡陶瓷工业的勃然兴起而击节高歌,欢欣鼓舞!尽管太后瓷厂刚刚起步,尽管范顺育厂长还是个名不见经传的小角儿,然而我发现在这位省劳模身上,有着一种和"太和坑"精良瓷土一样的黏质。正是这种黏质所具有的内聚力,把他和他的搭档们凝聚在了一起。

凝聚力,凝聚力,改革进入严峻时刻的中国,哪一个仁人志士,哪一个行业部门不诅咒离心离德的内耗,不呼唤万众一心的凝聚力?!

1988 年 9 月 30《安徽日报》黄山副刊

用灵魂铸造

你的教鞭下有瓦特,你的冷眼里有牛顿,你的讥笑中有爱迪生。
(陶行知)

———引自陈霞珠备课笔记扉页自题词

浓荫如盖,郁郁葱葱。一泓清澈的湖绿,轻轻泛着一叶小舟,烘托出一片宁静。随着小提琴协奏曲《森林的黄昏》的音乐声起,老师抑扬顿挫朗诵着课文《鸟的天堂》。不一会儿,老师按下收录机键,换上一盒磁带,又挂起一幅百鸟腾空而飞的水彩画。老师配着民乐合奏《百鸟朝凤》,接着朗诵《鸟的天堂》。

下课铃响了,周围的教室都像是被捅了的蜂窝,轰然骤起,而这个教室还是那样的平静。同学们陶醉了,陶醉在这美的情景、美的意境之中,似乎心里还生出些许怨怪和惋惜,这可恨的下课铃声真响得不是时候,搅乱了他们深深的沉浸和美丽的遐思。

老师的预期目的达到了。教这样的名家名篇,她不愿意驾轻就熟,捧着现成的教学参考书,让学生在词语解释、段落大意、中心思想的老一套里转几圈了事。她要搞点"拿来主义",譬如吸收影视艺术、绘画艺术、音乐艺术,把它们适当而巧妙地糅进自己的语文教学中去。"我是先把学生引进一个美的音画世界,然后在文学与艺术有机融合的感染中让学生愉快地学到知识,陶冶情操。"这样做,无疑是在自找苦吃,增加许多的麻烦。她在教巴金《鸟的天堂》、老舍《草原》时,就曾不厌其烦地去求助安徽大学广播台的编辑、播音员,请他们找磁带资料录音;又去向安徽大学生物系动植物标本绘图老师求助,请他按照课文内容将语言文字化为一幅幅水彩画。

不久,外面的一些小学都知道了,安徽大学附属小学有一位叫陈霞珠的语文老师课上得特别棒,连划分句子成分这样的课也让她上得有表演有游戏,妙趣横生,于是人们都慕名前来听课,观摩。1986 年 11 月 6 日,合肥市教育局把湖南、山东、浙江、江苏、江西等省的小教代表一行引荐到安徽大学附小,观摩陈霞珠的课堂教学。课后同行代表们颇为惊喜而又感慨地议论说,想不到这个名不见经传的小学还有这样名不见经传的高水准的教师。都要像陈霞珠老师这样,把语文教学当作艺术,把艺术融入语文教学,那该会出现一个什么样的可喜局面!

是的,眼下的中小学语文教学,的确还存在着许多不尽如人意的地方,最严重的莫过于相当一部分学生对语文学习、作文练习的被动、畏惧甚至厌倦,提不起兴趣,而其结果却又是皇帝不急急死太监,许多家长深知中考、高考语文的举足轻重,于是拼命买书订报,毫不吝惜请家庭教师。陈霞珠就碰到过几次这样的情形。她不悲观叹息,不敷衍塞责,而是扎扎实实点点滴滴去做,不但向孩子们传播了知识,而且培养了他们追求知识的热情。她的一届又一届的许多学生珍藏的、当年由她自费油印的自办刊物《幼苗》《新蕾》《星星》,还有不少发表的、获奖的作品就是例证;连她的许多学生家长至今还对她有着感念不尽的口碑就是例证。

正是因为此,陈霞珠深感语文教学方法的改革势在必行。她决心冲到前沿阵地探索一些新鲜经验。

她为此付出了多少心血和代价,这一切只有她自己心里最清楚。

按理说,她一个六六届高中毕业生,后又在合肥师专中文科苦读了两年,教小学语文何足道哉。然而她却比别人更多了几分认真。深厚扎实的知识功底只为她奠定了"欲穷千里目,更上一层楼"的基础,而丝毫不以为是居高临下、一览无余的自傲资本。可以说,她的每一堂课每一篇课文每一次作文的教学,甚至每一题练习的布置、每一个提问的设疑、每一次板书的出示,都是在那盏台灯下用心血进行精心准备、精心设计的。为此,语言文字、文学艺术、德育美学、自然科学,她广采博收,贪婪地吮吸着知识琼浆;古之孔子、朱熹、王筠、顾亭林,近之陶行知、霍懋征、袁瑢、于漪,域外的赞科夫、凯洛夫、马卡连柯、苏霍姆林斯基,这些古今中外教育家的教育思想教育理念,她一一涉猎刻苦钻研,用心揣摩。有一次,她曾和笔者谈起直接备课与间接备课的话题,说苏联教育家苏霍姆林斯基在《给教师的建议》中记叙了这样一件事:一位有30年教龄的历史教师上了一堂十分出色的公开课。课后有人问他花了多少时间,他回答说:"对这节课,我准备了一辈子。而且总的来说,对每节课,我都是用终生的时间来备课的。不过,对这节课的直接准备,或者说现场准备,大约只用了5分钟。"

陈霞珠对这位历史老师的话推崇备至,她说,那位历史教师的灵魂将伴随她的终身职业。

陈霞珠曾在她的一次"自我小结"中这样总结她的教学感受:

"教学改革是一项十分艰巨的工作,它需要不折不挠的勇气和毅力,需要付出自己全部精力和财力。但它首先需要一颗爱学生爱教育事业的诚挚的心。教育家赞科夫说:'对学生的爱,首先应当表现在教师毫无保留地贡献出自己的精力、才能和知识……'"

陈霞珠是这样做的。而她这样做,要比一般的人付出更多的艰辛。她要顽强地、默默地,战胜残疾常常朝她袭来的心灵的创伤、肉体的痛苦……

1969年暮春插秧时节,淫雨霏霏,连绵不断。在安徽省含山县林头镇的水稻田里,还留守着一位战天斗地的上海女知青。她上身穿着一件大棉袄,腰束一条草绳,浸泡在水里的下身只有一条短裤,已经这样坚持几天了。在这最忙最累最苦的季节,被改成知青之家的一幢破旧祠堂,冷清得有些阴森恐怖。陈霞珠没有走,她不忍心走,她要以实际行动真诚地接受再教育,与农民同甘共苦。不料过了两三年,严重的腰椎炎、关节炎发作,又病变为骨髓炎,又恶化为下肢瘫痪。无情的病魔,虽然没有能够摧垮一个弱女子的意志,然而尽管她以男子汉般的刚强与病魔斗争,终究那个曾经在篮球场上叱咤风云的陈霞珠,那个曾经是身材窈窕健步如飞的陈霞珠,永远也不能再复还了。

也许正因为此,她比许多正常人更感到生命的宝贵。她常说,对于我这样的人,最浪费不起的就是时间。过去的要总结,将来的要学习,要培养出有真才实学的学生,首先教师必须以身垂范,有真才实学。于是,别人天南地北神聊的时候,悠哉游哉逛商店的时候,舒舒服服看电视、玩牌、跳舞的时候,在她那烙有残疾的生命之树上,静无声息地不断结出一串串果实:

一册册与众不同的教学札记、教研笔记在她笔下凝结出来了;

一本本分门别类丰富多彩的教育资料剪报复印出来了;

一篇篇论文发表了,有的还获了奖;

第一本 14 万字的《最新小学古诗阅读指导》出版发行了;

第二步计划 25 万字的专著《小学语文教学艺术初探》正在撰写中……

生命之树常青。多么美丽的格言!显然不是所有的人都能享受这格言的美丽的。

陈霞珠享受了先哲给予她的这份美丽。

这里,我还想向不认识、不了解陈霞珠其人的读者,叙说几个她在安徽大学附小做语文教师和班主任时,她和她的门生们之间发生的几个小故事。

她和"小百灵"

绛紫红的帷幕徐徐开启,辉煌的舞台上,穿戴红衣红裙红小帽的日本少年合唱团和身穿白衬衣、镶嵌粉红花边背带裙的合肥市"小百灵"少年合唱团在联袂演出。陈霞珠坐在中排座位上,心潮起伏,无法平静,半截子票根还紧紧地捏在手中,目不转睛地凝视着自己学生的舞台形象。"陈老师,明天一定要来看我们的演出呀!""放心吧,下子弹下手榴弹我也一定去!"赵小燕燕子一般,哼着歌儿轻捷地飞走了。

一年前,她这只"百灵鸟"在班上还是一只孤零零的小鸟。许多老师不喜欢她,因为她上课爱玩小动物;许多同学疏远她,因为她脾气古怪爱使小性子。"反正是破罐子破摔了。"小燕子好悲观好沮丧,于是她唱歌,她

176

逮小虫、蚂蚱、蝴蝶、蜗牛,似乎这个世界上只有心中的歌声和那些可爱的小动物,才能为她排遣内心的苦闷,给她带来生活的情趣和依托。少时已识愁滋味,她默默忍受着孤独的熬煎,不时对着任课老师、对着同学发泄一通,情绪越来越坏,学习成绩越来越差。

陈霞珠接这个班不久,就和"小百灵"几次促膝长谈。她在对班上每一位学生的思想表现、学习状况直至家庭教养父母影响做了一番深入调查之后,决定先抓几个典型。赵小燕是经常被叫到老师办公室挨训的,她早已有了思想准备。

"我的可爱的'小百灵',又爱歌唱艺术又爱研究小动物,难得的才女啊。"

"小百灵"吃惊地抬起头,瞅了瞅老师。

"人类与动物,好比亲戚朋友。喜欢动物,并去研究它们,使它们为人类服务,这也是一种崇高的职业。达尔文为了研究动植物,宁愿放弃优厚的牧师待遇,不畏艰难险阻去进行艰苦的环球考察,当时不也遭到很多人的非议和不理解吗?"

赵小燕对达尔文的大名并不陌生,她的妈妈是安徽大学生物系教师,她小时候常到妈妈的实验室去看动物解剖,看达尔文图片。但老师从这个角度谈到达尔文,她那幼小的心灵也分明能感觉到这是一种理解、一种温暖。"陈老师,这么说,您……支持我的兴趣爱好?"

"当然支持呀!"陈霞珠笑着说,"许多发明家、科学家、作家、艺术家的成长往往与他们小时候的兴趣专一有着密切联系。说不定我们的赵小燕以后真能成一个艺术家、生物学家呢。"

赵小燕粲然一下脸红了,又笑了。

"不过呢,上课不好好听讲,学习马马虎虎,玩蚱蜢,玩小虫,死了几天的蜗牛还放在抽屉里玩,这样的学生我可不敢说她将来有多大出息……"

一双美丽的大眼睛泪花闪闪。

陈霞珠感到,这是一株有着独特个性的幼苗,要把她从形单影只的孤独和破罐子破摔的悲观情绪中彻底解脱出来,还必须做许多细致的工作。

她为她在班上特地举办了一次"动物知识交流会",在给她创造表现自我价值的机会的同时,也使周围的许多同学对她刮目相看。赠言会上,许多同学把赠言簿送到她的面前,她再也无法控制内心的激动,长期被压抑的情绪顿时化作一声长哭:"啊,我再也不是一只孤独的百灵鸟了!"

"小百灵"的学习成绩稳步上去了;

"小百灵"的观察日记《小蚂蚁大战大蚱蜢》在《小学生报》发表了;

"小百灵"轻松愉快地在"小百灵"合唱团又歌又舞了……

她和"淘气包"

一个人的心灵深处就是一座艺术殿堂,没有细腻真挚的情感力量,就只能徘徊在门外或怨或怒,而陈霞珠终于叩开了一扇扇门,自由地走了进去。

在她家的书柜里,摆着一件唐三彩,这是她班上也是全校出了名的"淘气包"刘怀宇送给老师的新年礼物。采访中,几位刘怀宇的同班同学向我绘声绘色描述了这样一个细节:有一天,刘怀宇听班里的同学说,学校里有老师欺辱陈老师,他听了火冒三丈,突然把课桌拍得震天响,大声对着全班同学吼:谁要再敢欺负我们陈老师,我就对他不客气! 管他是谁! 据说后来还时不时弄一班子男孩暗中"护送"陈老师下班回家。可谁能想到,这个"淘气包"一年前对新来的班主任还是处处抵触,扭着脖子顶牛呢。

"哼,开学才几天,找我谈了八次话,存心找茬报复我!"

原来,在四年级时,他常常欺负陈霞珠的独生儿子、他的同班同学。所以,他认定陈老师是不会有好果子给他吃的。

这个小家伙刚上学两年还不错,天资聪颖,当过班长,后来就因为调皮捣蛋,班长给撸了,从此成了个冷面人,我行我素。虽然他父母是大学、中学教师,却也奈何他不得,常常是训斥一通,干叹气。

一日,一位学生家长气冲冲来找陈霞珠告状,说刘怀宇常常对她女儿动手动脚,据说班上许多女生都被他欺负过,都怕他。家长还说,这小小年纪就这样流氓习气,长大了还得了!

陈霞珠很耐心地劝这位家长千万不要随便给孩子下这样不好的结论,更希望她不要在自己孩子面前乱说,待她调查清楚了再说。于是家访。终于了解到这样一个事实:刘怀宇是老小,在家也和在校一样,很有些大男子主义,压根儿不把长他两岁的姐姐放在眼里。平时家里大人不在,他就跟着姐姐玩,打打闹闹视为平常,姐姐也由着他高兴胡来。

陈霞珠一面找家长解释,找女同学解释,一面又找刘怀宇谈话,对他进行行为规范教育。

陈霞珠意识到,做好他的工作,首先得争取他的信任,使他解除对自己的戒备敌视心理。她想起苏联著名教育家马卡连柯在《教育诗》中,曾记述过自己促成一个桀骜不驯的流浪少年头目之一卡拉帮诺夫转变的诱发过程。马卡连柯为取得流浪少年的信任,以达到教育他的目的,竟让他进城替自己去领回一张巨款单。陈霞珠决心重新唤起刘怀宇的自尊心和自信心,于是,她在情爱感化中不停地晓之以理,一次不行两次,十次不行二十次,终于精诚所至,金石为开。刘怀宇再也不认为老师是在报复他了。他又当上了副班长,多次荣获班级"小红花奖""《幼苗》文学奖"。赠言会上,全班的同学,尤其是过去怕他恨他的女同学,都朝他的座位蜂拥奔去,为他赠言:"行为是一面镜子,它在你面前能照出你的品德。""言论是花朵,行动是果实"……

那一夜,刘怀宇好久好久没有入睡,他睁着眼睛,静静地躺在小屋子里,脑海中不停回闪着赠言会那激动人心的场面,回闪着陈老师那可敬可亲至诚至爱的脸庞……

又一个和刘怀宇差不多的桀骜不驯而又天资聪慧的顽童,名叫李磅礴。受批评挨惩罚乃家常便饭,回到家就耷拉个脑袋提不起精神。

有一天放晚学回家途中,他和几个同学恶作剧,用跳绳将邻班一个男同学五花大绑在树上,用树枝抽打,嘴里不住地"八格呀噜""嘶啦嘶啦的",并模仿一阵阵狰狞的狂笑。

那个学生的家长和班主任当晚就一状告到陈霞珠家。

陈霞珠气得一宿心绞痛,迷迷糊糊尽做噩梦。

然而第二天,她却平静如常。早读课,她强振作起精神给学生朗读了峻青的小说《黎明的河边》的一节,读得特别动情,许多同学感动得流泪。直至这时,陈霞珠还是没有声色俱厉地借题发挥,没有急不可待地指名训斥,只出了几道思考题就回办公室去了。

果然不一会儿,李磅礴后脚就跟了上来,低着头说:"陈老师,我们知道你为什么读这篇小说,我们昨天干了件坏事,我们检讨,向××赔礼道歉。"

时隔多久,李磅礴还念念不忘这件事,说幸亏撞在陈老师手里,够留面子的。这以后,陈老师还是一样喜欢他。他跑步时衣服挂在树杈上前襟撕成两片,陈老师一针一线把他的衣服补好,再给他穿上;他生病住院时,陈老师一次次去探望,在病床边为他补课辅导。

像这样的学生,班上不是一个两个,有时还分三派两派闹点山头主义。小家伙大错不犯,小错不断,三天不"打",上房揭瓦,一个班主任老师不知道要操多少心。采访中,我曾打趣地问她的门生们:

"你们对陈老师的管教是口服还是心服?"

"口服心服。"

"为什么呢?"

"陈老师从不偏爱谁。这样做,尖子生不遭嫉妒孤立,后进生不自卑自弃,大家都能互相团结,共同进步。"

又说:"陈老师和蔼可亲,又要求严格,说到做到,说一不二。有时候敢在别的老师和爸爸妈妈面前打马虎眼,可是绝对不敢在陈老师面前这样。"

还说:"陈老师对我们这些不老实不驯服经常犯错误的人从不一棍子打死,经常表扬我们一点点好的地方,还创造机会让我们'戴罪'立功。"

……

许多家长在接受我采访时,都众口一词称陈老师真比他们做父母的还要了解孩子,纷纷拿出陈老师亲手做的一朵朵"小红花",亲手制作的一本本"家长通讯录",亲手刻印的一张张"家长喜报","一周家庭表现鉴定表";又纷纷说陈老师自己的孩子也还小,自己身体又很不好,心也操碎了;又纷纷感叹如今的孩子越发难管教了,不知他们想些什么。有个小淘气就在家里冲他的父母:"你们得好好向陈老师学着点,你们这也叫教育子女?!"还有个女孩子当着妈妈面说:"我感到在陈老师身边比在你们身边还温暖。"

是的,在她身边,有循循善诱,有谆谆教诲,有母爱,有情暖,因此就有许许多多真心敬她爱她的学生。

她和"作家迷"

1985 年万国邮联委托《中国少年报》组织的国际少年书信写作比赛活动爆出冷门:全国万件征稿共评出国内奖 8 篇,而安徽大学附小陈霞珠带的六(2)班就占 2 篇!

鼓励学生积极投稿,有的老师总是畏畏怯怯的。这不是鼓励学生去滋长名利思想吗?这对塑造学生美的心灵会带来什么影响?

陈霞珠当时的观念意识就比较开放。她主张改变传统的封闭式教育观念,新的时代教育应当走向新的开阔地。她说,我要让我的学生充分认识自己成果的社会价值,要敢于冲向社会去和强手竞争智力,竞争才华。一个人只要体验一次成功的快乐,就会激起追求更多成功的意念和动力。为什么要对成名成家思想不加分析视如大敌呢?难道我们的目标就是培养平庸吗?人民的科学家、文艺家、企业家,难道不是越多越好吗?她就敢在课堂上公开激励学生:"你们不要小看了自己。只要你们刻苦学习,勇于攀登,将来你们都可能成为跨世纪的科学家、理论家、文学家、企业家!"

但是,这的确离不开正确的思想引导。

获奖者之一的潘彩云,曾将自己的一篇描述心底秘密的日记《我想象中的家》,偷偷地请陈霞珠指教。日记是这样写的:

"……我常这样想:万一我考不上高中或大学,就带着自己的积蓄,离开家庭,找一座比较幽静的山隐居起来,边从事创作,边等待着复仇的机会。因为只有这样,我才觉得自己那颗受到创伤的心得到一丝安慰。我请人给我在山间平地上盖上两间茅舍,里面一间是工作室兼卧室,外面一间是厨房和放什物的地方。房前栽一些果树和奇花异草,房后种几畦蔬菜,有土豆,有白菜,还有葱蒜等。还种了一些花生和山芋。在这里,我完成了自己的代表作《复仇的女性》,还写了一批优秀作品,如《冷酷的心》《这不能怪我》等等。还写了一部很成功的童话《风魔王、春、夏、秋、冬、雷、电、雨、雾、月亮姑姑、太阳和大地母亲》。到了晚年,我终于复了仇,就将一生所得的稿费一半寄给妹妹,一半捐献给国家,最后还剩一点儿,我便开始了探险生活。"

陈霞珠猛然感到眼前每一个字如铅一般沉重,连看数遍,半晌回不过来神,她似乎能清晰地听见自己心脏的跳动。潘彩云来自农村,年龄比其他孩子稍大两岁,父亲是大学的勤杂工人,家境寒微,是不是受到歧视,造成心理的压抑和不平衡啊?陈霞珠就感到自己对周围的环境有一种特殊的敏感,好像经常有多少道奇怪的眼神注视着自己。可她还只是个14岁的少女啊!夜已深沉,万籁俱寂,陈霞珠无法安寝,小心谨慎而又语重心长地在小姑娘的日记后面写下这样的批语:

潘彩云同学:反复读了你的《我想象中的家》,我感到你的这个理想是狭隘、幼稚的。这里我想跟你谈两个问题:

第一,怎样认识文学?人民的生活才是文学创作唯一的源泉,毛泽东的这个观点是很正确的。你想长大了从事文学创作,当作家,这很好,但你首先必须想到,你应该怎样投入火热的生活。只有投身于轰轰烈烈的生活,在工作中了解、熟悉周围的各种人各种事,才能写出反映我们这个伟大时代的文学作品,也只有这样的作品才能鼓舞人民为四化建设去奋斗。

第二,怎样看待前途?考上大学,当然这是一条光辉的道路,但也有许多没有进入正规大学之门然而也成了材的人,怎样无负于这个伟大时代赋予我们的使命,首先就应该学习,祖国需要各种人才,千千万万学习之门敞开着。努力学习,努力工作,才有可能创作出好作品献给祖国,献给人民。

你的老师

1985 年 2 月 7 日晚

潘彩云好激动好激动!虽然陈老师有些话她还模模糊糊似懂非懂,但是,陈老师是认真读了她的日记了,而且是"反复读了"。小姑娘感到这是一种幸福。此后,她不断地得到陈老师的指点和帮助。陈老师告诉她,世界童话之父安徒生,他的父亲是个贫穷的鞋匠;陈老师告诉她,莫泊桑是在福楼拜的严格要求下刻苦练习写作,最后才成了法国短篇小说之王……

潘彩云太珍爱这本日记了。

陈老师和"能工巧匠",和"小冠军",和……限于篇幅,我的叙述只能到此为止。

陈霞珠今年 44 岁,现在合肥市原西市区教委做教学教研工作。舞台更大了,也更疲惫了。她总是一张清癯而带倦意的面容,一副孱弱而带病态的身躯。然而她,又总是那样,到哪儿一投入工作就有着一股生命的活力,一股青春的勃勃生气。

她希图什么呢?

她和千千万万的辛勤园丁一样,只想无愧于人民教师的光荣称号。

她有一句话,常常跳跃在我脑海的荧光屏上:

教师是人类灵魂的工程师,那么,就应当用自己丰富的知识学养,美好的道德情操,去铸造一个个待铸的灵魂。

1993 年湖北少儿出版社大型报告文学丛书《师魂》

■ "荣事达"向您招手

那就是"上帝"的影子。每天都在那座制高点的险峰摇旗高呼——荣事达,时代潮!

那"上帝"的影子就是你,就是他,就是我,就是天南地北的千家万户。

"荣事达"作为企业,是一支昂首阔步的排头兵,一面迎风猎猎的旗帜;作为产品,又是一位品质优良的益友,一份现代家庭的温馨。

"荣事达"在向您招手。

1700 位"荣事达"人就是 1700 位雕刻艺术家,他们每天精雕细镂,在共同塑造一个品格完美的 RSD。

市场竞争,一把看不见摸不着的利剑,它毫不留情地撩开人世间温情脉脉的面纱,使市场裸露出最简单最质朴的买卖关系。曾有多少驰骋商场的老将,如今也不得不感叹现今的市场风云变幻莫测难以驾驭,常常闹出库存积压、赔本拍卖、退货赔礼、挨骂被诉等等的难堪和无奈。然而有一点却是越来越强烈了——被假冒伪劣商品和"名"而不"优"产品折腾够了的买卖双方,都渴望市场上多一些"荣事达"这样的精品!

"荣事达"洗衣机是合肥洗衣机总厂生产的水仙 121S 双桶洗衣机的延伸拓展和升级。几年前,当洗衣机行业厂家蜂起牌号林立的时候,合肥的"水仙"就因为她全部检测项目达 A 级标准的优良品质而风流全国,甚至市场上还不时出现这样不讲情面的情形:许多顾客买"水仙"还特认有"H"烙印合肥产的"水仙"为自己的最佳选择。如今,"荣事达"双桶洗衣

184

机不仅有了系列产品继续走俏全国,而且家族新成员微电脑全自动洗衣机,也因她具有国内四个首创、八大优点而受到国内外商贾和用户的宠爱。

在安徽合肥,江苏南京,在河南郑州,河北石家庄,在辽宁沈阳,吉林长春,在湖北武汉,江西南昌,在广东广州,广西南宁等几十个省市和数百家大中商场,在美国、法国、意大利、菲律宾、日本、韩国、阿联酋以及中国香港地区,荣事达洗衣机以她一流的内在品质和一流的款式妆饰,展示着荣事达人的丰采,展示着安徽人的风采,展示着中国人的风采。"水仙"原年产40万台,供不应求;"荣事达"增加到年产50万台、60万台还是供不应求!

沈阳人说:目前沈阳洗衣机市场供大于求,但"荣事达"产品最好销售,货员爱卖,顾客满意……

武汉人说:荣事达洗衣机在武汉各商场双桶洗衣机中销量居首位,这个事实不是足以说明一切吗?

郑州人说:得中原者得天下,荣事达能俏销燕赵,难怪你们能连续数年在全国洗衣机行业中名列前茅。

南昌人说:荣事达抓产品质量和品种有独到之处,不是在原有基础上小打小敲,而是自己打倒自己,不断开拓自己,以致名牌效应经久不衰。

无怪乎全国各地的订货单,预付款,催货急电,纷至沓来,应接不暇,使"荣事达"喜在心头却又难以招架。

但是就在天涯共此之时,"荣事达"的许多昔日同行们,朋友们,对手们,有的偃旗息鼓,有的改换门庭,有的损兵折将,有的节节败退。

竞争是残酷的。然而只有竞争才能优胜劣汰,只有竞争才能培育真正的名牌,只有竞争才能净化市场,只有竞争才能高效益。真正的高手是欢迎竞争的。十几年的风雨坎坷,上上下下历经艰辛的荣事达人把一句话溶进了自己的血液里:唯质量才是产品的生命!

为此,"荣事达"把"零缺陷生产"作为本公司每一位成员必须不折不扣贯彻落实的质量目标和质量方针。所谓"零缺陷生产",就是整机日生产中,不允许任何一道生产工序、任何一个零部件有0.1%的缺陷。总经理陈荣珍斩钉截铁地说:百分之零点一的缺陷生产带给用户的就是百分之一百的损失,"谁要砸产品的牌子,我就砸谁的饭碗!"

眼见为实。1994 年 3 月 30 日,记者踩一路春光走进荣事达电气公司。毕竟是世界先进高新技术设备与中国人勤劳智慧的珠联璧合,这种现代化的大企业给你完全是一种新感觉。印象更深的是,摄入眼帘的每一幅工作画面,都是一丝不苟全神贯注的投入,全然没有某些厂家的松散随意作风。记者认真地注意并记下了总装车间大黑板上 3 月 29 日的"总装生产质量统计表",只见上面写着:项目——箱体上线、卡底托、底托螺钉、出水管、贴泡沫、大波轮……共 35 项,每一项都有明确的岗位责任者,任何人的任何一道工序或一只零部件不合格都逃不脱在这里的曝光。

质量是产品的生命。一个企业的产品质量,很大程度取决于企业领导者的质量意识。只有企业领导者高强度的质量意识,才会带来职工高起点的质量行为。

总装车间安全开关安装调试的岗位责任人,是个和体操王子李宁同姓同名的 22 岁姑娘。安装调试的时间是以秒计算的,精确度是按毫米计算的。如果脱水桶盖稍打开就断电,则质量不过关;若到一定高度还不断电,就会对用户造成危险。她这个工位是整个一条流水线上的关键质量控制点,质检的要求特别严。心灵手巧耐心细致的李宁姑娘,凭着一手过硬的绝功夫和强烈的工作责任心,100 万台洗衣机从她手下流过,她能把这道关把得万无一失。

无疑,李宁只是"荣事达"的千分之一,一个记者举了一个实例。

为了达到"零缺陷生产"的质量目标,"荣事达"建立了一套完整的质保体系和齐备的检测手段,如包括对技术管理人员要求做到"三现"——深入现场、针对现物、提出现象;生产工人对待不合格品要求做到"三不"——不接受、不装配、不传递。并且制定了 160 多条工作标准,按照国际标准将整机测试分为 60 个项目逐个检测,采用总装线全检和中心测试室抽检相结合等措施,杜绝 0.1% 的缺陷,保证所检产品必须是达到百分之百合格率的一级品方可出厂。

所以,"荣事达"1993、1994 年两年度荣获"中国消费者协会推荐商品"称号不是偶然的;

"荣事达"1993 年荣获国内贸易部等评出的 1993 年中国最畅销商品"金桥奖"和"全国用户满意产品"称号不是偶然的;

"荣事达"走进全国 300 万用户,而全国各地消费者协会的信息反馈称用户对"荣事达"的投诉率为零也不是偶然的……

1700 位"荣事达"人就是 1700 位雕刻艺术家,他们每天精雕细镂,在共同塑造一个品格完美的 RSD(荣事达)。

"我"把一片爱捧到你的家,请把你的希望给"我"留下

市场竞争虽然撕碎了人世间温情脉脉的面纱,然而一旦"荣事达"名花有主,却又经常地生出"机为媒"的新闻故事,人与人之间撞击出一朵朵感情的火花。

1992 年酷夏的一天,总厂用户服务科两位科长从一份《消费时报》看到一则用户投诉信,大意是:上海某洗衣机总厂技术服务部踢皮球,致使用户洗衣机坏了找不到人修。科长立即想到自己厂曾与上海联营,这台洗衣机有可能是自己厂生产的,于是立即通过报社查找投诉者的通讯地址、电话号码。联系上后他们立即派刘艺郎、吴光春两位修理师傅赶赴云南玉溪。正是炎夏季节,两位修理人员中途转了三趟车,在人挤人背靠背的车厢中过了四天四夜赶到用户杨天卫家时,用户热泪盈眶,拉着他们的手说:"我在电视上看过你们厂的报道,果然名不虚传!"

1993 年 3 月的一天,深夜梦酣时分,合肥洗衣机总厂用户服务部的朱仁甫等两位师傅,经火车、汽车的多次中转,一路颠簸终于赶到江西宜春市第五小学的一幢宿舍门前。他们是三天前接到该用户的求助信日夜兼程赶到这里的。工具、配件,沉沉地压在他们肩上。当用户王老师批改完最后一本作业准备就寝时,闻声开门见两位千里迢迢赶来的师傅浑身淋得透湿,老师的两眼湿润了,忙说:你们太辛苦了。老师做梦也想不到,她自己

在运输途中不慎摔坏了新洗衣机，刚刚得到"近日将上门解决"的回音，当夜就成了现实。

投之以桃，报之以"礼"。厂部每年收到用户的表扬信、感谢信几百上千封。透过封封"上帝"来信的字里行间，你看得最为真切的也许就是："荣事达"信守承诺的企业美德。

我于本月 20 日给贵厂写了封信，没想到仅隔一天你们就派人登门修理，令我感动。足见贵厂把质量关之严，治厂之严。……

——摘自安徽作家刘祖慈的来信

贵公司热情负责的服务态度，不能不使我在收到你的来信后立即回信给你。我们是工薪阶层，买一台洗衣机不容易，短短的半个月贵公司热情负责的态度使我们感到欣慰，贵公司服务人员两次来我们家连口水都未喝就帮助安装，介绍使用方法，让我们非常感动。

——摘自南京用户李德伟的来信

贵厂董师傅真是热心人，10 月 22 日上午下火车后，好不容易到郊区找到我家，他顾不上洗脸、喝水就挽起衣袖修理洗衣机。事后，他不仅精心将全机进行了加油清洗，还告诉我们使用知识……

——摘自湖南洞庭萱麻纺织厂顾志红的来信

这样的信很多，很多，实在是难能一一集锦。然而"荣事达"人说，故事虽多，宛如平常一首歌；唱好这首歌，为的是引来"南来北往的客"。

"荣事达"的售后服务，在中国质量管理协会公布的五大日用消费耐用品维修服务好的前 10 名厂家中名列洗衣机类榜首。"荣事达"的售出产品，不是嫁出去的女泼出去的水，位于合肥濉溪路边树丛后的荣事达维修服务科，已成为联系全国 20 多个省市 240 个维修服务网点、几百万用户的枢纽。人不分高低贵贱，地不分东西南北，只要接到信号，这里就会快速做出反应,市内不超过 2 天,省内不超过 7 天,省外不超过半个月,而且严格规定"四不准":不准接受用户礼品,不准接受用户吃请,不准以任何借口刁难用户,不准以任何形式滥收费用。因为每一个荣事达人都深知,"荣事达"就是一个大"我",一个名牌的大"我",一个企业社会形象的大"我"。所以,他们办完事后,总是这样和用户握手道别——"我"把一片爱捧到你的家,请把你的希望给"我"留下。

太阳每天都是重复的,然而生机勃勃的人分明感到太阳每天都是新的

"荣事达"繁荣发达了。1994 年,他们的洗衣机产量将力争 90 万台,小家电 20 万台,产品销售收入 5.57 亿元,创利税亿元。真正是才上层楼再上层楼,令多少企业家们心跳。

然而陈荣珍和他的"荣事达"人经过这些年的磨砺,视野更开阔了,胆魄更大了。他们不满足于既往的成就和荣誉,就在稳步前进的时候,他们已把战略眼光瞄准了跨世纪、跨国境的发展目标。

文韬武略,又是一个壮举!

在合肥高新技术产业开发区,合肥洗衣机总厂与日本三洋电机株式会社合资成立的"合肥三洋洗衣机有限公司"将在这里诞生。这将是一个以高新技术为导向,外向型经济为主体的新型企业。她年产 40 万台的人工智能模糊控制全自动洗衣机,是一种具有国际一流水准的跨世纪全新洗衣机。

陈荣珍正在沿着他的大思路,在高新技术产业开发区挥写一篇大文章。这位从一个小集体企业负责人成长起来的著名企业家,梦寐以求要与国际市场接轨!

位于合肥市西郊大蜀山下的高新技术产业开发区,"荣事达"新区工地一派热气腾腾。占地 112 亩的三角地段将巍然矗立荣事达新的豪华,新的气派,新的名牌,新的丰碑!"荣事达"将在更新的高度向您招手!

太阳每天都是重复的,然而生机勃勃的人却分明感到太阳每天都是新的!

1994 年 4 月 6 日　《安徽广播电视报》

第二辑

随笔·评论

管 见 所 及

　　这一辑大部分是文艺随笔,还有些是短平快的文字,难冠"随笔"之名。我的几十年上班史,前半截是半路出家从事报纸编辑,后半截是半途改行从事新闻教学,半瓶子醋晃荡来晃荡去,到站休息了,所以我极佩服那种一辈子只专心致志把一件事做出色的人。我长期在高校工作,谈笑有鸿儒,往来无白丁,深知一篇有价值有分量的理论文章或文艺评论,是需要广角视野的足量阅读分析解构和相关体系性理论学术涵养的丰富积淀作支撑的。我就曾试图对几位老朋友赠予我的作品或著述写些品评文字的,例如许春樵先生的中长篇小说,蒋维扬先生、蓝角先生的诗歌散文集,王达敏先生、吴怀东先生、赵凯先生的文学专著,因欣赏而技痒,但终究才力不逮。我当然知道结构和语体都不是问题,但上述这两方面的缺陷真不是三步五步的距离。

　　因此,我只能从我的实际出发,或聚焦一个小点,或截取一个横断面,染翰操纸,慨然而就,千字随笔还是比较好驾驭的。那些理论家、评论家大河奔流,我则山野一泓小泉叮咚,一样地发声了,当然不可同日而语。

　　其实,文艺随笔也并不好写的。我的一些随笔,也是早有习惯使然,平日里思想到了什么,阅读到了什么,耳闻到了什么,观察到了什么,都留意随即草草记下,很可能它就是火花,就是触媒,就是材质,就是立意。文艺与政治,文艺与经济,文艺与生活,文艺与风气,话题就是这样提炼出来的。牙科医生契诃夫为什么听了别人讲个剧院看戏的生活细节,就能写出传世经典《一个公务员之死》?因为他有编织小说的形象思维灵感。写随笔同样也是需要灵感的,没有灵感也是不可能捕捉到随笔话题的。有的素材甚至于酝酿很多年才孕育出果实，我写冒效鲁先生的《钻之越久，仰之弥高——我读＜叔子诗稿＞二十年》便是。在整理旧稿过程中，我还是谨慎审读了每一篇，感觉尚可能读的则留了下来，似乎还没有那种面目可憎的假大空新八股的玩意儿。

1984年8月19日，我在《文化周报》发表的随笔《作文岂可废雕饰》，竟意外引发了争鸣，心中窃喜。早在二十世纪六十年代读高中时就有兴趣关注报刊上的学术争鸣，这实在是个收获文史知识、训练多维思考的极好战地，当年诸如"文学是人学"论、"现实主义广阔道路"论、"中间人物"论、"有鬼无害"论等争鸣得烽烟四起，我就是在学校图书室的《光明日报》《文汇报》或文史刊物上阅读到的。当然极"左"年代"无限上纲"的"争鸣"和今天动辄"人肉搜索"的"争鸣"无疑都是对学术民主的践踏。我很尊重、很珍视巢居、王孝哲先生这两篇辩论文章，故附录于后。

《无可奈何花落去——散文的命运?》写于1986年暑假。趁着妻携小女去沪探亲，我一人在家闭门不出，赤膊上阵，挥汗如雨，转眼它就出现在河北省文联《文论报》上。小有所获，喜形于色，到底写作比荒嬉了好。

对李少红执导的新版《红楼梦》评论的动笔，诱因于当时对该剧的一片声讨。尤其不满的是某些电视台为了收视率，玩弄一些奖励收看手段，每日短信微博几乎一边倒的讽刺谩骂，有的媒体人竟然也参与其中，甚至制作出一些所谓的"讨论"节目播放，将这种简单粗暴、浮躁浅薄的信息聚合推向信息裂变，这样的社会风气我实在不堪忍受，所以把这部新版《红楼梦》连看了数遍，反复比较87版，又端出原著和红学家观点予以综合分析，才提出四点质疑。文学批评和艺术批评都应当是理性的、审慎的、严肃的，对艺术创作当有起码的尊重，对批评对象当有起码的了解。才开始看一集两集就开骂，不据实，不说理，还常常夹杂文本以外的心理情绪，这种失去理性的所谓大众化的非专业"批评"，实际上是对真正的文艺批评的严重亵渎。虽然我的声音苍老微弱，不过聊发少年之狂，充当一回堂吉诃德而已，但还是想借此提醒我们的某些媒体不要对之推波助澜，而要为不断提高大众文艺批评的专业水准和道德水准做出榜样。

本辑这些姑且称"随笔""评论"的文字,受内外因之限,乃管见所及。古人云"管窥蠡测,终乏大观",它和散文不同,臧否好恶都是袒裸着的,希望翻阅它的读者对我的谫闻浅说之陋多一些谅解宽让。

2016 年 7 月

何处"碧山"是？

——关于李白《山中问答》

李白的《山中问答》："问余何意栖碧山，笑而不答心自闲，桃花流水窅然去，别有天地非人间。"其中的"碧山"究竟指何处的碧山？

何庆善、沈晖两位老师说是黄山西南面的黟县境内的碧山（见《安徽师大》第 13 期《李白在黄山》一文，及《李白在安徽》第 125 页），并介绍说李白在游历黄山时，曾到过碧山，在得碧山胡晖公赠双白鹇后小住期间，诗人出于对碧山一带奇妙无穷的天然风光的热爱和赞美，喜而"以问答的方式，轻快的调子"，写下了《山中问答》，"流露了他悠游山水之乐的情怀和逸趣"。而中国社会科学院文学研究所编的《唐诗选》则注为："碧山，在今湖北安陆市境。"其注据是《安陆县志》卷二六转引《湖广志》："白兆山，一名碧山，山下有桃花岩，李白读书处。"①

两种解释，大相径庭，我的理解，觉得《唐诗选》的注释比较适妥。李白二十多岁时便"仗剑去国，辞亲远游"，在浮洞庭，历襄汉，上庐山，又东下金陵、扬州，转入吴越，复折江夏一带之后，回到湖北安陆，并在这里和退休的唐高宗时宰相许圉师的孙女结了婚，婚后"便憩迹于此，至移三霜"②，开始了他的"酒隐安陆，蹉跎十年"的漫游生活③。李白在安陆寓居期间，曾先后隐居在白兆山（即碧山）桃花岩，或读书作文，或游历名山，求贤访道，以广交名流，培养声誉，实现他隐居求仕，建功立业的理想。"栖"，一般当作栖身（居住），"栖息"（停留）解，还有一解，及"栖遁"（隐居）。从

① 见《唐诗选》< 上 > 第 176 页。
② 李白《上安州斐长史书》。
③ 李白《秋于敬亭送侄耑游庐山序》。

《山中问答》的诗意和情绪来看,很可能是诗人寓家安陆隐居碧山时悠闲读书,陶然自乐,以不屑于当时的科举考试的情形描写,是诗人去长安任职之前的青年时期之作。诗的字里行间,似是蕴藏着诗人对于自己的隐居求仕的远大抱负非常自负且又坦然的思想感情,也就是诗人在诗中所要回答却又狡黠含蓄地"笑而不答"的栖碧山之"意"所在,而不像是一首简单的描写某地天然风光的纯山水诗。李白游徽州,已经是遭受李林甫一伙朝廷宦官的欺辱谗毁之后,诗人郁郁悲愤而不得志了。据《李白在安徽》一书介绍,时值安史之乱。

1981 年 9 月 5 日　《安徽师范大学学报》

粗话雅写

前不久看到一篇小说《幸福沟轶事》（1982年第三期《小说月报》转载），觉得我们的作家在运用群众语言时，要注意语言美。

《幸福沟轶事》这篇小说的思想内容是不错的。但里面写的幸福沟酋长、油葫芦等一伙人的语言，实在是粗俗得难以让人入目。什么"×他姐""奶奶的""他娘的"，还算是文雅的了；那个叫作油葫芦的人物，简直就是不开口则已，开口便是搬出生殖器，变着名儿骂叫。一个短篇里粗言秽语竟有十几处之多，真是少见。

大老粗说话，难免粗俗。文艺作品要写人，也很难完全杜绝。我觉得问题不在于作家能不能写粗话，而在于怎么去写。文学的艺术实际上是语言的艺术，作品应当追求人物语言的个性化，"务使心曲隐微，随口唾出，说一人肖一人"（李渔：《闲情偶记》），这是作家的艺术天职。有时候为了真实地再现某一特定环境下的某些人物性格特点，在作品中出现一些脏话，是在所难免的。但大凡创作严谨的作家，有时候出于艺术描写的需要写上几句粗话，其表达方式也是谨慎而严肃的。阿Q还不够粗俗吗？鲁迅先生仅只让他说"妈妈的"这样一句口头禅。同样是写油葫芦说的那类粗话，徐怀中的《阮氏丁香》、高晓声的《陈奂生转业》里，就写得含蓄避俗，妙趣横生。例如《陈奂生转业》里写到陈奂生要出门搞采购，想不到临行的前夜，爱妻竟一个劲地对他发起嗲来，硬要他天天赶回来过夜，她生怕丈夫被女人勾引了去，惹得陈奂生破口大骂："昏了你的头，我这人生果，猪都不吃。天底下只有你一个人当宝贝，只管放心！"粗话不粗，显示了作家多么高超的语言表现力！而且是真正刻画了人物性格，交代了人物关系的需要,这才是文学语言!

但是我们现在有些作家写起粗话来,竟连一点节制都没有,似乎写粗话写得越粗俗才越够味,不如此不足以刻画大老粗人物的性格,甚至还有人以为这就是"群众化""口语化"。严格一点说,那些不堪入目的粗俗语言,根本就称不上文学语言。文学语言无论写美写丑,都应当给人一种美感。

粗话雅写吧,作家同志! 为了净化我们民族的语言。

1982 年 8 月 26 日　《合肥晚报》百卉副刊

抹上理想化的色彩之后

——小说《明姑娘》的真实性问题

坦率地说,我这个航鹰小说的热心读者,对她的作品有这么大的意见,还是第一次。小说《明姑娘》是《青年文学》创刊伊始向读者重点推荐的作品,发表后又引起社会上的一定反响,赞誉之词已见不少。在与小说同时发表的一篇评论它的文章中,特别指出了这篇描写爱情又并非专门描写爱情之作,"所取得的成就是不可低估的",作家所塑造的明姑娘这一形象,虽然"带有一定理想化的色彩",但"这种符合于普通人的崭新性格的理想化的描写,使人感到真实可信,具有引人向上、发人深思的力量"(南云瑞:《一曲心灵美的赞歌》)。而我在比较认真地读了这篇小说之后,感觉恰恰相反,正是由于作家不恰当地、过分地对自己的主人公做了理想化的描写,结果色彩便从裂缝中流露出"抹"的痕迹来,使作品一定程度上失去了真实,削弱了艺术感染力。如同一个本来是质朴无华、富有自然美的村姑少女,矫揉造作地浓妆艳抹一番,反倒失去了质的本色美。

我主观地认为,这恐怕是作家在"独辟蹊径"地从热闹非凡的爱情题材中概括、提炼、揭示心灵美这一主题,以及在具体描写的过程中,有些偏重了表现崇高而冷落了真实原则,如果不够确切地引用一句经典的话说,就是"为了理想而忘了现实"。

且看作家笔下的"明姑娘":

这位明姑娘,先天性的双目失明,经历和阅历很简单,盲聋哑学校毕业后就进了盲人电开关厂当工人。这样一位盲姑娘,如果作家恰如其分地从多侧面描写出她的心灵情操,理想抱负,知识才能,读者是不会有什么置疑的。在我们社会主义新中国,城市的年轻一辈盲人,一般都可以进特殊学校接受教育,有些还被培养成为盲人知识分子。残疾人中,各类人才也是有的,这一事实多数人不会一无所知。但如航鹰同志所塑造的"明姑娘"这样的盲人,恕我直言,简直近乎博学多才,尽善尽美,无所不通,无所不晓的神女了。

她在工厂做工,在家操持家务所表现的精明强干自不必说了,一般而言,残疾人的生活勇气和自理能力是比较强的,何况是一个这等聪明伶俐的姑娘。

她会音乐,且不是一般地会,而是颇有音乐素养地会。盲人懂得瞎子阿炳不算稀奇,明姑娘会的是好多种西洋乐器:手风琴、小提琴、口琴,吉他,"她放下这样拾那样",擅长民乐的盲人大学生赵灿"点了一支又一支曲子,她都能表演";她懂的是交响乐,音质,乐感……

她懂文学,且也不是触及皮毛的懂。她鼓励对学习失去信心的赵灿和她一道去报考业余大学,口试时,她和这位大学生一样,"都对答如流,尤其是古典文学基础知识,取得了良好的成绩"。半途"插"进来听课的,居然只听得她用锥笔在牛皮纸上"嗒嗒"地扎字做听课笔记,不见她有一点困难,"比同学们的汉文记录速度都快",可想而知,明姑娘的文科水平已经是什么样的程度了。

她不但善吹拉弹唱,还是运动场上的佼佼健儿。自已跑了女子八百米盲人青年组冠军,还用举世闻名的雕塑《掷铁饼者》去激将赵灿夺了个铁饼投掷的优胜。

她不但心灵崇高,才艺非凡,连口才也漂亮得惊人,多才多艺的大学生赵灿折服不已,自愧不如地夸她道:"什么话让你一说,都赋予深奥的哲理了"。真的,什么话让明姑娘一说,就像是朗诵哲理诗一般地悦耳动听。若不见其人而单闻其声,谁又辨得清会不会认为是一位学哲学的高才生呢,还是一位学文学的,学艺术的高才生呢,却原来是个盲姑娘!这里仅举一例:

就在明姑娘特意邀赵灿去游园,俩人在公园里谈论起绿色的时候,你听明姑娘是怎么说的:

"……声音本来没有颜色,却能借助绘画的语言去形容它:音色,浓重、清澈、华丽;厚度……那么,反过来也一定可以用音乐去形容色彩了。绿色是最美的旋律与和声,它使我想起了名曲《四季》的第一乐章《春》。早春的嫩芽是长笛的独奏,潺潺的流水是竖琴的琶音。当大地披上绿装百花盛开时,那是管弦乐合奏出来的欢欣、快乐、力度很强的和声。你说的同一棵树的色彩变化,那是小提琴不同的技巧:快弓,揉弦,碎弓,颤音……总而言之,绿色是最辉煌的快,声部丰厚,永不止息的交响乐。即使是严寒的冬天,那也只是乐章之间的停顿,孕育着新的、更美的旋律。"

我倒不是完全不相信一位盲人能有这样的才,能说出这样的话。人才学的典型事例中,使我自愧得恨无地洞可钻的中外奇才也略有所知,十七世纪英国蜚声世界的盲人密尔顿,就能口述诗作《失乐园》。但我们面前的这位"明姑娘",毕竟只是仅仅上过盲聋哑学校的青年盲工。像这样开口就是哲理散文诗一般的对话,所表现出来的联想力和逻辑思维能力,所表现出的文艺、美感意识和语言表达力,与她的经历,阅历,职业,教养……是否相符合? 叙事性作品的人和语言应当"语求肖似"(李渔语),如航鹰同志的《开市大吉》中白海龙和"电子算盘"的语言,"百果神仙"与"百日鲜"的语言,《金鹿儿》中金鹿儿与"我"的语言,并不像《明姑娘》这样的斧凿雕琢,却都各具鲜明的思想性格特征以及职业、身份、经历、知识素养等特征,真个是如闻其声,如见其人,使读者和他(她)仅一面之交就留下了不容混淆的深刻印象。而《明姑娘》则不然矣。究其因,据我主观臆析,在创作思想上,作家是不是过于拘谨从某一特定的主题思想出发,而未能从人物性格出发,从生活真实出发,因而对"明姑娘"如此错彩镂金,不恰当地过分地将作家自己或别人的某些主客观因素堆积一体,凑给了这位盲姑娘?

当然,我并不是主张要自然主义的描摹生活。相反,我认为我们的文学典型形象的塑造,并非仅仅以真实地反映现实生活为满足,而是应当在追求艺术真实中努力体现出作家的艺术理想和艺术个性。这就是所谓生活化与理想化关系的辩证统一。在这方面,我感觉到航鹰同志是一位创作思想和创作态度都是一直比较严肃的青年作家,她的《金鹿儿》,就既具有浓厚的生活气息,真实自然,同时又倾注了作家的合情合理的艺术思想。所以理想化绝不是违反生活的夸张。如果作家所讴歌的人物的行为超越了一定客观条件(社会的和个人的)的制约,那就会失去真实,导致艺术上的虚假,读者也就很难以置信,作品的教育作用和审美价值也势必要受到影响。我认为,航鹰同志对"明姑娘"的过分理想化的描写,就是超越了一定客观条件的制约,是违反生活真实的夸张,所以明姑娘成了个尖型化而不是典型化的胎儿。要么,就是作家没有很好地揭示出构成明姑娘这一艺术典型的充分依据。

当然,《明姑娘》在思想上、艺术上还是有不少值得我们肯定的地方,就不面面俱到了。

1982 年《作品与争鸣》第 8 期

作文岂可废雕饰？

艺术之境，有没有雕饰美？

答曰：没有。古今文论，对于"雕饰"一词，多以贬义释之用之，似乎雕饰就是辞藻堆砌，浮靡淫艳。"清水出芙蓉，天然去雕饰"，诗仙一句话，千百年来成了诸家批评艺术形式主义的一大武器。而我则以为，古人之言，只是道出了人们对于文化美感要求的一个方面。所以，这一不太全面的美学观点，在被用来批评形式主义时，也往往错误地批评了形式美。

细细考究起来，把"雕饰"简单等同于雕琢，甚至把"雕饰"视为"浮艳"是不妥当的。"雕饰"也者，对于造型艺术，就是讲求精雕细镂，亦即工艺美。而借用于语言艺术，就是讲求炼字炼句，亦即词采美。

作诗作文，不能没有词采美。只讲内质美不讲形式美，或者形式美中只讲自然美，只强调"质朴无华"，不讲甚至批评修饰美，恐怕都是片面的。

古今学者，历来强调作诗作文的遣词造句，创辞炼意之功。这就离不开雕饰。"红杏枝头春意闹""云破月来花弄影"，王国维说："着一'闹'字而境界全出，""著一'弄'字而境界全出矣！"还有诸如"风乍起，吹皱一池春水""春风又绿江南岸"，一个"绉"字，一个"绿"字，何等传神，何等之美！这难道说不是诗人反复雕饰而来的吗？

在语言艺术中，雕饰美就是词采美，而词采之美，既可以是初发芙蓉的美，也可以是错彩镂金的美。倘若都是一色的清水芙蓉，没有比较，没有互衬，何为百花园？何为色彩美？它们不应当是不可相容的水火冰炭，而应当是淡妆浓抹总相宜的西子姑娘。评论家美学家们似可不必臧否其间，偏分高下。

205

目前有些散文小说,朴而粗糙,长而累赘,究其原因,一些作者不注重炼字炼句和文辞修饰,恐是其中一因吧。有感于斯,议论几句,姑妄言之,姑妄听之。

1984 年 8 月 19 日　《安徽文化报》

■ 形式美应在否定中求肯定

巢居

王既端在《作文岂可废雕饰》(见第572期《文苑纵横》)中批评了一些作者忽视形式美的偏颇,但何为真正的艺术形式美?"姑妄听之"之余,觉得王文也有偏颇。王文竭力为形式美争名位,用心是好的,但帮了倒忙。因为真正的艺术形式美,不在于突出它本身,而在于通过艺术形式把艺术意境、艺术典型突出地表现出来。

《庄子·外物》说:"言者所以在意,得意而妄言。"这种哲学给文艺家认识艺术形式美和艺术整体形象之间的辩证关系以很大的启示。刘熙载《艺概》说:"杜诗只'有''无'二字足以评之。有者但见性情气骨也,无者不见语言文字也。"叶昼评点《水浒》时指出,读者在读第二十四回时,只看到淫妇、烈汉、呆子、马泊六、小猴子等一系列逼真传神的典型性格,而"不知有所谓语言文字"。法国艺术大师罗丹也说:"真正好的素描,好的文体,就是那些我们想不到去赞美的素描与文体,因为我们完全为它们所表达的内容所吸引。"这正如画家为了表现月亮而画云彩。云画不好,月亮也画不好,云画得好,观众就完全被月亮的美所吸引,而不再去注意云彩本身的美。然而这正是画家下功夫画云的目的,他绝不会去指责观众不去欣赏他认真"雕饰"的云。

这说明一个道理:艺术形式美不应该坚持着它与艺术内容的对立,而应该将艺术内容恰当地、完美地表现出来,使欣赏者为整个艺术形象的美所吸引,而不再去注意形式美的本身,这才是真正的艺术形式美。也就是说艺术形式美只有否定自己,才能实现自己,否则将如钟嵘在《诗品序》中批评沈约等的"声律说"时所指出的"文多拘谨,伤其真美"。为了突出自己,反而损害了自己。《诗筏》说:"盛唐人诗有血痕无墨痕,今之学盛唐者有墨痕无血痕。"墨痕(形式)血痕(内质)有着隐和显的辩证关系,这是艺术的客观规律,而并非哪位"评论家、美学家"有意"臧否其间,偏分高下"。

1984 年 9 月 2 日 《安徽文化报》

■ 也谈内容与形式美的关系

王孝哲

读了王既端《作文岂可废雕饰》和巢居《形式美应在否定中求肯定》（见《安徽文化报》第 572、574 期），觉得王文虽有点偏颇，巢文似也有可商榷之处。

应当承认，艺术作品的内容和形式相比较，内容是第一重要的，而形式则是次要的。内容美，作品才可能有较高的艺术价值。内容不美，语言再雕饰，也是没有生命力的，也是不能诱人捧读的。诚如黄宗羲所说："心苟未明，劬劳憔悴于章句之间，不过枝叶尔，无所附之而生。"

然而，形式也并不是无关紧要的，因为，艺术作品的内容毕竟要依赖于形式而存在、而表达。一件艺术作品，如果没有美的形式，那它的内容就不能恰当地、充分地表达出来，为人们所欣赏。尤其要看到，语言词采是艺术作品的重要形式之一，同一艺术内容可以通过多种多样的语言形式表达出来，但在多种语言形式中，相互比较，又有某一种语言形式能更准确、更完全地表达一定的内容。因此，一定的艺术内容，就应当注意选择那最恰当的语言形式。于是，作文炼字炼句，着意雕饰，就是很必要的了。诗人贾岛"推""敲"入迷一类的故事正好说明了这一点。当然，也有的作家好像反对雕饰，主张"清水出芙蓉，天然去雕饰"。然而，这也并不等于不要讲究语言词采美。他们反对雕饰，其实主要是反对追求华丽的辞藻，而并不是反对"言尽其意"，并不是认为可以词不达意。只能说，他们是主张自然朴实的语言风格,是崇尚语言的自然美。

　　巢文有一段议论说:"艺术形式美不应该坚持着它与艺术内容的对立,而应该将艺术内容恰当地、完美地表现出来,使欣赏者为整个艺术形象的美所吸引,而不再去注意形式美的本身,这才是真正的艺术形式美。也就是说艺术形式美只有否定自己,才能实现自己。"我认为不然。人们欣赏的是艺术作品的整体,既包括其内容,也包括其形式。当着人们欣赏某一艺术作品的内容时,往往同时也欣赏其精美的艺术形式,赞叹这精美的艺术形式把艺术内容表现得那么恰当、完美。试问,当我们读到"红杏枝头春意闹""云破月来花弄影"的诗句,在体会其意境时,能不赞叹这一个"闹"字、一个"弄"字用得妙极,使境界全出吗?我认为,不是"艺术形式美只有否定自己,才能实现自己",而是艺术形式美只有完善自己,使自己与内容相适应,恰当地、充分地表现内容,才能实现自己的存在价值。

1984 年 9 月 23 日　《安徽文化报》

邓刚的"海"与海明威的"海"

——关于评论的评论

在 1983 年的文坛上,出了一篇反响不小的中篇小说《迷人的海》。评论家也纷纷撰文评介,而且怪得很,几乎不约而同地都把它与美国当代著名作家海明威荣获诺贝尔文学奖的中篇小说《老人与海》相提并论,大加比较和赞赏。

然而不料去年六月间,在由《文学评论》编辑部主持召开的一次有作家、评论家参加的探讨创作与评论之关系的专题座谈会上,《迷人的海》的作者邓刚却对评论家对他这一篇力作的一番赞美之词不很领情。他说,在写《迷人的海》之前,他读过杰克·伦敦写荒原的小说和写西伯利亚冻土地带的小说,偏偏没有读过海明威的《老人与海》。这句话的意思是,这部经典名著他连读也没有读过,所谓的人物设置、间架结构、语言运用和叙述方式受其影响云云,又是从何而来从何谈起的呢?

这是颇为尴尬的。却也不足为怪。评论家说有,小说家说无,这样的事在中外文坛上并不鲜见。文学艺术的鉴赏和评论,历来就是件麻烦事。就是评论家把《迷人的海》和《老人与海》做了这样的比较,称这两篇小说如何如何的相似,这也没有什么,作家也不必因此而担心,"文章千古事,得失寸心知"。有人就曾经将屠格涅夫的《木木》和莫泊桑的《骚姑娘》做过这样的比较,说这两篇小说从题材到故事情节都有惊人的相似之处。只是邓刚在那次座谈会上说的一段话,好生教我深省了一番。他说:

"评论家把我和名人海明威拉在一起,也许只是因为写的都是海,单从题材上着眼的,这可就'宏观'得太厉害了。我希望多从细处分析,尽量减少'粗'字号的。"

211

文学评论要"减少'粗'字号的",我以为,邓作家的这一忠告提得恳切,必要,因为那种"粗"字号的评论无论对作家的创作,还是对读者的鉴赏的确无所裨益。现在,人们对于那种仅仅只从政治倾向方面评论作品的"评论",那种貌似瘪三充斥新八股调的"评论"已经望而生厌,但是,对作品作艺术上的分析,如果是李逵抡板斧似的"粗"字号的,仅仅浮皮潦草地做一些"横"的或"纵"的作品类比,或者是在复述的一片汪洋之中投下一点粗枝大叶的分析观点,这样的评论,作家和读者也是不满意的。譬如关于邓刚的"海"和海明威的"海"的比较,有的评论文章只断言其"相同",而确实没有深入这两个"海"的底层,去进行一番抉幽发微的文学趣味上的辨别,因而显得探艺不深,析理不透。而愈是题材相似的作品,它们的文学趣味的区别愈是趋于微妙,差之毫厘往往会谬之千里。

1985 年 1 月 13 日 《文化周报》

为何"千人一面"？

──高考阅卷感之一

　　参加今年高考阅卷，我发现有时一本卷子甚而几本卷子改下来，竟有"千人一面"之感，考生所举论证之例，大同小异。这显然是考前同受一师之临战训练的缘故。有些考生脑子活些，表达力强些，套子里装材料倒也还见水平；有的考生则连这个也不会，哪管它文不对题、言不及义，只顾将考前准备好的一些材料往《树木·森林·气候》这个套子里塞。还有一些作文，写着写着，竟串到"毁树容易种树难"上面去了；写着写着，又串到达·芬奇画蛋、有个人挖井上面去了。

　　今年的作文题，怎么会串到前几年的高考作文题上去了呢？又为什么会出现"千人一腔"的现象呢？显然，这些考生平时不注重语言文字和作文思维的基础训练，考前又把自己的思路禁锢于教师猜题目划范围、历年高考作文范例之中。

　　因之，我感到如何在平时积极开拓训练中学生作文的多向思维，提高考生主动应变的能力，如同北京第八十中学宁鸿彬老师所提出的"多端性训练"和"变通性训练"，实在是需要总结、探索和研究的。真希望那种忽视学生思维训练而热衷于在高考指挥棒下的猜题押宝、临阵死背范文的做法赶快收将起来，不要再袭用了。

1986 年 8 月 20 日　《合肥晚报》逍遥津副刊

短暂的青春火花

——关于电影《一个女人的命运》原著作者叶紫

　　北京电影制片厂摄制的国产彩色宽银幕故事片《一个女人的命运》，是根据二十世纪三十年代著名作家叶紫的中篇小说《星》改编的。叶紫才华横溢，可惜一生来去匆匆，只活了二十七岁。他在短暂的生命旅程中写了不少优秀的短篇小说和散文，基本上都收入在《丰收》《叶紫散文集》里了，中篇小说仅一部《星》。

　　也许是这位在中国现代文学史上尚有一定地位的青年作家鲜为人知，所以电影《一个女人的命运》也跟着受了影响而悄无声息。而实际上这部电影对于今天的观众特别是青年观众仍然有着较大的思想启迪力量和艺术欣赏价值。这不能不说是这部电影宣传的失利。

　　出生于洞庭湖畔乡村的叶紫，他的叔父、父亲和姐姐都在大革命时期积极投身火热的农民运动，大革命失败后均惨遭蒋介石反动派杀害。对于此，叶紫几乎在他的所有作品中都燃烧着对农民革命深切的爱和对封建反动势力强烈的恨，正如他自己所说："我的对于客观现实的愤怒火焰，已经快要把我的整个的灵魂燃烧殆毙了。"中篇小说《星》，正是通过对一位受着政权、夫权压迫得难以喘息的农村妇女梅春命运的描述，向黑暗的旧社会发出了"妇女解放""男女平等"的血泪控诉和强烈呼告。梅春的命运，是旧中国成千上万挣扎在底层妇女悲惨命运的典型艺术概括。年轻的叶紫在革命处于低潮的时候将他的笔触伸进灾难深重的农村生活，真实地艺术再现了广大农村妇女的不幸，为时代、为子孙留下了一面历史的镜子。

　　著名电影导演凌子风一如既往坚持了他执导《骆驼祥子》《边城》的浓郁民族特色和个人风格，特别是他充分尊重原著的品性，这些我们都能在

《一个女人的命运》中清晰可见。叶紫的作品,文笔清新流畅,感情炽烈,尤其是细节和场景的描写生动细腻。在《一个女人的命运》中,原著的这些艺术特色都很好地被融进了导演的艺术风格之中。例如梅春先后有两个男人三次洗脚的不同举动的细节对比,就很传神,它细致入微地刻画了梅春在农民运动的洗礼中所发生的深刻而微妙的心理变化和性格变化。

当然,这部作品,无论是过去的原著还是今天改编的电影,都难免带有当时的时代局限和思想局限,其实叶紫本人对这部作品也并不是很满意,他清醒地意识到自己的不足。正当他雄心勃勃酝酿写一部要超过《星》,"一部大的、纪念碑似的东西"(《星》后记)——长篇小说《太阳从西边出来》时,贫病交加无情地使他年轻的生命戛然而止。

1986 年 8 月 24 日　合肥人民广播电台"文化生活"节目

谨防"文字疫"

——高考阅卷感之二

这几年,我参加高考作文阅卷,深感现在中学生写错别字的现象相当严重,其中尤以写同音别字和不规范简化字的情况最普遍。如:"一棵树"写成"一颗树","转亏为盈"写成"转亏为赢","联产承包"写成"联产成包","协调发展"写成"携调发展","肃清流毒"写成"肃清留毒","任人唯亲"写成"认人为亲"等,不胜枚举。

这的确是令人担忧的事实。必须依靠学校的各科教师、社会上的家长、各界人士,以及一切形式的以文字表达的种种宣传舆论工具的共同努力配合,形成一个纯洁祖国语言文字的良好环境,如同今年高考作文题《树木·森林·气候》之关系一样,才有可能去改变这样的现状。

有人在撰文批评某些电台、电视台播音员念错字别字时,愤而称这是一种"文字疫";有些中学语文教师不胜感叹于时下祖国文字使用上的混乱现象时,愤而称这是"严重污染",我以为这绝不是危言耸听。一个报考大学的中学生,竟然闹出"金济建设""经济体治""物价上长"这样的笑话,不能不让人感到焦虑。

然而,当我在考生作文试卷上圈出错别字,累计扣分时,却又胡乱地想起,考生写错别字扣分,那么,一些著书立说、舞文弄墨的人投稿写了错别字扣不扣"分"呢?一些机关干部、领导人物撰写公文写了错别字扣不扣"分"呢?报纸杂志出了错别字扣不扣"分"呢?商标广告出了错别字扣不扣"分"呢?

1986年8月28日 《合肥晚报》逍遥津副刊

《飘逝的花头巾》飘逝的是……

——剖析影片女主人公沈萍

现在,很多青年人都很崇尚现代意识,思想的,道德的,文化的,生活的,等等。统而言之这当然是社会文明的进步,很多传统的观念意识在社会的前行中必然要被现代意识所替代。但是,意识形态的嬗变过程充满着相斥相容的错综复杂,是传统的未必都应该剔而弃之,是现代的未必都应该纳而扬之,这一点,新近上映的影片《飘逝的花头巾》就给了我们有益的启示。

沈萍,《飘逝的花头巾》女主人公。当她由一个乡镇上的土妞一跃而为时代的佼佼者——大学生时,她满怀挑战者的胜利喜悦和对未来的向往憧憬,踏上了命运转折的征途,而且用她那闪烁的理想之光和自强的奋斗精神,去照亮了船上邂逅的水手秦江那颗正在沉沦的心。然而人生又是那样的变幻莫测,当沈萍从逆境中走出跨入大学之门后,她渐渐变了,想的不再是将来为报效祖国和人民而发愤攻读,而是沉迷于孤立地寻找自己的位置,孤立地走着为个人奋斗的道路。为了毕业后能留在大城市、出国,竟发展到不顾人格不顾羞耻拉关系走后门,死缠烂打外交人员和翻译官而夜不归宿,还在同学面前炫耀自己与社会名流的交往。她离开了学习生活的校园集体,离开了深爱着她的水手秦江,离开了她过去的自己。她以为只有这样才算找到自我的人生价值,只有这样才是青年人应有的现代观念。她在西方各种思潮奔涌而来的时候,选择了萨特的存在主义哲学思想奉为人生圭臬。她渐行渐迷,渐行渐远,身上那条象征着青春情怀、象征着和母亲心心相连的花头巾也随之飘逝了,远远地飘逝了……

一个曾经把他人救出沉沦的人,自己又沉沦了下去;受她的感化而苏醒的灵魂反过来又去感化她已经麻木的灵魂。这种悲剧性的反讽,折射出社会多元思潮对青年的深刻影响,同时也是为自我意识正在觉醒的成长中青年塑造了一个警示性典型。

电影《飘逝的花头巾》是根据青年作家陈建功的同名小说改编的。他创作这篇小说时正就读于北京大学中文系。几年前他就以作家特有的社会敏锐观察力,从自己身边察觉到了当代大学生正在发生的变化和分化。秦江的变和沈萍的变,正是这种社会变化和分化的艺术体现。当时小说发表后很快在大学生中引起强烈反响,新时期大学生是否需要世界观改造一时成了热门话题。今天,电影艺术家把这篇小说改编成电影搬上银幕,我认为是有意义的,尤其是沈萍这个从逆境中奋斗出来,又在顺境中堕落下去的人物形象,是有其一定的艺术欣赏价值和社会认知价值的。

当然,正因为意识形态的嬗变中充满着错综复杂,所以沈萍这个人物,从小说到电影,在当代大学生中一直争议不断:个人奋斗不对吗? 寻找自己的位置不对吗? 想留城市或者想出国不对吗? 他们面对飘逝的花头巾,一遍遍地发问:沈萍,你是谁?

1986 年 8 月 29 日　合肥人民广播电台"文化生活"节目

应当重视课外阅读

——高考阅卷感之三

不久前，我买了一本七折处理的书《中外著名建筑》。我虽大学毕业多年，但于建筑知识，实在是知之甚微，所以买了这本中学生课外读物来看看。

读过后，觉得的确是一本写得很好的知识性读物。书的作者向中学生介绍了陵墓、宗教、城堡、宫廷、园林、住宅、文化、体育、行政、交通、旅馆、摩天楼等十几类有代表性的中外著名建筑57座，并附有插图、建筑示意图等。通过它，可以基本上了解到人类建筑史上的主要成就和史迹，还可以透过建筑这一门类了解到一些有关的诸如几何学、建筑美学等方面的知识。应当说，它对于求知欲旺盛，渴望开阔知识视野的中学生是会有吸引力的。

由此我联想到，有些中学生和家长在我面前唠叨过的话。据说，现在有相当一部分中学生根本就不看《中外著名建筑》一类的课外读物，要看也是琼瑶小说，武侠、破案小说，要么就是五花八门的复习参考书。

这是一种偏颇。反映了中学生不仅课外阅读怎么读书需要切实指导，而且买课外读物选什么书也是需要切实指导的。出版社光出几本好书而没有从学校到家庭到社会的读书引导，只不过是一厢情愿的良好愿望而已。放任自流让学生不加选择(有些是不知选择)地迷什么买什么，见什么看什么，固然于学生的健康成长不利；难道只许学生买参考书、看参考书，就不怕他们营养不良吗？今年高考语文知识第十大题，即"传统观点和加德纳观点在鸟类和哺乳动物起源问题上的分歧"一题，为什么会难倒那么多的考生？从课外阅读的角度，我们是否可以总结出一点什么呢？

1986年9月2日 《合肥晚报》逍遥津副刊

无可奈何花落去，散文的命运？

一个散文爱好者是不能不关注散文命运的。近读《对散文命运的思考》(载1986.07.21河北省文联《文论报》，作者王干、费振钟，以下简称《思考》)，竟觉得有个什么东西卡住了我的命运的咽喉似的。

我也在思考着散文的命运。

站在新时期文学澎湃向前的至高观潮点，从散文样式自身的概念和形态的具体变异分化进行纵向历史和横向联系的综合考察，《思考》一文对于目前散文状况的分析，比起我近年来所看到的有关文章显然是论高一筹。不仅仅是问题提得尖锐，要害，令人三复斯言而已。

但是，难道散文的命运果真是无可奈何花落去了吗？我似乎还是有些不甘信服。

目前散文不如小说热乎当然是毋庸讳言的。散文常用的结构章法和表现技法被某些小说运用这也是事实。但是，这恐怕还不能被叫作"侵夺"。依我看，"散文化"小说，并非始于今日汪曾祺之《受戒》《大淖记事》。老作家孙犁早年的《山地回忆》，茹志鹃早年的《百合花》，不都是散文式的小说吗？杨朔、刘白羽两位散文家写的小说，不也是散文化小说吗？反之，老散文家何为的散文名篇《第二次考试》，许多读者都把它当小说读。据说有人曾劝作家将这篇散文改换门庭，何为说：我写的就是散文。

由此看来，诚如杨振声先生曾经指出的："散文与戏剧，小说，甚至诗，并没有严格的此疆彼界"，"现代散文的运用就在于它打破了过去的桎梏，成为一种综合的艺术。它写人物可以如小说，写紧张局面可以如戏剧，抒情写景又可以如诗。不，有些方面简直就是小说，就是戏剧，就是诗。"

（《朱自清先生与现代散文》）正是：广阔领域之间，你中有我，我中也有你。作为抒情艺术的诗歌，不是早已有长篇叙事诗吗？作为叙事艺术的小说，不是早已有诗体小说了吗？所以我认为，不能简单地看到散文诗的兴起，就惊呼抒情散文投进别人的怀抱了；看到散文化小说的出现，就惊呼散文家族分崩离析了。

实际上，在新时期文学从封闭走向开放，从单一走向多元的今天，不仅小说诗歌观念在更新，而且散文观念也在更新。尽管散文在我们这片古老的国土源远流长，传统正宗的叹为"观止"的传世之作名篇盈帙，创新尤为不易，但还是有志者大胆试手。不久前我读到一篇《耕夫之歌》（《散文》1986 年第六期），就不失为一篇手法新颖的佳作。我很喜欢它。作者大胆而又适度地借鉴了新时期小说和电影中常用的时间与空间交错、现实与幻觉交错的艺术手法，不仅丰富了散文创作的表现力，同时也拓宽了读者阅读散文的视野。这也说明了散文与小说、电影在艺术表现方面是互为借鉴、互为渗透的。说到底各自也都是在为自己的前途，为自己的发展而千方百计地探寻创新之路，而并不是散文被小说、电影"切割"了，"瓜分"了。

可惜我们的素以纵笔驰骋、舒展自如著称于姐妹艺术之中的散文，在云谲波诡的开放世界面前却是显得那样温文尔雅，手足拘泥，老是憨厚地站在一旁瞅着小说的天地里热热闹闹争争吵吵。我常想，为什么许多读者能知道文坛又冒出个刘索拉的《你别无选择》，又冒出个莫言的《透明的红萝卜》，而我们的散文世界却总是一幢月光下的小屋，不见有那样一种能惹人哭、惹人笑、惹人乐、惹人跳、惹人思、惹人恼的氛围？我想，除了散文的自身弱点，是不是主要在于编辑和评论两个方面。我们不能不承认，近年来一批小说编辑家和评论家在推出出自中青年作家之手的各种风格流派特别是有争议的小说方面是有胆识有气魄的。愈是扶掖评介得多，愈是促使各种小说互竞雄长，以至使它领衔主演于当今文学创作舞台之上。相比之下，散文在这方面就显得有点儿那个了。加上散文杂志举国不过二三，其他可耕之地支离散碎，评论赏析翻来覆去又多半是唐宋八大家，现代名家之作。有些刊物把散文确是置于小摆设的装饰地位，作茧自缚的框框调调又何其之多,如果再搞一点以人取文的玩意,散文何以能振兴得起来?认为目前散文的不景气是因为不可抗拒的自然规律使然,我怕是不是给散文掐错了阳寿。

至于有些本来完全可以认作散文的,现在却毫不犹豫地冠以小说之名的作品,恕我直言,并不是如《思考》一文所云,一概都"迅速获得了读者的认可和喜爱"的。不。仅就文中举例的贾平凹的《商州初录》和张辛欣的《回老家》两篇,《散文选刊》就毫不犹豫地分期转载过。也许很多读者正是通过《散文选刊》读到这两篇散文的。像这种文体分类上的争夺和跨栖现象,历来有之。杨雄之《解嘲》,萧统说是"设论"(《文选》),姚鼐则说是"辞赋"(《古文词类纂》)。这些只要简单追溯一下文体流变史,就大可不必为眼下出现的纷繁复杂的文体变幻感到迷乱。

但是,有一种似是而非的现象,似乎还是有提出来讨教方家的必要。即以我所崇敬的老作家汪曾祺的作品为例,他的散文味很浓的小说《受戒》我是一见倾心,再三拜读的。但是曾祺老今年发表的《桥边小说三篇》(《收获》1986 年第 2 期),咀嚼其味而终不解其味,尤其是《幽冥钟》一篇"则几乎连人物都没有,只有一点感情"(作者后记语),像这样通篇都是描写景物的文章,为什么必称"小说"不可呢?作家说是苦心经营地有意为之,意在打破小说与散文的界限,"对'小说'这个概念进行一次冲决"。而我却大为不恭地认为,这是有些作家在文体上的主观随意性的表现。就在我平时所接触的有限的小说作品中,我以为有些冠之"小说"的小说,而实实在在的是散文。虽然它们之间没有严格的此疆彼界,但毕竟还是有其主要的特征区别的。有位在创作中很冷淡情节的青年作家说:完全没有情节的小说创作是不可思议的。我也可以这样说:完全没有文体界限的创作是不可思议的。

散文时来运不转,自身在创作指导思想、题材选择和表现手法等方面存在的问题固然不可忽视,但是,造成散文今日这般处境的某些复杂的人为因素也是不能忽视的。散文虽然难以产生撼人心魄的艺术力量,但是散文却是最能表达我们民族文化意识的文学样式。散文还不应当到与我们生离死别的时候,甚至永远也不会的。散文小说,散文戏剧,散文影视,散文诗……那是散文家族与左右毗邻的联姻;报告文学,杂文,特写,游记小品……那是散文家族繁衍后代的分居。不是分崩离析。

难道我奏的会是一曲悲剧性的挽歌吗?

1986 年 9 月 11 日 《文论报》

散文的"心"和散文的新

——答《文学青年》学员问

　　有学员来信问我:散文究竟靠什么吸引读者? 浓郁的抒情? 深邃的哲理? 生动的人物风貌? 我看这是个连散文理论家也难以回答的问题,因为散文本就是个大家之族,不同的散文品种自有其独特的引人之处。真正是千姿百态,各领风骚。

　　但有一点又是可以肯定的,无论是抒情性散文,哲理性散文,抑或是叙事性散文,都必须是出自真心之作,也就是很多老师常常说的"情真意切"的文章。因为散文历来是侧重于表露作者内心感受、体验和思考的一种文体,这也是散文最明显的优势,所以它在运思、结构和技法上都有着很大的自由度,不像小说、戏剧创作有着很多的讲究,什么小说三要素、戏剧六要素等等。而越是看似不讲究章法技法,看似外部形态自由散漫的文体,越能把写作者折磨得坐卧不宁。为了写好一篇散文,你准备了一堆的材料(直接的和间接的),然后怎么剪裁炼意,怎么络段织篇,这是需要散文写作者精心构思,缜密构架,巧找切点,妙笔生花的。但就散文的魅力形成而言,最核心的秘诀还是重在如何艺术地流露真情,袒露心扉,将你的爱憎喜怒忧愁灌输到你的字里行间。白居易说感人心者莫先乎情,罗丹说感情是艺术创作的推动力,这话是千真万确的。即便作者所写的人或事或景不是生活中的真实,而是作者假托或糅合,但只要所寄托的情或理是真正发自内心,也是有感染力的。诚如鲁迅所言,创作不必是曾有的实事,但必须是会有的实情。朱自清的《荷塘月色》,冰心的《木屐》,何为的《第二次考试》等都是这样的名篇。在真情实感的基础上再缀些行文的情趣点、理趣点,添加些阅读兴奋点,锦上添花,或许可称之为散文写作的一点小机智、小聪慧吧。最近几年,我所阅读的散文新作中,留下深刻印象的,还想反复再读的,大体都具有这样一些特质,例如贾平凹的《丑石》,徐迟的《枯叶蝴蝶》,祖慰的《普陀山的幽默》,叶梦的《羞女山》,冯骥才的《珍珠鸟》以及王英琦的《我遗失了什么》等。

我想,现代散文大家郁达夫所说的要抓住"散文的心",大概就是指的这层意思吧。

我想,当代文坛泰斗巴金所说的"要把心交给读者""要把散文当遗嘱来写",大概就是指的这层意思吧。

最近,我集中看了中文系青年文学院交给我的近百篇学员散文习作,要求评阅老师推荐备选佳作结集出书。我首先是欣喜。在不少人哀叹散文面临衰落的当下,文学青年中仍有相当多的散文爱好者在阅读散文,创作散文,钻研散文。而且出自他们之手的散文习作有不少是可圈可点的。

安徽省广德县学员柳芗的《妗子的花》,写"我"的一位年轻漂亮的舅妈、小学老师在一次山洪暴发中为抢救学生英勇献身的事迹。题材固然自有其特殊的价值和意义,但写起来是容易落入俗套的。而这位学员却没有从新闻价值点切入,而是从散文情感点切入,选择了两个最富童年生活情趣的细节和最能体现老师光辉人生的舍己救人场景朴朴实实写来,绝没有特意为突出英雄形象的高大而着力去渲染可歌可泣。事迹悲壮,但作者入手平淡,给作品定的基调不是舍己救人的壮丽颂歌,而是开在乡野的一朵小花,平凡而又崇高,可亲而又可敬。有些报纸上发表的类此题材的散文,作者往往一任自己的主观情感放纵,"净滤"拔高,失去了人性的丰富多彩,失去生活的丰富多彩,这样的作品当然是很难吸引读者的。

我之所以要举这篇写得比较好的《妗子的花》来谈散文的真,是因为这次确实看到了为数还不算少的虚情假意之作,比如很多假大空的浮词套语,特意装饰的漂亮尾巴,牵强附会的主题"升华",附势应景的光明格调,有失分寸的"激扬文字",失去自我的假"我"表演等等,而有些习作还得到某些点评老师的肯定和鼓励。坦率说我是颇有些于心不安、不忍的,此风切不可长!虚假文风乃散文写作之大敌,过去有影响,现在还在影响。请

225

不必迷信峻青的《秋色赋》，那里面有虚假；也请不必迷信杨朔的《荔枝蜜》，那里面有虚假。更不应当简单地袭用六十年代"一串珠子，一根红线"的散文模式，"物—事—理"的散文模式。模式化的散文（不，应当是一切被"模式化"文艺作品）是难有真情实感的，是难有个性特色的，也是难有艺术感染力和艺术生命力的。要想使自己写的散文有真情，有思辨，有灵魂，有魅力，就必须坚决地从真正的自我情感体验出发，冲破旧框框模式的樊笼，驱赶不是自我的"自我"，摈弃一切的搔首弄姿、矫情饰貌，实实在在地把心里真实的花瓣开放到你的散文作品中去。这是我，作为一个曾经的"杨朔散文模式"迷，一个热衷的追随模仿者的经历反思，姑妄听之罢。

关于散文写作，我还想再多说些话。其实，散文仅凭"真情实感"还是不够的，还不能说这样的散文是优质的，要想使散文写得更有美的气质，更能勾起读者阅读欲，除了语言和结构的技巧，还必须向读者深层开掘丰富多维的"内宇宙"和"外宇宙"。诗只言志吗？不，诗还言哀，言怒，言怨，言思，散文作为人心的本真写照，更应如此。以往单色调的散文太多，不符合人的主观情感体验实际。存在决定意识，客观世界（"外宇宙"）是复杂多元的，主观世界（"内宇宙"）也必定是复杂多元的。只有七彩的世界才是真实的世界。

河南省西华县一位正在劳改服刑的学员写的《小河》，全文不到千字，在尽情描述了家乡小河的美丽可爱之后，行文至尾处笔锋突转："就在小河无忧无虑欢快流淌的时刻，一个恶魔在它的身旁夺走了一位少女的贞洁。从此，小河失去了往日的笑颜和欢乐。

"我知道，小河，这是我带给你的耻辱，……

"我知道，小河，你从不徇私，公正地把每个人的脚印记下了……

"小河啊小河，未来我该在你的长流中写下什么？"

我们似乎可以听到作者站在小河之畔的灵魂搏斗。率直而自然。

四川省乐至县学员王俊杰的《弄潮儿》，写一个早就渴望要做大海"弄潮儿"的机关青年干部，趁去海滨城市参加体制改革会议之际到海边试了几试，海上风平浪静，他却吓得退之不及。可是他在海边见到的一位真正的弄潮儿竟是个断了一只手臂的老船工。

我们似乎可以看到叶公好龙的现代版本在海边上演。对比中见讽喻。

还有几篇写得比较好的,或借助于一人一事,或一景一物,宣泄了自己对当代社会的深入思考和忧患意识。如六安市学员张传龙的《浴池的小服务员》,写一个十三四岁的辍学小男孩,因为市政建设贱价征用大量菜地,断了家庭经济来源,进了浴池当服务员,每天上班除了机械地递递毛巾,闲了就吹吹竹笛,成天乐呵呵的,不知愁滋味。作者在这个乐呵呵的小男孩身上看到了某种悲剧性因素,有限地触及了社会发展中的短视和践踏。河北省廊坊市学员蔡华的《招魂》,安徽省无为县学员孟艺的《水塘》,都写到偏僻乡村的愚昧落后封建意识;河南省商丘市学员张泓的《荒野的旋律》,安徽省肥西县学员丁锐的《心愿》,又都写到"我"为寻找正在失落的文明而呼唤。还有广东省汕头市学员杨映瑜的《猫》写得更有些意趣,"我"养了一只不捉老鼠的猫,让人联想翩翩。这些习作都比较注意到自觉地去追求挖掘散文深层次的内涵意蕴,尽力避免真情实感表达上的浅露。但还是有为数不少的习作借景抒情而矫揉造作,托物言志而分寸失当,"我"则假我,意则假意,显然难以引起读者的共鸣。老散文家秦牧说,散文应当是"形象、思想、美感三者的高度融合",这当然是每个散文写作者的努力方向和极致境界。最近有人撰文提出应当增强当代散文的忧患意识,增强当代散文的思考力量,我将之理解为这乃是当代散文时代使命时代特征对我们的一种诉求。我们今天的散文创作,该扬什么,弃什么,我们要思考,要实践。

还有些习作,题材不错,文字也不错,但阅读的感觉不太好,给人以陈旧感。有位作家说过这样的话:只有陈旧的方法,没有陈旧的题材,说得有道理。山水风光,人间情爱,从古写到今,为什么还是层出不穷?就是要有或立意或结构或表达或角度的新意追求。这次我看到的不少习作就缺少这样的追求。你写月夜遐思,你写童年逸趣,你写家乡风情,你写绿叶品格,我几乎从你的笔下读不到你的影印,一雷同,一重复,一蹈袭,必落他人窠臼无疑。李白登临欲为黄鹤楼题诗,无奈一代诗仙也有犯难的时候,叹息:"眼前有景道不得,崔颢题诗在上头。"有位作家在长江上航游,一时情思酣畅跃跃欲试,终因自愧对长江的感悟无法超越刘白羽的《长江三日》而作罢。有时哪怕在表现手法上稍稍摆脱一些俗套,也会产生些许新鲜感的效果。如《弄潮儿》结尾:"沙滩上,一行歪歪斜斜的脚印被海水一下抹去了。

"海滩那边飘过来一阵歌声:来亦匆匆,去亦匆匆。"

没有锋芒毕露的揶揄,而是巧借了电影蒙太奇的镜头语言,简洁而含蓄。

对散文艺术的求新,是我们的散文作家和散文爱好者的毕生追求。

1986 年 10 月 《文学青年》

《文学青年》系安徽大学中文系函授青年文学院主办的刊物,此文应刊物之约撰写。

观戏乱哕

一

黄梅戏《无事生非》誉饮京津，卑人也感到荣耀。但迄今还不曾拜读过一篇令人心折的、有理论深度的、从艺术上作精当分析的文章，实为一憾。我在看这出戏时，是把它和莎士比亚原剧对照起来看的。我非常赞叹编导者的艺术勇气和探索精神，却又为九泉之下的莎翁抱屈不已。时下西方的某些艺术家放肆地在莎剧中塞进电子表高跟鞋之类无疑是一种践踏，同时我也真担心莎翁万一——觉醒来告我们一个"剽窃情节"之罪而丢了我们黄梅戏的面子。何为"改编"，也确实教我们越发地弄糊涂了。

诚然，我欣赏编导者的选剧目光。在莎翁喜剧中，《无事生非》所叙述的好事多磨、有情人终成眷属的故事以及扬善戒恶、歌颂爱情和友谊的主题，与东方中国古典戏剧是最接近不过的了。然而那毕竟是西方文艺复兴时期戏剧大师的名著，我们的李碧翠、白力迪与人家的贝特丽丝、培尼狄克毕竟不能等同视之。用我们乡土气息很浓的黄梅戏形式去改编演出，实在还有许多戏剧美学理论上和艺术实践上需要探讨的棘手问题。可惜我们都过于陶醉在一片褒奖之中浅尝辄止。为什么有些省市弄出个戏，报刊上能面红耳赤地争长论短，而我们省就稀有这样的气氛？

229

二

荒诞川剧《潘金莲》只看过剧本,舞台上我是从省徽剧团演的徽剧《潘金莲》中一睹风采的。编剧魏明伦,只因误识潘金莲,惹得世人说到今。依我之见,中国不太景气的戏剧界若不多出几个老魏这样的人,即便巧媳妇千儿八百,也难为无米之炊,真是戏曲振兴无所企盼了。

曾记得去年报纸上也论争过古老徽剧的命运问题。这次看徽剧《潘金莲》,位于一旁的老同学不无戏谑地笑问于我:"听你吹的,请问你这家乡徽调有什么特色?"我笑而语塞。的确,名为徽剧《潘金莲》,然而看完了戏,最没有印象的就是潘金莲、武松的徽剧唱腔,而给人留下深刻印象的反倒是贾宝玉的越剧,七仙女的黄梅戏,芝麻官的豫剧,还有安娜·卡列尼娜的西洋歌剧……岂不悲乎!如果说他人于徽剧不熟悉,我却是自小就翻来覆去看徽戏《水淹七军》《徐策跑城》的。

如何评判这出荒诞剧,深及道德规范与艺术审美关系的复杂过程,非三言两语所能言尽。这里我只是想顺便请问一下巴山秀才:连你也说"这一个"潘金莲"沉沦"了,何为据?

三

黄梅新秀吴琼到底多个心眼儿,她在最近的全省青年戏曲演员演唱大赛中,不仅唱功最好,曲子的安排也最见妙。先一曲《打猪草》花腔,舒展跳跃,玲珑活泼,节奏欢快热烈,采用电声乐器伴奏,相得益彰;后一曲《孟姜女》平词,抑郁凄婉,如泣如诉,节奏滞缓悠慢,采用传统戏剧高胡加乐队伴奏,相映成趣。前后风格迥异,对比鲜明。看来吴琼好像懂得接受美学的道理。搞小说不是讲究性格对比吗?搞绘画不是讲究色彩对比吗?搞摄影不是讲究光影对比吗?

于是从吴琼的演唱效果,想到黄梅戏的音乐伴奏问题。有人主张一律用现代电声乐器取代传统的戏剧胡琴伴奏,并已有这样的新《天仙配》磁带问世,以标示戏曲改革,适应青年人的口味。而我以为,黄梅戏音乐伴奏的传统配器法应进一步丰富拓展,但电声乐器在戏曲音乐中似乎应审慎使用,要用得恰到好处。革命现代京剧《智取威虎山》的西洋管弦乐队伴奏可谓壮美新颖,大气磅礴,但它并没有弃京剧伴奏三大件而不用,加入西洋管弦交响是为了锦上添花,传统三大件仍是伴奏主角。不是抛弃一切民族艺术传统便是标新,便是改革。试想,如果吴琼那天用的是嘣嚓嘣嚓的电子琴伴奏《孟姜女》,又将是什么样的一种艺术效果呢?

1987 年 4 月 5 日　《文化周报》

以讹传讹

著名作家汪曾祺前几年写过一篇有名的小说《大淖记事》，这篇小说写的是他老家江苏高邮的事。据说作家为了弄清楚高邮市郊一处称作"大脑"的地名的究竟，花了多少年的工夫做了十分缜密的查考，终于弄明白了，所谓"大脑"的地名，却原来是以讹传讹，原本叫作"大淖"。曾祺老万没料到，他的这篇小说竟为家乡正在编纂地方县志的同志帮了大忙。从此，叫了多少年多少代的"大脑"让曾祺老的一篇小说正儿八经地正了名。

这使我联想起，当有人登场最后一个演出或者最后一个发言时，总是有至爱好友或报幕主持者称之为"压轴戏"，殊不知"压轴"者，实际上是倒数第二折戏，旧称最后一折为"大轴"，故称倒数第二折戏为"压轴"，压根儿就弄错了。但是因为很多人平常都是这么说，稀里糊涂，也就错而不知错，错而不为错了。

其实，日常生活中以讹传讹的事总是层出不穷，或臆猜杜撰的，或移花接木的，或添油加醋的，或道听途说的。而且还怪得很，越是猎奇的伪科学的还传得越快。其中最为严重、最为可怕的，就是那些动摇民心危害秩序的社会谣言或流言，越传越逼真，越传越邪乎，越传圈子越大。

所以我以为，我们的宣传舆论工具，要经常性地解疑释惑，正本清源，阻塞讹传。

1987 年 8 月 19 日　《合肥晚报》逍遥津副刊

酒变成了水

在合肥,我就见到有好几家商店把"烟酒"写成"烟氿"。有一次我和营业员开了个玩笑:"你是卖酒还是卖水?"营业员不解,不悦地双目盯住我:"怎讲?"我笑道:"你这'酒'字写错了,'氿'不是酒,而是从旁边出的水称'氿',这个字念轨道的'轨'。"不料营业员把我一冲:"神经,把酒当成水!"说完再不理我。又想起为一家商店指出错写的"铰连""障恼丸""甘积药丸""懒氨酸饼干"等,营业员当即改正并道谢。

例二,也是近年的事,有个新电影的字幕,把"服装"错写成"服妆","化妆"错写成"化装",而且把"妆"字统写成异体字"粧"。中央电视台播放《南北京剧化妆晚会》,有一折戏的字幕把"苍天"写成"仓天","驸马爷"写成"付马爷"。这些写字幕的同志,如果不是文化水平局限,就是工作责任心不强。

报纸杂志,电影电视,商店招牌广告,每天都是在直接向成千上万的人做宣传,其中有相当一部分还是正在接受知识的青少年和幼童,倘有马虎,岂不是害人不浅!有人尖锐地指出,社会上的错别字已成一大公害,应该引起有关方面高度重视。

1987 年 9 月 3 日 《合肥晚报》逍遥津副刊

《啼笑因缘》何以屡屡写错

张恨水先生的《啼笑因缘》屡见被错写成《啼笑姻缘》。安徽电视台播放电视连续剧《啼笑因缘》时,也是错写了。我所见多次,感到似乎都是可以原谅的,因为这部小说(电视剧)本来就是爱情主题,反映的是旧社会青年反对封建门当户对的事,倘若没有认认真真读过张恨水先生的原著,确实是极易弄错的。

既然这部小说写的是恋爱婚姻的言情故事,干吗作家不把书名顺理成章地题为《啼笑姻缘》呢?这样岂不是更加题文两切?

且慢。《啼笑因缘》虽然讲述的是江南才子樊家树和北京天桥鼓书艺女沈凤喜、交际花何丽娜以及民间侠女关秀姑之间的一段感情纠葛的故事,但作家真正感兴趣的并不是故事本身,而是发生这段故事的人物活动背景和人物主观因素。樊家树决意冲破封建门第婚姻观念的樊笼,并已迈出了勇敢的第一步,第二步,其结果最终还是束手就擒走进了这个樊笼。樊家树与沈凤喜的分离是悲剧,与何丽娜的结合也是悲剧,然而悲剧的本质因素却是相似的。作家所要探究的就是产生这种令人啼笑皆非的悲剧"因缘",而绝不是意在津津乐道地于世人重复一个浅俗的令人又好哭又好笑的"姻缘"悲喜闹剧。这个书名,我以为可以看作是二十世纪二十年代半封建半殖民地社会的张恨水先生对时代噩梦的一个通俗文学性的注释,无疑是有其深刻的悲剧内涵的。

由此可见,将《啼笑因缘》错写成《啼笑姻缘》,便使这部值得玩赏的作品蕴含丧失无几了。

1987 年 10 月 20 日 《安徽青年报》

生活中的"假如"

假如刘慧芳当初不离开宋大成，何至于落到这样悲惨的地步；假如王亚茹不是个恶大姑，刘慧芳和王沪生或许能平平安安过下去；假如宋大成当初精明强硬一点，也不至于让刘慧芳离他而去；假如不是小燕子把罗冈引到家里来，小芳怎么可能被人认领了去……

假如……

亿万观众明知这是在编戏、做戏，偏偏就被编导、演员紧紧牵住了情节不能自拔，他们情不自禁地跟着进入剧中情境，走到刘慧芳的身边，或赞其高洁，爱其贤惠；或哀其不幸，怒其不争。于是有了成千上万个观众不同的心理位置、感觉位置上的刘慧芳；有了一连串来自观众不同的生活体验、情感体验的"假如"。

但是，假如仅仅只是"假如"而已。现实生活在给人们幸福欢乐的同时，往往给予人以更多的是沉重、严峻甚至残酷，并没有那么多顺从地依着人的主观意志为转移的"假如"。假如生活中有那么多的"假如"，生活将失去七彩五味，凝固跌宕起伏，还会有文学吗？还会有艺术吗？还会有《渴望》吗？真实的艺术，不过是把瓦解了的四散流失的真实生活碎片，用艺术之网将它们兜捕起来，用艺术之胶将它们黏合起来。因此，故事情节，人物性格，矛盾冲突，如是发展，如是结局，应当说这是属于作家艺术家们的"创作自由"，是他们所理解的生活真实中的这一个，这一种，这一类。所谓像刘慧芳这样的好人为什么要给她这么多的不幸、这样严酷的结局的责难，其实是把自己的审视心理要求强加给创作人员的可笑。尽管我自己在欣赏《渴望》过程中也屡屡发生情绪抗拒，但我又想到，心理上不能承受是一回事,现实毕竟是现实,又是一回事。

千古岁月,造就了中华儿女忠厚善良的传统美德,这种传统美德又造就了他们忠厚善良的传统审美心理。看《秦香莲》,非要见老包对着忘恩负义的皇帝女婿开铡,才睡得着觉;看外国片《面包师的儿子》,没有"刀下留人"就浑身地不自在。听说《渴望》剧组打算在春节《渴望》专题晚会上让刘慧芳和宋大成结百年之好,我是希望刘慧芳不要去吃回头草的。

1991 年 2 月 7 日　《合肥晚报》百卉副刊

■ 激情与失控

　　我历来偏爱悲剧。在我看来，艺术再高超的喜剧也比不上悲剧所特有的强大感染力。最近看完了五十集电视连续剧《渴望》，心理感受也一样受到"轰动"。

　　近一个时期，许多家报纸都争相选择尖端新闻材料报道《渴望》在寻常百姓中的轰动效应。最典型的莫过于《渴望》剧组在南京与观众见面时，居然有激怒的观众为慧芳出气，要扇"王沪生"两巴掌。剧组在北京，也有热心的街道老太太端来热乎乎的水饺慰问"刘大妈"，声言就是不给那坏小子王沪生吃。还有人问凯丽"腿好了没有"的。据说王沪生的扮演者孙松竟不敢到公共场合露面。近期有报载，一部十集电视连续剧请他出演玩弄女人的情感骗子，让"王沪生坑苦了"的小孙死活不接，说"得挽回挽回形象"。

　　的确，一部戏能演到让观众对剧中人和扮演者掰都掰不开的地步，不能不说是艺术创作的巨大成功。但是，从提高群众文化素质和鉴赏水准的角度说，我以为这种现象却又未必是值得津津乐道大书特书的，而正是需要我们的新闻媒介从文化品位的较高层次做一些因势利导的。戏剧大师布莱希特就曾经不无偏颇却很尖锐地指出过，那些深入情境，被悲剧事件迷醉的演员和观众，是世界上"最坏的演员和最坏的观众"。曾记得有些老战士回忆，当年解放区上演歌剧《白毛女》时，黄世仁的扮演者陈强被苦大仇深的观众打得遍体是伤。据说从前意大利也有个著名演员因出色地扮演《奥赛罗》中卑劣无耻的埃古，而被一军官开枪打死在舞台上。

　　老黑格尔曾说过，"激情"是人们通过艺术对生活"真谛"的理解而达到的高度兴奋。而其中以再现人的痛苦、灾难和人世间的种种不平的悲剧激情是最为强烈的一种,有的竟至于达到使人失去理智、失去控制的程度。因此我想到,上述种种在悲剧艺术欣赏过程中所发生的种种悲剧,无疑是对宣传者的某些提醒。

1991 年 2 月 28 日 《合肥晚报》百卉副刊

奥赛罗式的爱

——看电视连续剧《辘轳·女人·井》

温柔、善良而又天性柔弱的枣花，从一个挨打受骂的牢笼转而进入另一个失去自我的牢笼，电视连续剧《篱笆·女人·狗》的续集《辘轳·女人·井》着重向观众叙述的就是这样一个发生在现代生活中令人深思的悲剧。

如果说枣花的第一次不幸的婚姻是屈于封建伦理道德的羁绊，那么，她的第二次不幸的婚姻则要归咎于她对爱的误解。

枣花和小庚确实是倾心相慕且爱得很深的一对，为了爱，小庚忍受了枣花前夫铜锁对他的种种侮辱，出高价为枣花赎得"离婚权"。但婚后，他不允许枣花和外界接触，更不用说能够容忍枣花偷偷借给铜锁钱和戒指的事了。正是这种奥赛罗式的爱，最终使小庚听信了苏小个子的谗言，亲手砸碎了他历经艰难而筑起的爱巢。

对待枣花，铜锁是粗鲁野蛮，小庚则是娇宠溺爱，两者的极端表现同样都是封建的夫权思想在作祟：把妻子当成自己的私有财产。尤其是像小庚那种狭隘、自私的"爱"，其对女性身心的摧残更甚于铜锁的拳脚相加，诚如枣花所言，就像心上架着一把刀，这另一种"家庭暴力"是啥滋味只有自己最清楚。所幸枣花终于在这两度婚姻痛苦中醒悟，她要摆脱好比那井边的辘轳把井绳一圈圈缠在自己身上的可悲命运。

续篇难写，续集难编，弄不好就有狗尾续貂之嫌。但我以为，这个续集在艺术总体的把握上还是比较成功的。其主题的深刻内涵就在于编导把女主人公的命运放到两极表现又本质一致的婚姻环境中，去做几番炼狱般的脱胎换骨。故事虽算不得有多少新意，当年莎翁笔下的苔斯德蒙娜就是让爱她爱得发狂的奥赛罗亲手掐死的,但《辘轳·女人·井》还是能够引导人们对于人生与社会、爱情与婚姻、伦理道德与妇女解放等问题进行认真思考的。

1991 年 4 月 30 日　《安徽青年报》

旅游，是一首诗

实心眼儿，应该说是人的一种好品质。但是，倘若凡事都实心眼儿去计较个丁是丁卯是卯，恐怕这个世界只能是个没有浪漫没有夸饰没有想象没有虚拟的逻辑世界、数学世界。大唐诗圣杜甫在《古柏行》中写了"霜皮溜雨四十围，黛色参天二千尺"两句，宋人沈括竟来真的要动尺子量，看是不是四十围，然后批评老杜说："四十围乃是径七尺，无乃太细长乎……此文章之病也。"①另一位大唐诗人杜牧在《江南春》中诌了一句"千里莺啼绿映红"也是让明人杨慎很奚落了一通，说："'千里莺啼'，谁人听得？千里绿映红，谁人见得？"②两位杜公偏偏遇上了这两个实心眼儿的晚生，有什么法子？我工作这么多年，少有旅游的机会。去了几处慕名已久的景区转了几转，遇着一些不愉快，便有些扫兴。比如那一年暑假去庐山，有一日跟着导游去看锦绣谷，去之前在宾馆看了许多的宣传图片，很是引人入胜。我对锦绣谷的"天桥"一景大感兴趣，便特别留了意。谁知到了那儿，自己站在"天桥"上还在问"天桥"在哪。原来却是峭壁上"生"出一块离地不足一米的大石板块，完全是摄影师的伎俩。

这次印象使我耿耿于怀了好久，比在泉城济南看了无泉的趵突泉、在九华山寺庙听了嘣嚓嘣嚓的霹雳舞还要耿耿于怀，心里总有一种盛名之下其实难副的上当感觉。

后闲来无事时又把这事翻出来想想，又觉得是自己的不是了。这旅游

---

① 见宋·沈括《梦溪笔谈》。
② 见明·杨慎《升庵诗话》。

本来就是带着几分浪漫的,大可不必如地理学家考察一般的严谨,"梦笔生花"也好,"峭壁天桥"也好,统统不过是游人感官里的一种形象。当旅游者带着一种审美的目光去观赏、审视某一自然景观时,景物就失去了自然界的某些物质属性,而构成了你感觉里的一种艺术意象。杭州西湖,苏东坡比作"西子",叶圣陶比作"盆景",皆为想象的结果。正如康德所言,想象力"能从真正的自然界所呈供的素材里创造出另一个想象的世界"。只有如我这样的死心眼儿,去愚笨地计较"那是天桥吗"?"那是盆景吗"?

我似乎有些明白过来了,旅游,是一首诗,一首或夸张象征,或朦胧抒情,只能体悟、意会"意象""意境"的诗,而不能死抠新闻五要素对照教科书动用度量器的诗,是不可以学沈括、杨慎的。

看来,旅游真的要有些起码的艺术想象力和感受力。

1991 年 6 月 4 日　《安徽青年报》

主题和背景的差异

——《野山》是不是写改革的影片？

　　我看《野山》(根据贾平凹小说《鸡窝洼人家》改编)，留在我脑海里的最深印象，是一幅生动逼真的中国西部农村风情画，而不是一支农村改革的颂歌。

　　沉重的磨盘，在古老的土地上转悠，转悠，磨豆、磨麦，周而复始，世代沿袭。复员回乡的禾禾，再也不甘于那种双手捧着老祖宗传下来的衣钵过日子，他要迈开双腿冲出鸡窝洼，奔向更广阔的天地，甩开膀子干现代机械化、科学化的劳动致富大业。可惜，一个热烈支持他的事业，追随他的足迹，真正与他志同道合的，偏偏又是他的嫂子而不是他的妻子！

　　影片《野山》编导的艺术视野，似乎在于通过这两户鸡窝洼人家在新的社会环境条件下所骤然发生的感情裂变与夫妻关系的重新调整组合，将触角深深地伸进了千百年来根深蒂固的农民社会观念，农民土地观念，农民自身价值观念以及家庭婚姻道德观念等等。稍有一定文化水准的一般观众，都不难透过从这种不协调到协调的家庭关系变化中，捕捉到一种强烈的民族历史意识的流动感和一种浓烈的农村新生活气息。

　　桂兰，是《野山》给以浓墨重彩，最为光彩照人的女性形象，也是新中国成立以来国产农村题材影片中不可多得的一个新型农村妇女银幕形象。编导有意将她置身于生活的一丝夹缝中，里里外外不好做人，而结果，她硬是凭着她那热烈向往更高层次的物质文明和精神文明的激情，和那剽悍果敢、不甘雌伏的野山之性，向着一切阻碍她前行的传统习惯樊篱冲去，毫无顾忌地大胆追求着她的社会理想和婚姻理想。有多少农村妇女至今把夫唱妇随和生儿育女视为最大贤德，例如电影《乡音》里的陶春便是，无论什

243

么时候对丈夫只有一句话:"我听你的。"而在桂兰身上,这一切都发生了根本性的动摇,"老婆不是男人身上的旱烟袋!""我不会生娃又有罪啦!"压根儿不把老祖宗的那些腐朽古训当回事,真正是一个爱则爱得深,恨则恨得真,怒则怒得痛快,悲则悲得淋漓的人。就人物的时代心理结构特征而言,桂兰毕竟进步成了二十世纪八十年代新型农村妇女的典型。所以我感觉,错综复杂的两对夫妻的感情纠葛与盘根错节的新旧观念方式斗争的相互交叉与糅合,使《野山》既有鲜明的当代性又有凝重的历史感。

诚然,发生《野山》中的这一幕,是因为有了党的农村新经济政策。没有这个社会环境条件,没有改革这个政治大气候,禾禾也许和秋绒不会分道扬镳,桂兰也许好歹就与恢恢这样的人过一辈子。过去有些比较优秀的反映农村变化的影片,之所以仍给人一种不能彻底摆脱图解宣传政策的理念化的感觉,就因为编导者似乎太重一时的主观情感,把某一时段历史断裂开来写了,而且往往是为了使主题突出再突出而在艺术处理上有重于写事轻于写人之偏颇,结果成了艺术品与宣传品的混合。《野山》不是这样的,编导特意将农村改革淡化为人物活动的背景,而让前台的一系列生动逼真的人物活动细节和场面,自然而然地表现出当代中国农民的群体意识和心理结构在历史流动中的动荡分化,自然而然地透露出时代的某些间接的却并不微弱的农村改革信息。

1992 年 5 月 15 日 《文化周报》

"唐明皇"不该念错字

常听一些播音员、节目主持人和影视演员念错字,感到的确是个值得重视的文化素质问题。比如把"畸形"的"畸"(念基,jī)错念成"奇";把说客的"说"(念税,shuì)错念成说话的"说";把谄媚的"谄"(读产,chǎn)错念成"陷"等。还有些字错读是明显由于古文历史知识缺乏所致。如在一部历史题材的电视剧中,演员把"千乘之国"的"乘"(应该读胜,shèng)错读成加减乘除的"乘",就是因为不懂得古代称四匹马拉的车一辆为一乘之意。再如元太祖铁木真称号"成吉思汗"(汗应读寒,hán),不少播音员、主持人和演员都错念成出汗的"汗"。这里的"汗"即"可汗"(应读克寒)之意,乃古代鲜卑、突厥、回纥、蒙古等族最高统治者的称号。不知其然就更不知其所以然了。

悲壮的史诗巨片《唐明皇》是我十分钟爱的一部电视剧,可惜因没有请个文史专家顾问认真把把关,致使演员念错字、弄错称呼等现象时有发生。如:在第16集中,写唐明皇经过十余年的励精图治,终使唐王朝繁荣昌盛。这时,便有趋炎好事之徒劝唐明皇泰山封禅。这个"禅"字,包括唐明皇在内的所有人物都错念成"婵,chán",然而这里必须读"善,shàn"。读"善"时,是指帝王把帝位让于他人称"禅让"。又,古代帝王登泰山筑坛祭天叫"封",在山南梁父山祭地叫"禅",合称"封禅"。读"婵"时,即指佛教用语或佛教事物,诸如"禅林""禅房""禅师""禅杖"等。

又如唐明皇几次念的一首诗,弃尽雕琢又寓意深刻,最后两句"摘绝尚自可,再摘抱蔓归。"这里的"蔓"指瓜蔓,即细长不能直立的茎,应读"万,wàn",如"顺蔓摸瓜",唐明皇兄弟俩都错读成了"慢,màn"。只有当它是

"蔓草""蔓延"之义时才读"慢"。

再如边将向唐明皇禀报安禄山在突厥边境歼敌"一千二百骑",为安禄山邀功。"骑",按古代语音要求,这里应念"寄 jí",即骑兵,如白居易《长恨歌》:"九重城阙烟尘生,千乘万骑西南行";杜牧《过华清宫》:"一骑红尘妃子笑,无人知是荔枝来"。《唐明皇》既然演的是唐朝之事,当从旧读,演员念"奇"是不准确的。

一代风流帝王唐明皇,不仅精通音律,而且是《孝经》的注疏者,足见其语言文字的深厚功力。像这样的顶尖级专家,是绝不会把有些字错读的,然而却让今天的"唐明皇"错读了,能无憾乎!

1992 年 5 月 25 日　《安徽广播电视报》

"轰动效应"与艺术鉴赏

那一年,电影《红高粱》上映,一时间大街小巷猛地冒出许多张艺谋似的秃亮光头;之后,街人又流行过"慧芳衣""若男头",据说也都是电视剧在社会上引起的"轰动效应"。

去年我曾在一篇小文里,对有些同志借这种仅仅只停留在直观感觉上的模仿来证明一部作品的社会效果表示过疑义,认为这实在于欣赏主体艺术品位的提高没有什么好处,这种浅表层面的模仿,充其量不过是集市贸易的赶时髦、凑热闹而已,谈不上是对艺术作品的鉴赏。

读过小说《少年维特之烦恼》的人也许还记得,它的再版卷首有这样的两句题诗:"做个堂堂的男子,不要步我后尘。"这是歌德特地借他作品的主人公维特之口,向那些热爱文艺却又不知道怎样正确地去欣赏艺术的青少年发出的忠告。当时,处于中世纪末的德国,等级森严,思想禁锢,狂飙青年文学家歌德出于愤世嫉俗,在《少年维特之烦恼》中倾心塑造了一个对社会、对人生充满厌恶、愤懑、孤独、痛苦的新生资产阶级青年形象。小说出版后,反响之强烈出乎作家意料,歌德曾不无得意地这样说:"德国人模仿我,法国人读我入迷,英国啊,你殷勤地接待我这个憔悴的客人。"

然而,同样使作家深感意外的是,在小说的主人公维特追求"个性解放""情感自由"而最后被逼向自我毁灭的悲剧命运深深震撼着无数青年心灵的同时,在欧洲不少国家青少年中,竟也出现了一股以追求维特的衣着打扮(蓝上衣、黄背心、马裤、马靴)为时髦的"维特热"。有的失恋青年甚至不顾(不懂)维特爱情悲剧的深刻社会内涵,竟仿效他解脱痛苦的方法,穿上维特衣去自杀。对这种只趋之时髦、模仿其表,而不深悟作品深层内质的浅薄无知,歌德十分不安,赶紧在小说再版时做个提醒,以尽作家的一份社会责任。

可见这种远离审美鉴赏的"东施效颦",是青年人观赏文艺作品的通病。如果我们把这样的一些现象也用来作为一部作品产生社会反响的成功佐证,实在是有些欠档次。特别是在很多青少年热恋着文学艺术,又缺乏必须具备的鉴赏力的情况下,我们的文艺家、评论家、新闻媒介,更应当下点功夫去引导他们的鉴赏方向,分辨一下什么该宣传,什么不该宣传。

前不久,我去某大学礼堂欣赏中外交响乐演出,过了些时候又去省体育馆观看崔健演唱会。前者是上门普及,千人大学礼堂虚席居半;后者门票每张 25 元,偌大体育馆人山人海,狂呼如潮。如此极富刺激性的强烈对比,不能不使我想到大众的艺术素养问题。歌德,这位德国文学的泰山北斗,就极力主张通过观赏最好的作品来培育和提高人们的鉴赏力。意大利著名现代美学家克罗齐甚至提出把艺术创作与艺术鉴赏相统一的论点,他的"要了解但丁,我们就必须把自己提升到但丁的水平"已成了千古名言。只有真正从艺术的本质世界去探求作品美的奥秘,才能真正感受和领略到艺术美的魅力;只有欣赏主体鉴赏力的提高,才能反过来促进欣赏对象质量的提高。

不要再去仿效、渲染那些浅层次的"轰动效应"了,"如果你想欣赏艺术,你就必须成为一个艺术上有修养的人"(马克思),如果你想宣扬艺术,你也必须成为一个艺术上有修养的人。

1992 年 9 月 6 日　《文化周报》

高校"切片"：多部位透视

——谈电视连续剧《半边楼》

有人运用中学教师归纳课文主题的方法来归纳电视连续剧《半边楼》，称《半边楼》"生动地表达了知识就是力量，知识造就素养、知识培养品格、科学技术是第一生产力这一具有现实意义的主题"。然而，这种归纳在我看来，至少是有意无意地掩饰了《半边楼》主旨的一个很重要的方面：知识因素正在遭受非知识因素的困扰和挑战，培养人才的高校正在面临着人才的严重危机。

对于一般地把《半边楼》当作消遣品的电视观众，也许会对呼延与扬扬、何娜之间的关系发展和结局，志远、二虎与珍珍、小歌之间的关系发展和结局投入较多的关注。而习惯于对一部比较深刻的现实主义作品做深入的哲学思考、人生思考和社会思考的电视观众，则不难穿透"半边楼"里的人物故事层面，深入编导处心积虑隐垒在"半边楼"内壁的含义层面，感触到创作者浓烈的一腔热血和沉重的忧患意识，使你在细细咀嚼它的主题曲"拆掉的是腐朽/留下的是陈旧/起身的是大厦/奠基的是石头"时，为真切地明白了"半边楼"的象征内涵而觉着费了很多时间观看是值得的。且不论像我这样对高校生活十分熟悉的观众，就是不熟悉大学校园的观众，也可以从"半边楼"所辐射出的丰富社会内涵、思想内涵中找到心灵感应的共振场。

呼延与扬扬这对才貌般配的事业型夫妻，只因各自迷着自己的事业，苦于条件窘迫甩不开家务、孩子的羁绊而不能比翼双飞，这样的友好分手还不足以表现高校教书人的性格特征，而呼延最终为评职称不得不愤怒地宣布退出，继而又为争取不到最起码的科研经费和科研手段心灰意冷，只好无可奈何地离开大学讲坛,离开科研基地,离开何娜而东渡日本。这一主要人物的思想轨迹,留给观众的思考既是带社会广泛性的,又是具有高校独特性的。呼延具有一般中年知识分子共有的喜怒哀乐,又具有作为一名人民教师的一种当今社会已是难能可贵的对事业的那份痴情与执着。范校长对呼延高质量的"牢骚"所产生的共识,对眼皮底下人才流失的痛苦与无奈,不能不使我们耳旁响起"10 年改革最大的失误是教育"这一历史教训的总结。为什么时至今日,中国的教育依然像范校长所说的还是"恶性循环"呢?《半边楼》的观众难道会不思考这个问题吗?《半边楼》的编、导难道不是在借着呼延在发自心底的呼喊吗?

"科技兴农"是政府号召的"星火计划",可是,年过半百的老讲师黄耕下乡搞科技兴农,大年三十跌得不省人事,结果就因为"级别不够"为住院、报销惹出许多活活气死人的事。当然也就不难理解中国的"官本位"意识何以如此顽固了。评职称,那种内地至今还在袭用的硬性计划名额摊派法,不是毫不留情地把黄耕、呼延两位德才兼备的教学科研骨干推向真正的公平竞争,而是逼得他们双双退出那种事关切身利益却又无聊透顶的"窝里斗",从而折射出各自身上的崇高人格光辉。其实,像黄耕、呼延这样的成千上万既教书又育人的优秀知识分子,对于物质生活的奢望可以说可怜得不合时宜,无非只希望自己的知识价值能得到公正的承认,以便更好地投身教学科研,然而却不能够!当没有知识而崇拜知识的二虎背地垫钱使黄耕的专著得以出版,书却是山也似的堆在家里,黄耕老泪纵横,不胜悲恸地说出"看来真的要卖儿卖女了"时;当职称、房子一无所得也失去了热情的老讲师黄耕要求下农村,当事业心危机感重重压迫时时伴随的呼延毅然赴日,从而构成内地人才大转移的走向时,不知我们的教育长官们看到这一切是否也如坐针毡。

当然,《半边楼》的编导在营构这部大型电视剧时,较好地处理了歌颂与暴露的关系,对几个主要人物性格特征的艺术把握是很有分寸的,使这部题材严肃、主题严肃、表演严肃、画面严肃的电视剧在景点重复的象征性空间牢牢地系住了观众的审美心理定式,宛如一支叙事曲,高音区高扬而不刺耳,低音区低缓而不消沉。

1992 年 12 月 25 日 《安徽青年报》

"残酷"的东方电台

上海浦东开发的紧锣密鼓，催生了一个东方电台。

东方电台呱呱坠地，就在努力摆脱传统的广播宣传构架中以改革的崭新面目亮相。全天24小时直播，大板块式结构，贴近社会，贴近群众，贴近生活，不仅满足了各个层次各个行业的听众，而且争取了一大批过去不大听广播的听众。它的"东方大哥大""蔚蓝夜话""夜鹰热线"等名牌节目已轰动申城。春节期间，笔者在沪小住一周，人来客往之间，对东方电台的啧啧称赞竟不绝于耳。

这里不妨从一沓《东方快报》中摘录几段听众的评论：

国家建设部副部长李振东："你们东方电台的记者真会抓新闻，让我们不得安宁！"

著名社会学家邓伟杰："东方电台推出的是真正的主持人而非播音员。"

著名作家戴厚英："东方电台对电视以及其他传媒是一种冲击，对推动新闻改革起了促进作用。"

上海社科院研究员花建："东方电台的'大哥大''热线急诊室''夜鹰热线'等节目，具备强烈的社会责任感，唤起了现代社会人与人之间的真情与良知，解决了许多老百姓生活中的实际问题，不仅普通老百姓欢迎，而且受到社会各界人士的关注和支持。以前上海市民遇到问题习惯于找报社群工部，现在都找'东方大哥大'和'热线急诊室'。"

还有一位未署名的听众，是如此称道东方电台的："东方电台太'残酷'了，简直不给听众离开收音机或换频率的瞬隙。"

的确,东方电台是很"残酷"。笔者看到为数不少的听众来信说,他们从零点收听"伴你到黎明"节目,竟欲罢而不能,一直收听6个小时直到拂晓天亮。其实,东方电台的"残酷"更表现在它的内部严格管理上。"优胜劣汰"目前在内地不少部门单位不过是要耍花枪,而在东方电台却是来真的,已经淘汰了三名节目主持人就是例证。

但是东方电台几十位中青年职工很乐于在这种激烈竞争的氛围中凭真本事吃饭,他们在那里各显身手,各展风采。陈圣来台长向笔者介绍说,他们这个只有56个人却要担负24小时直播繁重任务的电台,每个人都必须是生力军中的精兵强将,不允许有半个不顶用的人。每人每月工作量是8套节目(上海台是3套),只完成工作量的拿基本工资,每超额完成一套节目得奖金一份(25元)。"阿混"在这里是混不下去的。在上海,东方电台节目主持人欧楠、王玮、蔚蓝、张培等人的名字也许比有些鼎鼎大名的影视明星还要家喻户晓。有许多听众甚至一连多少天坚持要自费与他们通一次电话,为的就是要谢一声他们为听众主持了这么好的广播节目。

东方电台正合着浦东开发的步伐前进;东方电台正在和老大哥——上海电台悄悄地对播。

1993年2月17日 《安徽广播电视报》

排山倒海　情势滔滔

——《古船·女人和网》欣赏点滴

　　原野一片生命的葱绿。茂源老汉用他那颗孤独的心在绿丛中撑起一个孤独的草棚。他对枣花娘的爱太沉重,以至于二姨常常给他带来精神的恍惚和情结的错位。二姨的出现,无疑是茂源老汉情感世界中的柳暗花明,然而生活在这片土地上的人们,受着古井、辘轳、绳索羁绊的又何止是枣花和枣花娘!

　　最近,有文章批评《古船·女人和网》再次让枣花回到小庚身边生儿育女过小日子是一种倒退,似乎不太合情理。而我则以为这是完全合乎生活真实的典型再现,怎么可能尽如《女人不是月亮》中的扣儿,最后都能冲破思想牢笼,步入熠熠生辉的人生舞台呢。剧中多次重复出现枣花在家门口静心织网的画面,这当然是编导蓄意为之的艺术暗示。其一,诚如二姨打点行装欲走时说的:"俺是害怕,俺害怕你和你娘一个样!"枣花磕磕碰碰活到今天,却依旧活在她自己编织的网里。这是枣花性格主要特征看似呆滞、静止的描述。其实编导更精心的创作意图在于其二,对茂源老汉性格转变这一时刻到来所进行的烘云托月的延宕和泼墨写意的渲染。

　　在茂源老汉的"四大金刚"中,最心念孝敬老人的,茂源老汉自己说要数老大金锁。金锁是中国传统伦理道德意义上完善的孝子形象。然而,真正最懂得孝敬老人的则是茂源老汉当面夸赞的喜鹊姑娘:"整个庄上就数你了。"金锁与喜鹊之间的冲突,是封建愚昧意识与现代文明意识的一次直接交锋。但茂源老汉自己,从枣花到二姨,他始终也是背着沉重的名声十字架自我煎熬着的。

　　在《古船·女人和网》中,编导对茂源老汉彷徨、痛苦、孤独的心灵历程的描述,显然不仅仅是前两部的简单延续,更重要的是在人物性格意义上的拓展丰富和观念意识层面上的蕴含深化。对于从金锁家搬到豆腐坊,又从豆腐坊移居草棚;对于庄上人的闲言碎语和金锁一次次的劝告,茂源老汉始终紧紧封闭着心扉,"若无其事"的同时已经在把忍耐压抑一步步推向极限。至第14集收场戏,编导终于点燃了他所设计的导火线(让二姨回城)成功引爆,茂源老汉突如一头咆哮的雄狮,孤棚在他手中轰然倒塌在地,长鞭在他手中化作一声声霹雳。至此,一泓死水微澜的乡野河流陡然掀起了排山倒海之势。

紧紧抓住人物之间的思想性格冲突,自然而又巧妙地安排一种情势,长时间藏而不露,只待水到渠成将大闸猛地一拉,情势滔滔奔涌而至。编导的追求点,观众的情绪点,不正在于这种"蓄势于前,急转于后"的艺术契合和戏剧效果吗?

1993 年 4 月 15 日 《安徽广播电视报》

作为生活的和作为艺术的

　　"五个一工程"电视剧《一个医生的故事》和《神禾塬》堪称艺术精品。

　　《一个医生的故事》以鲜明的新闻纪实风格为指导,精心撷取了真人真事中的几个典型感人的生活片断,使故事中心人物从内心世界到外在行为都情感化,且丰富而深沉;作为艺术,该剧又坚决地避免了新闻宣传的直露和明了,笔触凝重,天然去饰,艺术白描化地将原生态生活的人物实践再现得更典型,更集中,更生动,更传神。生活的美毕竟是散点式的,只有艺术的美才是聚焦式的。奚美娟表演上的最大成功就在于,她能在编导的浓缩时空中,在一种近乎是无表演技巧的高技巧境界里,完成了一个个平常故事的糖葫芦式叙述和立交桥式人物性格的塑造。

　　《一个医生的故事》展映后好评如潮,连一些历来对国产电视剧持傲慢偏见的挑剔观众也不吝击节,可见我们的文学艺术对于时代典范人物不是要去冷漠他们,疏远他们,而是应当真实生动地去表现他们,歌颂他们。多年来,描写底层小人物的种种卑俗劣根性似乎也成了一种时髦,把自己的一种不正确的情感隔膜反而说成是"崇尚英雄的时代已经过去",而其实,许多英雄模范人物的生存环境和人生轨迹往往是最具时代典型性的,平平庸庸的芸芸众生当然需要点滴启迪,然而更需要崇高之美的激扬和鼓舞。

　　《神禾塬》和诸多反映当前农村改革题材的电视剧相比较,其高一筹之处在于编导艺术角度的新和深。如何使农民致富诸如此类的生活表层面不再是戏剧情节的重要构成因素,他们将艺术之犁深深地插入两代农民的思想道德和生存观念的尖锐而又痛苦的斗争内核去裸现众生之相,去掀起轩然大波。其中艺术价值最高的我以为是二女婿冯炳南的塑造。这是个在时代意识、价值观念、伦理道德和人格品性方面刻画最丰富、最复杂也最有新意的艺术典型。如果说在由小农经济的生产方式、生存方式向大农业的现代化深刻转化的变革时期,恪守忠良礼义足不离黄土地的老一代农民宋思温是以自己换脑筋的痛苦折磨为代价"讨个明白"的话,那么,曾是神禾塬一方人物的冯炳南,则是以彻底破产的惨痛教训换来对人生与社会、道德与金钱等等的幡然悔悟的。他与老丈人宋老汉,与连襟由大魁,与妻子爱莲,与情敌二魁之间的矛盾冲突,都深刻揭示了这个人物精明能干又不脚踏实地,思想开放又自私狭窄,大胆泼辣又骄横跋扈,胸襟坦白又心计多端,热爱生活又颓废堕落的性格面具的多重性和矛盾性。编导让这样一个脱贫致富复又贫困潦倒,"聪明反被聪明误"的青年农民把自己的人生毁灭撕碎了给人看,无疑是这个社会的良莠并存刺激了艺术家的良知和责任感使然,也是这个艺术典型具有鲜明的时代特征和强烈的警示意义的悲剧力量所在。

　　《神禾塬》这幅高原民俗画,已被赋予了新鲜深刻的解读内涵。

1994 年 6 月 18 日　《安徽日报》繁花副刊

"半个奖"的启示

在新近中宣部举办的 1993 年精神文明建设"五个一工程"评选中,我省一戏(京剧《程长庚》)一书(《跨世纪的丰碑——中国希望工程纪实》)入选获奖,特别是京剧《程长庚》在首都好评如潮,很使皖人扬眉。但是,电视剧这项,我省今年只有黄梅戏电视剧《风流谢家村》获提名奖,有人戏称得了"半个奖"。

我省的电视剧创作,近几年来是有很大成绩的。电视艺术家们在经费窘迫中尽心尽职辛勤劳作,而且得了不少奖,有一批剧目在全国影响还相当大。但是,热心关注丁此的有识之士也透过闪光的奖杯,看到了令人担忧的一面。譬如近几年我省获奖的、颇有影响的电视剧,多半是对传统剧目的改编、移植或以民间传说为题材的创作,像《女驸马》《七仙女与董永》《郑小娇》《半把剪刀》《桃花扇》《朱熹与丽娘》等等,而深刻、生动的反映现实生活的电视剧,无论是数量还是质量,都明显趋弱。有些描写农村或都市现实生活的电视剧,或直奔主题,"图解"痕迹显而易见;或反映生活流于肤浅,思想内涵单薄;或故事情节平淡,不敢揭示尖锐复杂的矛盾冲突,人物性格平面重复;或戏剧结构呆滞,艺术视角陈旧,屏幕造型粗糙。然而现实题材的电视剧对于同时代观众的审美情感需求又显得十分重要。如果说历史题材是一支蜡烛一束火把,可以用来烛照历史隧道口外的生活延续的话,那么现实题材则是以生命的存在价值直面人生与社会的明镜。当然,这种离现代观众的审美情感距离越近的作品越容易引起共鸣,越易引起共鸣的作品也越容易遭到挑剔,甚至要担些风险。但我们不能因此而单靠发掘祖产过日子,我们必须下大力气发掘我们身边充满着生气、朝气的生活,以崭新的创意创作出时代气息浓郁、人物血肉丰满、最能体现地域文化特色的艺术精品。

在现实题材电视剧创作的组织筹划方面,我们似乎也缺少一些兄弟省"集中优势兵力",以便将本来就很有限的人力、财力倾斜到重点工程上的强化举措。据介绍,陕西近年连续推出并叫响全国的电视连续剧《半边楼》《庄稼汉》《神禾塬》等,无不是精心组织策划的系列重点题材中的系列重头戏。农村改革,皖人首倡义举,而我省描写农村改革的电视剧,迄今尚无一部令人瞩目的扛鼎之作。

"半个奖"不是一个完整的奖,但"半个奖"毕竟也是奖。奖我们什么呢?我想,一半是对我们弘扬主旋律创作精神的鼓励,一半是对我们艺术创作某些不足的鞭策。江淮大地,拥有灿烂历史文化和地域文化的丰厚积淀,拥有多彩现实改革生活的丰富源泉,我们除了要让黄梅戏走红天下,还应当坚决拿下几部具有竞争实力的现实题材电视剧力作,在黄金时间走进中央台的屏幕,以让国人为安徽伸一伸拇指!

1994 年 7 月 30 日　《安徽日报》繁花副刊

理想主义的悲壮引吭

——电视连续剧《戏剧人生》感言

帷幕徐徐拉开，莎翁悲剧《哈姆雷特》终于重现舞台。中世纪的丹麦王宫，哈姆雷特在独白"生存还是毁灭"；哈姆雷特在揭露克罗狄斯的阴险狠毒……暴风雨般的掌声，在证明着名著艺术生命力的不朽以及姜显、周泱等艺术家锲而不舍的成功追求，在震动着理想主义的衰微和心魄魂灵的哀死。

电视连续剧《戏剧人生》将一批当年活跃在话剧舞台上的艺术家的理想、追求、痛苦、彷徨、奋斗、抗争，放在汹涌而来且势不可挡的市场经济大潮冲击中，去展现、裸露不同人生志向以及话剧演员的不同心态和风貌。尤为值得称道的是，这部电视剧在塑造姜显、周泱这批矢志不渝守望家园的中青年艺术家的理想品格时，真正是浓情醇畅，心驰神往。艺术家们如火如荼的创作高雅艺术的激情，似乎把我们也一并燃烧起来，哔剥于炽烈之中，像是曹禺和本·琼生赞美莎士比亚的声音："莎士比亚是一棵果实累累的大树"，"他不只属于一个时期，而且属于永远！"

中南某艺术剧院这场演出，幕启重似千钧。伴随经济转型而来的文化转型期，高雅艺术受到通俗消费艺术的严重挑战，剧场空寂，队伍分化，思想涣散，全身心拥抱亲吻着话剧艺术的姜显们的理想主义带有挽歌式的悲怆颤音。不必说一般的青年演员去拍广告拍电视剧，就是奥菲利娅的出色扮演者、剧院的台柱子周泱，也准备远渡重洋一走了之。姜显追到机场劝阻周泱时那番哈姆雷特式的慷慨陈词，势如破竹振聋发聩，这正是他思想火光的喷射而出，也是我们这个时代精神的黄钟大吕。这位在商品经济大潮中几乎潦倒于现世又闻达于未来的真正艺术家，面对高雅艺术的节节败

260

退,他用自己的热血和生命奔走呼号着他心中的艺术理想和社会理想,殚精竭虑不遗余力,直至生命的最后倒在舞台画上句号(感叹号!)。

　　《戏剧人生》饱含着创作者对高雅艺术现状的切肤之痛和强烈的忧患意识,是对理想主义悲壮的引吭高歌。它当然没有同类题材电视剧《爱你没商量》那样的轻松调侃,他的悲伤沉重,有些人看了或许要坐不住的。

1994 年 9 月 14 日　《安徽广播电视报》

"门槛"里的艰辛与呐喊

——评电视连续剧《跳门槛的女人》

每一个人都是在一定的生活框架下活着。上面吊着酸甜苦辣的种种果实。据说女人的脚下还多了几道命运的"坎",由是而演绎出许多妇女的种种"命"的故事。

这又是一个催人泪下的故事。

秀玲,电视连续剧《跳门槛的女人》中的女主人公,孔家大儿媳妇,贤良厚道,口碑乡里,就因为她一连生了几个女儿,结果不仅遭到婆婆的冷漠与歧视,还要时时承受来自自以为功勋卓著(生了个儿子)而趾高气昂的妯娌大凤的嘲笑与欺辱。秀玲在根深蒂固的原罪意识的驱使下,在贫困与愚昧的迷茫交织中,再次踏入人生误区,偷偷买书算命,偷偷取环怀胎。为赌一口气,险些送了命。

秀玲和大凤,是《跳门槛的女人》塑造的最具性格光彩的两个人物。妯娌之间尖锐的利害冲突,以及由此而引起的震动辐射,构成和推动了这部戏最为精彩的戏剧情节,同时也编织了一个许多通俗剧所通常具有的恩恩怨怨的好看故事。作为一般层次的观赏者,尽可以从自身的生活经历和情感体验出发,去感受艺术化的生活真实,向着秀玲,向着大凤,向着孔家老大,向着计生干部陈志先,宣泄自己的喜怒爱憎。即便是故事表层的高潮与结局,也足以使他们从中有所顿悟,有所思索。秀玲死了丈夫,改嫁后又连生了三个女儿,她在这道门槛里抑郁、梦幻了多少年后,不幸命运却又幸运地为她送回了失散二十年的大女儿肖容。这位有文化知识又心灵手巧的城市姑娘的到来,使久居偏僻的秀玲和村上的人的现代文明意识逐渐进入境界,真正活生生地看出了生儿生女一个样,关键在于培养和教育;孔家赵老太耿耿于怀当年老母膝下无儿所受的欺辱,庆幸自己生有两个儿子,殊不知正是兄弟两家的不和,给老太太夕阳晚景带来了无休止的烦恼和痛苦,最后在自我批判中走向心灵的解脱;村计划生育干部陈志先以身作则做了结扎手术,虽然气跑了妻子,却赢得了一个文化姑娘的真心倾爱……

当然有人不会感兴趣于《跳门槛的女人》这种永不衰老也并不新鲜的故事,那么也不妨对它的故事内涵做一些深层的审视。秀玲和大凤,她们反差极大的两极表现,说到底都是罪源一根——封建宗法思想中诸如"男尊女卑""不孝有三无后为大"等等的祸毒,只不过一个是不幸者,梦寐以求想得到它;一个是侥幸者,不择手段要保住它。当我们看到大凤为保住自己在孔家独尊独爱的特殊地位而不惜损人利己时,我们能不想起曹氏笔下的那位王夫人,在命根子宝玉被笞时的歇斯底里吗?当我们看到秀玲为改变自己自卑受气的家庭地位而不惜以身冒险时,我们能不想起鲁迅笔下的那位祥林嫂,为了"赎罪"而捐门槛的愚昧举动吗?这种千百年来的传统伦理道德文化的负面浸淫,正是中国妇女命运悲剧一次次重复发生的社会历史根源,无疑也是我们今天在落后地带的计划生育工作尤其艰难的社会历史根源。马克思曾经这样说过:"必须推翻那些使人成为受屈辱、被奴役、被遗弃和被蔑视的东西的一切关系。"人为什么经常把自己当作实现非人目的的手段呢?更可悲的是,秀玲们为什么自己也把自己当作是生儿育女的机器呢?

我比较欣赏这部电视剧,更因为诸如宣传计划生育基本国策这样的电视剧委实不太好拍。然而《跳门槛的女人》的编导却力求在一种平民通俗文化和官方主流文化的双重语境中寻找默契,通过又一个"她"的故事的生动讲述,比较自然比较艺术地去表现一个严肃的主题。当然也唯其如此方能比较完美地达到一定的宣传教育目的。这是很不容易的。看得出电视艺术家们对这部"遵命"之作的各个艺术环节都是认真下了功夫的。当然艺术上的某些缺憾也显而易见,但我相信,喜欢这部电视剧的绝不仅仅只是农村观众。

1994 年 9 月 22 日 《安徽人口报》

为天下"忧"而"优"

——有感于"五个一工程"电视剧的展播与评奖

最近,中央电视台在黄金时间集中展播的几部"五个一工程"获奖电视剧《一个医生的故事》《神禾塬》《侨魂》等,几部戏几类题材,几类题材几种风格,其艺术品位均高高在上。专家们和普通观众对之一致认同,说明尽管中国当代审美文化趋于多元驳杂,但深受中国道德观念和传统文化影响的大多数观众,对于像《一个医生的故事》和《神禾塬》这样思想性、艺术性结合比较完美的国产电视剧,不仅情有独钟,甚至是他们文化需求的一种满足。

对由于种种原因造成电视屏幕上的色情凶杀,尤其是录像市场屡禁不绝的黄水泛滥的现状,忧心忡忡者并不在少数,那些有社会责任感的电视艺术评论家,也许会尖刻地批评一通,或痛快地发一通牢骚了事,而奋战在一线的电视工作者则必须用作品表明自己的立场和态度。

要改变和提高人们的精神境界,还要靠精神世界的武器,要抵御和击败被人们深恶痛绝的"下水道文化",必须靠高品位、高质量的艺术精品。文人本性好忧,为天下之"忧"而"优",已经有不少艺术家为人民创作了一批堪称优秀的电视剧,这次全国"五个一工程"优秀影视剧的隆重授奖,即是一次检阅,一次展示,一次鼓励,一次促进。

山西的获奖电视剧《一个医生的故事》,既没有跌宕起伏的情节铺设,更没有死去活来的煽情诱惑,平常人的平常事,却浓缩了人类崇高的情爱,凸显出了一个大写的"人"。其新闻性、文学性、艺术性的完美结合告诉我们,写凡人小事,也可以显出大手笔,写出好作品。《一个医生的故事》的成功,再次深刻地启示我们,我们的文学艺术对于时代典范人物不是要去疏远他们,而是应当满腔热情地去表现他们、歌颂他们。其实,英雄模范人物的生存环境和生活琐事往往最具生动性。你看《一个医生的故事》,觉得是在宣传好人好事吗?不觉得,连一些历来对国产电视剧持偏见态度的挑剔观众也对它圈圈点点。为什么?因为编导和演员等主创者在将生动感人的生活原型变为艺术形象时,他们首先忠于的是艺术创造而并不是说教,只有艺术上的细致精到才可能更好地达到宣传的目的。

比如上集中有这样一组画面:当女主人公赵雪芳从电话中得知自己身患癌症后,她既不是民不畏死奈何以死惧之的英雄主义表现,也不是死之将至万念俱灰的颓废主义表现,画面上,赵雪芳以极度的克制力强咽下痛苦的泪水,独自一人缓慢而沉重地步向人工湖畔,面对一片碧绿葱葱的大自然生命默默无语,而此时此刻的内心却是翻江倒海、汹涌澎湃。该剧之美、之妙,就在于以表层的"静"掩饰内层的"动",人物性格特征得到了渲染、烘托和物化。这湖光山色之中,分明蕴含着一种英雄主义本色深层的、本原的生命体验,远淡、空灵的艺术意境,远远胜过那些千言万语、豪言壮语的浅露表演。奚美娟表演上的最大成功就在于,她在一种近乎是无戏剧性冲突氛围的恬淡氛围里,自然流畅地完成人物性格的塑造。成功的艺术因了审美感染力的驱使,使不同层次的观众在艺术观赏中受到了陶冶。

另一部获奖电视剧《神禾塬》,其优秀之处在于,创作者们非常适时地将艺术视角切入市场经济大潮下的农村改革生活,并紧紧抓住了转型时期的特殊心态。他们将艺术之犁深深地插入二十世纪九十年代两代农民的思想道德和生存观念的尖锐而又痛苦的斗争内核层,将传统与现代、变革与保守、道德与金钱等等的交织摩擦充分典型化、戏剧化,从而使剧中一翁二婿等主要人物在复杂的意识冲突和感情纠葛中显示各自的鲜明个性色彩,同时也多方位展现了市场经济大潮涤荡之下的农村人文风貌。

完全承继了神禾塬祖传衣钵的老者宋思温,实际上是特定民族文化(包含相当成分的封建文化)生存环境和稳态系统里孕育的一种民族文化心理素质的代表,随着社会改革的日趋深化,特别是市场经济的方兴未艾,那种以自我为中心,以仁、义、礼、智、信为道德行为规范的封闭保守文化系统,必然要受到毫不留情的撞击和挑战,进而陷入难以自拔的痛苦和迷惘。故事结尾,一生恪守于忠良仁义,钟情于土地家园的宋思温,在他生命尽头的阴阳关口,终于忍不住把自己看不明听不懂想不通的人和事,要向尤大魁"讨个明白"。尤大魁当然也不懂政治经济学,不知生产关系和生产力之间的奥秘,但他用新一代农民特有的思维方式,借"帽子"打了个比方,让这个老一代农民的心灵得到宽慰。无疑,《神禾塬》故事的思想蕴含远远超过了《神禾塬》故事本身,它给观众带来的社会思考和哲学思考是可以多层面渗透的。由老艺术家李纬和青年演员杨树泉分别扮演的关中老汉宋思温、二女婿冯丙南,是近几年农村题材电视剧人物塑造的一次质的飞跃,他们都具有鲜明的时代特征和强烈的警世意义,尤其是曾为神禾塬一方风流人物的冯丙南,更是具有震撼人心的悲剧力量。这就是这部电视剧富有艺术磁力的原因所在。

遗憾的是,我们有些(甚至可以说是相当一部分)讴歌英雄模范人物的电视剧,反映当前改革生活的电视剧,或创作原则端正但"宣传""图解"的痕迹太重;或思想内容正确,但失之肤浅单薄;或故事情节有跌宕,但不能引人入胜;或人物虽有某些性格特征,但没有激励、亢奋、警示、思考的力量……其实,有很多的观众并不是拒绝以现实生活为题材的国产电视剧,他们拒绝的是早已被革命导师斥之为席勒式的"时代传声筒"那样的作品。为什么同是描写英模人物,同是描写农村改革,《一个医生的故事》《神禾塬》能好评如潮,而有些电视剧竟让人看不下去呢?

笔者认为,除了创作者的艺术功力因素外,一个重要原因就是,主创人员以及艺术部门的某些长官在创作和领导创作的过程中,太多地注意了艺术反映什么,表现什么,是否能发挥好的社会作用和政治教育功能,而对于艺术的美学作用则没有真正给予重视,换言之,即没有把艺术创作首先当作艺术去创作,甚至违反艺术创作规律去"创作"。

诚然,一部优秀艺术作品的成功,首先是对作品主题的把握,主题确定以后,"怎么写"即艺术怎么表现,就成为事关成败的关键了。这次中宣部举办的"五个一工程"影视剧评选,实质上是天南地北艺术家之间在同一政治层面上的艺术功力的较量。大凡思想性、观赏性强的电视剧,其艺术竞争力也必然居于前列。须知宣传品靠的是政治感召力,而艺术品靠的却是审美感染力。所以,在准确把握选题之导向性的同时,必须以精品意识全心投入艺术创作。诚如"五个一工程奖"得主天津市所介绍的,"选用一流的剧本,一流的导演,一流的演员,组建一流的工作班子"才能确保创作一流的精品。只有优秀的作品才能鼓励人,只有优秀的作品才能在文化市场上驰骋竞争。从生活原生态到优秀之作的诞生,是创作者把握美学原则使之大放光彩的历程。为天下之"忧"而"优"者,才是人民忠诚有为的艺术家。

1994 年《荧屏内外》第 5 期

一声一画总关情

无论阴晴圆缺,每当夜幕降落,我与千里之外的父老乡亲都有同一时刻的统一视点的重合。

这是梦想与现实的重合。这是信息与情感的重合。

青山迢递,遥遥乎,却有这同一个时间化的空间,同一个空间化的时间。

无论春夏秋冬。无论阴晴圆缺。

也许有的时候,同一组画面能引起我与千里之外的父老乡亲同喜同乐,同悲同愤,毕竟一根所系,一脉相承,有着许多的相通;也许有的时候,同一组画面能引起我与千里之外的父老乡亲产生不同的视觉情绪和心理反应,可能作为农民,他们的当下理想成分多一些;作为学人,我的社会理想成分多一些。

于是我和我的父老乡亲,都对安徽电视台四频道有着共同的缕缕情结。

日出而作,日落而辍,辛劳中他们每天和四频道对话。

他们能数出四频道的每一个节目的栏目名称;能描绘出四频道的每一个播音员、主持人;甚至他们能道出触动过他们的新闻、专题片、电视剧。

如数家珍。

无疑这是我的欣慰。安徽电视台四频道,打开了我山林中的父老乡亲们的精神大门!

我的目光,虽然常常于信息读解中多几许审视,在接受中审视,在审视中思索,在思索中酝酿,同样是出于对她一声一画的关情。

媒介的大众市场化,使电视人的声画转换操之不及,频遭责怨,我却理解了他们。

市场经济在纵横驰骋开拓电视市场的同时,也很快为电视制造了众多的对手。

录像、视盘等等的非专业性普及;四级电视网的全国性遍布;有线电视、自办台的发展……

电视媒介越来越市场化了,越来越竞争激烈化了。

平静被打破了。平衡被打破了。

节目市场化的规范化和非规范化,合法化和非合法化,每天都在摩擦,每天都在争夺,屡禁不止的非文化、非艺术制品在恶性繁殖,毫不示弱地或大庭广众之下或迂回曲折之中和国家电视台争夺市场、争夺观众、争夺资源。电视台难办,电视人难做,个中酸苦,圈外人知者几何?

隔行如隔山。

我常去山那边看看。

于是,对安徽电视台的新闻部、社教部、经济部、文体部、国际部、电视剧部,我看到了,听到了,有一大批长年累月顾不上家、屏前幕后东奔西忙、透支健康的电视人。

为了一条新闻的价值挖掘;

为了一部专题片的特色鲜明;

为了一个栏目的新颖别致;

为了一部电视剧的动人心魄。

他们创意,策划,采访,录像,剪辑,包装,合成,一帧一帧,细枝末节,在常规的作息时空秩序被搅得凌乱不堪中一遍一遍地不厌其烦。

他们也自有他们生命旅途的疲惫与艰辛,他们也自有他们事业追求的困惑与苦涩。只不过我的父老乡亲只能看到他们屏前的潇洒,我却常常能有他们放下摄像机,走出工作室后的相遇知音。

文化视野的多维,空间画面的"瓜割",我可能做些什么?

情有独钟,在这世界上本来就大可不必过于真信的事。

二十世纪八十年代以来,中西文化大汇流,澎湃如潮冲决峡谷,文化视野的多维,膨胀着人们对精神产品、对视听画面的剔选自由。

空间画面被瓜割。

更加剧了我对声画语言的审视,更认真地看《安徽新闻》《今晚一刻钟》;更认真地看《今晚我们相会》《艺海星云》;更认真地看《希望的田野》《经济纵横》……

有欣喜,也有遗憾。

我对朋友说,能不能少一些平面的、单信息的镜头,多一些不同渠道、不同声音的纵深镜头?

能不能少一些平淡寡味的画外解说,多一些画面构图的透视力?

能不能少一些没有生气的机械复制,多一些富有地域文化特色的原创?

电视亟待文化的精良装备,如果想在市场化、大众化的激烈竞争中雄赳赳气昂昂立于不败之地。电视战场的较量,最终是文化较量,人才较量。

电视媒体的发展空间,犹如天体宇宙的奥秘,内涵其实是无限丰富的。什么层次的文化智能,就只能发掘到画面空间的什么层次。无论政治的、经济的、军事的、文化的、生活的。

欲穷千里目,更上一层楼。

1995 年《荧屏内外》第 5 期

"早餐"吃不饱

——感言于广播早新闻

我始终以为作为新闻媒体的广播电视，无论怎样地千变万化，花样翻新，新闻的主角地位是不能动摇的。换言之，组装它们发言空间的主要零部件必须是新闻而不是其他。前些年，报界呼吁新闻，主要是指狭义定义上的新闻（消息）少了。然而比较而言，广播和电视的新闻确乎真的是少了。最近就有一项调查表明，受众接受媒体传播的新闻信息的主要渠道还是资深媒介报纸老哥，广播次之，电视再次之。这就是告示我们，电视对于广播的挑战，并非来自新闻主体的攻势。这对于广播人来说，或许是一个令人欣喜又令人深思的信号。

于是我想到广播如何利用时间差创造效益问题。新近我从上海探亲回肥，第一个突出的不适应竟然是对早新闻的不满足，有一种"早餐"没吃饱的饥饿感。上海的早新闻是上海人丰盛的早餐，无论是人民台还是东方台，从早晨6时至7时，一个小时的密集型早新闻，大多是按版块结构精编的消息和简讯，间插广告安排得当，没有滔滔不绝的"中长篇"，即便是有关市委、市政府要员或各级组织的重要报道，也力求简明扼要。完全是一种迎合大都市快节奏、高效率的现代精制。

电台早新闻的地位作用十分重要，笔者甚至认为它从某种意义上说是电台形象的奠基石。上海两家电台的早新闻，正是利用了报纸到来之前（上海一天送4次报）、中央电视台《东方时空》播出之前的时间差，这是电台占领发言空间独领风骚的黄金时段，是一分一秒也得计较的。

遗憾的是，眼下我们合肥三家省市电台早晨6时至6时半，7时至7时半这两个黄金段的早新闻节目，办得不尽如人意，短新闻少，好新闻少，本土新闻少,特色新闻少,集纳新闻少。内容编排,节目和广告安排以及新闻播音都有需要亟待改进提高的地方。当然我对省台的新闻播音和合肥台的编排简约还是欣赏的。

什么时候让我们"早餐"天天都吃个饱吧。

1996 年 4 月 8 日　《安徽广播电视报》

王小鹰的"手杖柄"上写什么？

卡夫卡曾如是说："在巴尔扎克的手杖柄上写着：我在摧毁一切障碍；/在我的手杖柄上则写着：一切障碍都在摧毁我。/共同的是'一切'。"

卡夫卡这样说他自己的生命，说他小说中的生命。当我把王小鹰的长篇新作《丹青引》粗读一遍，陡然想起卡夫卡写在思考札记里的这几句箴言，也思考着作家王小鹰的"手杖柄"上写的什么。

《丹青引》里的令舞镇，是作家解剖的一只麻雀。男主人公韩此君，虽是一位小学美术教员，然而无论丹青画技还是鉴赏功力，都是才艺盖世的高手。就因乎此，当沉寂几十年的令舞镇随着改革开放而日渐活跃了起来，无极画和无极画派传人旋即走红，被一些人抢作名利场上的名牌商标。韩此君，这位血管里流着无极画派鼻祖血液的真正传人，在苦苦熬过几十年岁月，眼瞅着艺术青春就要再度焕发时，却浑然不觉成了被他敬而远之的人，鄙而视之的人，甚至被他刻骨铭心深爱着的人的"障碍"。是的，论实力，无极传人之作，无论艺术价值还是商品价值，韩此君都是所有垂涎无极画者的一道不可逾越的障碍，但是资深却力退的陈老鹤，由于女儿陈良渚的暗中安排将韩此君"摧毁"了；名高而才疏的安子巽，由于妻子辛小苦的暗中相助将韩此君"摧毁"了；无极画展的轰轰烈烈典礼，成了韩无极嫡系十世长孙、盖世无双的无极画派魁首的一曲涅槃挽歌，其悲，其壮，其惨，其烈，着实是令读者在韩此君的一缕青烟前肃然伫立，强烈震撼的灵魂再也无法平静，作家近乎是用蘸血的笔在诉说今天的"这一个"人物的悲剧。

当然不是所有《丹青引》的读者都要去深究韩此君悲剧的种种缘由。对于一般读者，这部典雅如兰的《丹青引》是一个很撩人情怀的市井故事。

跃然于这个世俗故事层面的韩此君,与两位深爱着他又深害着他的才女陈良渚和辛小苦之间的缠绵爱怨的情感纠葛是如此摄人魂魄自不必说了,其他如鹤窠主人陈亭北,天池街字画庄瞿老板,八面玲珑的马青城,画坛政客安子巽,哪一个都不是等闲之辈,自有其许多抓人的故事。当韩此君要跨越他面前的一个个障碍,希图在生活的最底层一展他的大家丰采时,却一次次被引入骗局和圈套。满足于《丹青引》故事的读者定然会透过韩此君的坟茔和坟旁的三个女人的身影读出人生的诸多彻悟。

文化读者则可穿透世俗故事的层面,透析韩此君、安子巽、陈亭北、陈良渚、辛小苦们在复活无极画派古典艺术过程的精神品格分裂。这是一个有着鲜明时代特征的社会现象聚焦,也是作家对现实生活长期观察思考的艺术典型化。从韩此君的被摧毁,从摧毁韩此君的各色人物身上,不能不思考当下人的价值重建问题和中华文化的选择问题,而不仅仅只是愤天下事有多少的不公不平。韩此君之墓,又岂止是画坛的一处警示碑?

1998 年 1 月 12 日 《新民晚报》夜光杯副刊

对新版电视剧《红楼梦》的四点质疑

尽管新版电视剧《红楼梦》已落下帷幕,但是剧中的众多人物情节以及围绕它的诸多是非得失的议论,一直还在撩拨着我的心绪。自9月2日起,每晚我必准时锁定新版《红楼梦》,全不顾那些如潮的恶评,只独自细细用心地看,考查名实,区别臧否,不时还在小本上记下一些观感的一鳞半爪。

纵观全剧,可圈可点处自然不少,并非不值一哂。如被千夫所指的"黛玉裸死"(第43集—第44集),这场戏无论是平行蒙太奇、交叉蒙太奇、对比蒙太奇和长镜头的运用,还是画面构图、用光和人物环境细节的把控,都集中调动了影像语言元素的特征优势,而且也充分体现了李少红导演最为擅长驾驭的艺术表现风格,它的叙事是内外双重视角视觉化的,而并非小说化的。宝玉大婚之时,宝钗默默而黯然地坐在母亲面前,一颗颗泪珠滚落在鲜艳的婚衣上。黛玉则先是仰躺在廊靠上,最后沐浴人世间一缕微弱的阳光;而后,在病床上焚帕灭诗,凄苦悲愤地走向年轻生命的尽头。尤其摄人魂魄的是黛玉之死,三次长镜头聚焦于人物的眼睛——一双难以瞑目的眼睛,一滴最后的眼泪,伴随宝黛判词和黛玉葬花词的音乐,飘落的花瓣倾泻而下,如黛玉的魂魄在漫天飞舞,这是黛玉在用她最后一息尚存将美毁灭给人看,真正是"寻寻觅觅,冷冷清清,凄凄惨惨戚戚"。这折戏相比较87版《红楼梦》明显更具艺术震撼力。至于被指"黛玉裸死",如果不是将这一瞬间从特定人物活动情境中抽离出来并予以定格,我想是很难作出这样的批评判断的。事实上原著和剧中所提供的规定情境是:黛玉弥留之际,李纨吩咐紫鹃赶紧把林姑娘擦洗换衣,"难道她个女儿家,你还叫她赤身露体精着来光着去吗?"就在紫鹃她们为黛玉擦洗换衣,贾母前来(原著中贾母不是这时候来)的片刻,画面上现出了裸胸气绝的黛玉。在我看来,这个镜头不仅有着深邃隐喻的社会含义和美学蕴含,而且也并不与原著相悖。艺术分析和艺术批评要实事求是,不能静止孤立地攻其一点不及其余。

但是,新版《红楼梦》令我怏怏不悦之处自然也是不少的。这里不妨略举二三。

"大观园"何时得名?

第7集到第8集尾首衔接处,是叙说为迎接元春省亲,贾府大兴土木,浩大工程俱已告竣,贾珍来请贾政等人检查验收,并为楼台轩馆题匾额楹联。其间,某日贾政正在和请来的一伙清客边看边议论此事,冤家路窄,正巧遇上了为秦钟之死而如丧考妣的宝玉,避之不及,怯怯依从了去,一路园景命名,清客均一一被宝玉所否,贾政表面假惺惺斥骂儿子"无知的业障",暗自却窃喜得不行。元妃省亲时所赐"潇湘馆""蘅芜苑""怡红院"等,无一不是以宝玉的原创为基础。元妃游园后"亲搦湘馆,择其几处最喜者赐名"(第十七回至十八回),其中就有"大观园",并当场为此作了一首七绝,最后一句就是:"芳园应锡大观名"。可是新版电视剧《红楼梦》中,当贾政贾珍一干人推开园门,"大观园"匾额居然赫然展现在观众眼前,完全倒置了原著情节发展的时空关系。笔者之所以要如此不惜篇幅复述"大观园"得名前的主要情节,就是认为无论怎么编导,怎么剪辑,"大观园"在元妃省亲前是无论如何绝无可能出现的。无疑这是一处十分明显的硬伤。竟不知道这到底是哪个创作环节出了差错,还是依据哪个我昏然不知的版本拍的?

这么说这么念，"必须的"？

　　古典小说改编电视剧，语言问题的确很棘手。对比 87 版《红楼梦》，新版《红楼梦》真是拘古了很多，人物道白、画外旁白，基本上就是教科书似的从原著中直剥了来，甚而至于有些地方似还冒着一些"红学"版本之争的火气。如第 24 集，以李纨为首的诗社一干人，加之新来投亲的宝琴、岫烟等，火火热热地在大观园谈笑风生，雅俗同流，从怡红院玩到"芦雪广"。画外旁白两次提到"芦雪广"，都把"广"念 yǎn。有人惊问：是不是写错了，念错了？这不是"广大"的"广"吗？其实画外旁白的读音完全规范正确的。有些观众（读者）或许有所不知，"广"在古汉语中多音多义，读ān，同"庵"，多用人名；读 guàng，指春秋时楚国兵制；读 kuàng，通"旷"；新版《红楼梦》中读 yǎn 时，其意指山崖上造的房子，现在常用字典都查不到了。为什么这里要读 yǎn？旁白依原著介绍说："这芦雪广盖在傍山临水河滩之上，一带几间，茅檐土壁，槿篱竹牖………"①与韩愈当年描述的"剖竹走泉源，开廊架崖广"②颇相像的。可自从把"廣"简化为"广"后，一般读者（观众）也多半是只知其一不知其二了。请问这种古音义上的差异，除了少数专业人士，一般读者（观众）谁辨得清？硬生生把它弄到电视剧里来，岂不是吃力不讨好？你是拍《红楼梦》教学片吗？

　　其实，说到根上还是复杂的《红楼梦》版本给闹的。这处"芦雪广"，在脂本系统的庚辰本、戚序本中称"芦雪广""芦雪庵"，而在程本系统的程甲本、程乙本中又称"芦雪亭"或"芦雪庭"。想必这是新版电视剧《红楼梦》两位主要"红学"专家顾问冯其庸先生和李希凡先生之取向定夺，认为脂本更接近曹公原意，又或认为这处"芦雪广"与近邻妙玉住的"栊翠庵"是不一样的。可让我疑惑的是，无论是冯其庸先生主持校注的《红楼梦》抑

①　见小说《红楼梦》第四十九回"琉璃世界白雪红梅　脂粉香娃割腥啖膻"。
②　见韩愈诗《陪杜侍御游湘西两寺》。

或李希凡先生的"红学"论著中均是"芦雪庵"（限我所见），更何况从原著描述看来未必就是"广"（yǎn），为何偏要在电视剧中如此的拘于"庚辰本"，念一个今人在常用字典里也查不着的字音呢？

又如"恭"字，现在又有多少人知道它在古汉语里竟还有"便桶"（恭桶）之意，古时科举考试考生如厕叫"出恭"。新版剧《红楼梦》第5集顽童闹学，秦钟、香怜悄语，假装"出个小恭"，就是出去小便。像《红楼梦》里大量诸如"出恭""将笄"（凤姐语，束发插簪，女子成年意）这样的日常生活口语语汇，难道也必须得照搬原著才算是"忠于原著"？可以全然不顾电视剧艺术的基本特征和传播对象？如此迂腐拘古，层层设障，电视剧到底是拍给谁看的呢？

"虎兔相逢"还是"虎兕相逢"？

此疑更是与《红楼梦》版本之争直接相关。

对于金陵十二钗判词的解读，历来红学家争议最大且迄今尚未达成共识的就是元春的判词，其中暗示其结局的最后一句，到底是"虎兔相逢大梦归"还是"虎兕相逢大梦归"，众说纷纭，各执一词。细心观众可能发觉，新版电视剧《红楼梦》第八集"元春省亲"①中，当元春在一派皇家富丽的簇拥下隆重登场时，画外音乐即刻配以元春的判词："二十年来辨是非，榴花开处照宫闱；三春争及初春景，虎兔相逢大梦归"，非常奇怪的是，旋律中的唱词是"虎兔相逢大梦归"，而字幕显示的却是"虎兕相逢大梦归"，如此反复竟有三次。一字之差，却隐现了《红楼梦》版本之异引出的"红学"纷争，注家蜂起，隐喻的语意也是大相径庭。"虎兕相逢"只有脂本系统的"乙卯本"和"杨本"（又称"红楼梦稿本"）做如此状，其余诸本皆为"虎兔相逢"。"虎兔相逢大梦归"，影响最大的一种解释是隐示元妃陨灭之卯年

---

① 见小说《红楼梦》第十七回至十八回"大观园试才题对额　荣国府归省庆元宵"（人民文学出版社1982年版本）。

279

寅月①,也有考证者持异议的,故对这一句的释义争论至今。但自从"乙卯本"和"杨本"影印本问世之后,元春判词才又变成了"虎兕相逢大梦归"。兕,古代指犀牛一类的凶兽,在古典诗文中,"虎兕"连用倒是频现的。倘或真是"虎兕相逢大梦归",那就断不是喻示元春之死的时间之义,而很可能是隐指元春死于宫廷残酷的政治势力恶斗。据笔者猜度,冯其庸、李希凡两位"红学"大家是推重脂系"乙卯本"的,因这是早期脂本,抄误可能性更小。倘如是,为什么电视剧中会有如此不一致的情况出现呢?

"凤姐弄权"和"秦钟夭逝"孰重孰轻?

"凤姐弄权"是指王熙凤弄权铁槛寺。秦可卿出殡,凤姐夜宿铁槛寺。水月庵老尼净虚趁机阿谀凤姐为一桩官司走后门,凤姐大包大揽凭借家族背景动动嘴就净捞了三千两银子,却逼死了两条人命。曾有人问导演李少红为什么要删去这一情节,李少红说因为篇幅所限,不得不压缩。

我却以为凤姐弄权这一情节关乎凤姐这一重要人物性格的完整性,实在是删不得的。原著第十三回"秦可卿死封龙禁尉　王熙凤协理宁国府"至十五回"王凤姐弄权铁槛寺　秦鲸卿得趣馒头庵"中,一条情节主线两条情节副线,主线是秦可卿病亡出殡,两条副线是王熙凤弄权铁槛寺和秦钟、智能暗地偷情。新版电视剧《红楼梦》与87版电视剧《红楼梦》迥然有别的是,87版是将出殡结束场面直切到凤姐弄权索贿,而新版则是将出殡场面快切到宝玉、秦钟和智能厮混水月庵。当然若从展示作品蕴含社会生活的丰富性而言,这种改编无可厚非,且有别于87版;但是如果就王熙凤这一重要人物的复杂多面性格塑造而言,无疑是有些弃重就轻,取舍失当了。新版《红楼梦》中,直至贾琏偷娶尤二姐,王熙凤大闹宁府借刀杀人之

---

① 见小说《红楼梦》第九十五回"因讹成实元妃薨逝　以假混真宝玉疯癫":"稍刻,小太监传谕出来说:'贾娘娘薨逝'。是年甲寅年十二月十八日立春,元妃薨日是十二月十九日,已交卯寅月,存年四十三岁。"(人民文学出版社1982年版本)旧历按干支属相相配纪年,寅虎卯兔,元春薨逝正是寅卯相交,故曰虎兔相逢。

前,真正集中展示凤姐品貌的只有一折戏:协理宁国府,充分表现的是王熙凤杰出的管理才干;而对尤二姐温柔一刀杀人不见血充分表现的又是她捍卫婚姻的聪智和残忍。然而代表着贾府民意口碑的兴儿在尤二姐面前历数凤姐的那些个恶行,观众把新版《红楼梦》都看完了,还只是看到了一个伶牙俐齿、说笑幽默、精明能干、好胜逞强的凤姐,而她品性贪婪、狠毒的一面,皆因此前的贪财弄权等情节的删除而未见体现。相反,新版《红楼梦》不惜篇幅拉出一条长长的秦钟戏的情节链。原著是怎么写这件事的呢?由于凤姐的幕后作祟,一对相互爱慕的男女一个自缢一个投河,"这里凤姐却坐享了三千两,王夫人等连一点消息也不知道。自此凤姐胆识越壮,以后有了这样的事,便肆意的作为起来"(第十六回)。如此重要的叙述,连滔滔不绝的旁白里竟一句也没有带着它,这不是对凤姐思想性格层次推进的割裂吗?新版《红楼梦》中像这样令人匪夷所思的布局取舍之事,这里也就仅举一例罢了。

2010 年《荧屏内外》第 6 期

百舍重茧不敢息

——读高新民《凡人旧事》

高新民的《凡人旧事》（作家出版社），是一本与祁门有着密切关系的回忆录，书中的大量文字，就是高新民留在祁门土地上的脚印。

高新民18岁就上山下乡到了祁门灯塔公社插队落户，开始了他的农民生活。这并不是他当时的真正理想，乃时势所驱。他就读的屯溪高中，也是我的母校。这所学校，正如《凡人旧事》中所述，是我们心生敬畏仰目而视的省重点，在二十世纪六十年代初期，惊人的高考录取率令多少徽州少年心驰神往抑或敬而远之。像高新民这样自幼启蒙、家学渊博的学生，纵使不及他的同届汪明霓、金立民、陈观洲等名列前茅，但考取一所大学必定是小菜一碟的事，偏偏高新民和汪明霓这批尖子生早被组织政审暗暗烙上了"不宜录取"的印记，就因为他们家庭出身是"黑五类"（地、富、反、坏、右），他们是"黑五类子女"。如今有些商家，活像白居易笔下不知亡国之恨的卖唱女，竟然做起"黑五类"的商标品牌招摇过市，殊不知这三个可怕的字曾经戕害了多少年轻人的青春理想和前途命运！所谓"出身不由己，道路可选择"，高新民们就是这样顺了历史潮流而动，插队到祁门灯塔做了人民公社社员的。

祁门的乡村固然一片青山绿水，但是没有图书馆阅览室，这于酷爱读书的高新民无疑是最痛苦难耐的。可是他聪明，争取了一份牧牛的活，蓝蓝的天上白云飘，白云下面牛吃草，他吃书，却也别有天地，乐在其中。他的赤脚医生生涯，再后来的职业医师生涯，或许就是从牛儿吃草的山坡上开始的。他在祁门灯塔公社种过田，养过猪，放过牛，后来结婚生子了，早就不可能是凭政治热情的事了，活生生要有柴米油盐过日子的，于是又和妻子许光祺"你缝纫来我理发","我挑水来你浇园"。可就是在那样艰难的岁月里,高新民还是执着地习医采药,走乡串户为农民祛病扶伤。像这样一个"黑五类"子女,如果不是表现突出,口碑载道,焉能有"上山下乡积极分子""优秀共产党员"等荣誉纷至沓来?又怎么可能被当时的北京电视台(今中央电视台前身)报道宣传,还走出了大山进医学院深造?出人意料的是高新民医学院学成毕业,竟又复回到祁门灯塔,继续做他的农民医生。这个高新民,如若不是如此的抱诚守真,又岂能如此地仁不异远,义不容辞?当时有些和他同时期大学生也高喊口号,不过是花拳绣腿作作秀,而高新民是诚心必果,仁心仁术,将自己沉到社会生活的最底层,为缺医少药的农民送去一缕光明。然而这种没有身份、没有皇粮的日子,给他带来的并不只是受尊敬和受拥戴,还有多少难以言状的受歧视和受委屈!

高新民在《凡人旧事》中朴实而又碎片地记录了他在祁门的生活,酸甜苦辣,五味杂陈,这些有限时空的记录,不只是他个人的经历记忆,更重要的意义在于这是一代人对一个时代的集体记忆,激扬而又悲情,沧桑而又厚重。我是比他低一届的学弟,几十年过从甚密,但书中所述,他的很多苦处我竟是第一次知道,可见高新民是个何等内敛坚韧之人。"文化大革命"也击碎了我的青春梦,我也一度挣扎着内心的苦闷在家乡做着农民,但我经受的磨难远不及高新民,我的背后有树,而且最终我还是从大学中文系的大门迈了出来,可惜虽至宝山终无所得,而高新民乃医疗专业出身,不但医德医术秀出班行,且笔耕不辍,著述一本接一本地寄赠予我,着实令我愧煞不已。当然,面对《凡人旧事》,我更感慨于一个真正内心强大的人,一个真正不让命运扼住咽喉的人,是如何在逆境中永不停息抗争前行的。

是女"黄准"不是男"黄淮"

　　不久前,在省城合肥的一家报纸上读到一篇记者访问记,主要内容是回忆红色经典《红色娘子军》的电影音乐创作,中心人物当然是这部电影的音乐创作者黄准,由她写的电影主题曲《娘子军连歌》流传至今。可是,文章从头至尾竟然都是称作曲家"黄淮","他"如何如何。一位从事文艺报道的记者,怎么能不知道鼎鼎大名的女作曲家黄准?

　　这种笑话,和某电视台一档娱乐节目主持人严肃纠正嘉宾回答《水调歌头·明月几时有》的作者不是苏东坡,而是苏轼,二者真是好有一拼的。这就不禁使我想起近些年经常在报纸上见到的此类错误。

　　也是省城合肥的一家省报,记者采访中央电视台李扬,李因为动画片《米老鼠与唐老鸭》中的"唐老鸭"和电视剧《西游记》中的孙悟空的配音酷似上海电影译制片厂已故配音老艺术家邱岳峰的音色而声名鹊起。可是在这位记者的长篇访问记里,通篇都把"邱岳峰"错成"秋月风",三字竟是一个没对。还是合肥的一家报纸记者,某年全国两会期间,搞了一个关于繁荣京剧艺术方面的文化报道,大概是采访到了全国政协委员、著名京剧表演艺术家李世济,老先生明明是响当当程派亲传弟子,这位记者采写的文章里却口口声声称她"梅派传人"。

　　诚然,当记者,做编辑,本应是知识广博的"杂家",但谁也不敢自诩是无人不知无事不晓的"百科全书"。当年一位学者在文章里就把名重当时的大家"夏丏(mian 第三声)尊"错称为"夏丏(gai)尊",尽管夏先生后来撰文幽默一笑,掩饰了难堪,但学者难免还是要汗颜的。可见未知并不可怕,可怕的是认真细致的缺失。譬如那位把"邱岳峰"错成"秋月风"的记者,其所在报社的一位副总编就是电影评论家,有影评集问世,动嘴问一问不就清楚了,或者上网、去资料室查一查究竟也是可以避免的。为什么不这么做呢? 须知像这样的常识性错误的硬伤是很伤害报纸声誉的。

于记者编辑而言,工作中多一点勤勉认真就是对读者多一份尊重。

2012 年 6 月 28 日 《市场星报》

九九艳阳是我春

——读方兆祉先生《九九艳阳》顺致家乡文化老人

方兆祉先生的文集《九九艳阳》何时寄赠予我的,我竟不知道。我与兆祉兄同庚,也退休多年,新校区远在大学城,数月去一趟,近日取来《九九艳阳》,一读为快之中不禁感慨良多。

通读《九九艳阳》,首先给我的突出印象就是兆祉兄赋予笔端至老也未消退的火热激情。他写纪念党的生日,他写社会楷模雷锋,他写生活底层人物,他写孩子,他写家乡,无不充满着深情厚爱,无论议论、抒情,还是叙述、描写,都能分明让人感觉到作者的真诚和纯净。我完全有理由相信,兆祉兄这些退休后撰写的文章,既无遵命之压,更无功利之趋,完全是出之于手,淌之于心,实在难得。这并不是从那个时代过来的人都能写得出来的文字。我们这一代人,虽然生在旧社会长在红旗下,但除了战争、饥荒、内乱什么没有经历过?现实的雾霾对我们心灵的影响实在是太大,很多的同龄人,比如我,就将渐渐衰退的澎湃热情凝为了冷峻的目光。然而,当我读一读《九九艳阳》,就暖暖地感到缕缕阳光对心中阴霾的驱退。并且由此而及彼,我认为像兆祉先生这些长年累月生活在家乡的文化老人,他们对情感生态环境的滋养护卫,就如同徽州的青山绿水,多么令人羡慕!这何尝又不是一种幸福!

这里尤其需要提及的是兆祉兄对家乡面貌变迁的赞美。这种赞美是质朴的描述,是发自内心的,对我们这些长年客居他乡的人有吸引力。人之渐老,思乡之情日趋深切。我们总是想通过各种渠道各种媒介了解家乡,《喜看祁门一片新》《建设之光辉梅城》等文字,传递给我们的正是我们所期盼的新动态信息。难能可贵的是身居其中却不熟视无睹,而是掘其美,标其新。

读《九九艳阳》,又使我联想到近读凌亮先生的《文化老人》一文(《今日祁门》)。凌文所述几位祁门文化老人,尽管大多不相识,但已使我引以为骄傲。还有很多这样痴于诗文书画的乐此不疲者,是他们绘织了一张张绚丽多彩的祁门文化景图。上半年间,我从《今日祁门》得知家乡成立了作协,真是高兴得很,暗自思忖,何不写一纸申请寄给顾圣红主席,祁门文化老人也算我一个,让我忝列其间为一名誉会员如何?

因为我也感觉——九九艳阳对于我,对于我们这些奔向七十的老人,还是春天。

2013 年 10 月 27 日　《今日祁门》

蹉跎岁月中的永远出发者

——评徐海啸《山路留痕》中的"我"

正所谓"是非成败转头空，青山依旧在，几度夕阳红"。读罢徐海啸先生的长篇新作《山路留痕》，我掩卷沉思良久，不禁为小说主人公"我"那壮怀激烈的青春祭仰天长啸，喟然叹息！

"我"无疑是《山路留痕》的绝对主角，其他出场的几十个人物，包括与"我"关系最为密切的恋人戈敬和，都不过是来去匆匆，唯有"我"连续地移步换景，是一个贯穿始终的永远出发者。作者或许是调集了平生最重要的记忆和累积，忠实地依循"我"从青少年到中老年的时空变序，线性地描述了"我"从上海大都市来到徽州小乡村在每一处山路留痕所发生的那些剪不断理还乱的人生故事。倘若稍作梳理，就不难清晰可触那影响"我"一生命运的主要性格特征。

首先，不妨筛选出"激情""活力"这两个关键词来勾勒"我"性格特征的一面。1957年，党和政府首推两个下乡知识青年典范——董家耕和邢燕子。当年岁末，"我"高中毕业不久，便不顾家人的极力劝阻，积极响应号召毅然投身奔赴皖南插队落户的洪流。大上海与小乡村的强烈反差，已开始使有些人感觉穷乡僻壤的丝丝寒意，然而"我"却如沐春风，甚或还有些陶醉，带着一路旅途的劳顿，到生产队的当晚就迫切地参加水利大会战。一夜累趴难以动弹，却滔滔不绝在给恋人的情书里动情描述着"我"初次见面的徽州景象。紧接其后的一段经历更是了得，居然在零下几十度的北大荒凿冰掘井，冒暴风雪牧牛，进原始大森林伐木，且所做每一件事都全然没有上海小青年的作态，俨然一东北爷们儿呼啦啦激情四射。因为户口卡壳，不但报考农业大学的梦想成了泡影，连小兴安岭那处林场也不容再干下去,厮混两年被逼回了插队之地,也全然看不出"我"惨遭滑铁卢的窘态,若无其事,泰然处之。转眼间从莽莽荒原的粗犷转身画里乡村的秀丽,"我"似曾相识,很快就融入了两年前短暂体验过的山区习俗。拿得起放得下,睡得着想得开,且将愁眉舒展迎向新生活,这无疑是"我"鲜明个性的生动再现,并在此后的几十年里稳态化了。这此后的几十年,"我"在插队落户的徽州长门县境,无论是底层耕夫,小学教师,还是文化馆员,工作组成员,从三年困难时期到十年"文革",风风雨雨一叶扁舟,纵然时乖运拙,岁不我予,但"我"一旦置身劳动,置身工作,总是一副奋发踔厉、操觚染翰的架势,满腔激情,浑身活力。最为典型的人生片段是 1963 年 7 月,"我"被莫名调出县文化馆,发落到一所尘封已久的楂湾小学。尽管"我"强烈地感觉"漫长的遭受人生惩罚的生活真正开始了",但"我"还是立马一床被子、一只箱,从又一个新的出发点跨了出去。当"我"眼前显现的是火光吞噬过的祠堂废墟,废墟上堆满稻草、豆萁和杂乱的课桌长凳,被烟熏得找不着学校影子的一所"小学","我"并未退缩,更不沮丧,趁着暑假抓紧整修校舍,挨家挨户走访动员。当新学期开学的铃声响起,"我"带给学生、带给家长、带给这片教学区的是三层突破性惊喜:一至五年级的复式教学;语数德音体美的全覆盖教学;上海经验与山区实际相结合的新式教学。当地百姓感恩戴德,乡辅导、区校长给予的评价是"别开生面""有声有色"。就是在这里,为了带给这些山区孩子优质的教育,拓展他们的知识视野,"我"生命机器的每个齿轮都处于每天十几个小时的高效转动中,以至不能不依赖药剂和气功应对内出血的磨耗,甚至于还承受着人格被玷污尊严被践踏的难以承受之重。但"我"即使被卷入旋涡也不甘自沉,依然极力克制着自己不去览镜伤悲,顾影自怜,毅然极力散发着受伤的激情与活力去善待那份心中的珍重。

然而更能体现"我"是硬汉性格的关键词是"我"的率真与耿介,这是"我"在作品中随着山路留痕的命运跌宕而凸显出的主体性格色彩的丰富,当然也是它左右了"我"一生命运的大势所趋。

"我"的插队故事一开场,就是"我"和几个参加培训的上海知青对当地几位正遭批斗的右派老师的"反动言论"态度暧昧,不以为然。在此后的东北林场期间,又因为利用《简报》如实反映了一位采伐工失踪死亡事故,并对火热的森林砍伐比赛持抵触情绪,结果被书记批为"资产阶级知识分子"。当公安干警私自撬开"我"的抽屉检查日记和笔记时,"我"忍无可忍、勃然大怒,强烈抗议他们"公然违反宪法,侵犯公民合法权益"!三年困难时期,"我"当食堂管理员,为了给一位因病躺在破庙里的农民送去一点生米和菜糊以救人于水火,和副大队长拍桌子对着干,当众谴责"你们身为基层干部,对人民的痛痒如此冷漠,对得起共产党员的称号吗"?在楂湾小学,当耳闻自己的现任顶头上司正是恶行多端的前任老师时,义愤填膺,从此视为败类。"文革"风暴到来前夜,民兵排长逼"我"怀孕的妻子必须去参加大唱革命歌曲活动,说这是对宣传毛泽东思想的态度问题,"我"突然电闪雷鸣,一记老拳险些挥去将排长击倒。"文革"中"我"被打成"反革命分子"押上台批斗,陪斗的人都纷纷弯腰低头,唯独"我"面对由县公安局局长、县检察院检察长组成的批斗组却偏偏是"把胸挺了挺,头抬得更高了",而且别人问他"就不怕他们打你"?"我"竟然说"他们要打,我就和他们对打,打死算了。人不能做得憋气"!"我"的个性暴露无遗。"我"的这种疏于顾忌,自尊不屈,不受世之轻重的耿介特立性格,给"我"的一生不断带来种种的麻烦,多少次"我"都是这样重复着自己:很认真很热情地写上人生一个段落,横生枝节,不得已又另起一行,重新出发。如此几十年天地之间的山重水复,仿佛让人感觉到那个打着特殊年代印记的空间结构背后的时间潜流中,隐隐地传出青春年华碎片横飞的嗞嗞啦啦切割之声,很是残酷。

个中究竟,倘若说"我"的皖南插队人生之旅确有悲剧色彩,我以为当时的政治环境固然是个重要导致因素,但是更为重要的主体因素还是人的性格。当时政治运动接二连三,这种政治气候特征的社会环境与崇真务实又直言骨鲠之性格构成冲突对抗是不可避免的,但是"我"的这种性格在当时历史条件下纵然换了任何地方(社会环境),都大致逃不脱这样的结局,不可想象"我"能自由放逐自己的才情与灵魂,无须去纠结来自方方面面的误解、嫉妒、污蔑甚至迫害。"木秀于林,风必摧之;行高于人,众必非之","我"与他们,她们,结成了一张庞大的社会关系网,人性善恶,网罗其间。人之本性难移,如此种种的人生际遇,不足为怪,"性格决定命运"。聊以欣慰的是,"我"毕生挣扎奋斗在历史文化极为丰厚的徽州底层,虽没有仕名财色之获,却能"失之东隅,收之桑榆",以淳古淡泊山林雅适之趣,采撷了多少徽州历史民间的蕴存!从一开始对远在杭州的恋人喋喋不休的描述赞叹徽州,从此一发而不可收,古庙、古祠、古村落、古桥、古树、古农耕生活方式等等的风土民情片羽,插遍了这部 30 万字作品的行距之间。"山路"留的又岂止是足"痕"?

　　"小说之魂——现实、爱与真诚",这是《小说选刊》主编杜卫东先生提出的一个文学理念。我之所以赞同,是认为其对当下的有些小说创作的重形式轻内容的玩技巧倾向具有针对性。《山路留痕》的感染力,无疑正是来自作者真实地描述了一段刻骨铭心的现实与爱恨,真实地表现了一份任情率性的真诚与笃厚。作品浓烈的纪实性是拨动读者心弦的共鸣点,他们大多会从"我"的经历,联想到大凡这样性格的人总是容易受到伤害,故而现实生活的土壤中总是容易滋长诸如投机、圆滑、虚伪、失信甚至欺骗诬陷等等的品性之恶。从生活经验的角度而不是从纯文学的角度说,"我"这一统领贯串整部作品的人物是具有一定的时代意义的,有着不同于一般虚构文学典型形象的社会认知价值。这正是这部作品真实性的魅力所在。

　　但同时,这种少有修饰少有渲染甚至少有虚构的真实性,又给作为小说样式的文本丰富性提出了很大的限制。而且,《山路留痕》采用的不仅是第一人称叙述视角,并且是固定式内焦点的叙事结构,"我"作为小说的主人公,是以自身的成长历史和生活经验来构成描述的基本对象的,创作者"我"和作品中的叙事人"我"有着极高的吻合度(我与作者素昧平生,但记得黄山朋友倪国华先生的有关文字可以为我的分析佐证,他说"我与徐先生是多年的朋友,他对音乐的理解,对文学的鉴赏以及对一些事物的评判和预测常让我佩服不已,但他对人对事过于认真,几近乎'迂'。认识行为的理想化与操作行为的不理想,常使他的处境处于艰难。说到底,他的

291

骨子里有一种诗人气质的东西,这种东西常常让人耽于幻想,拉开了与现实的距离"①,因而可以认为它的自传体特征十分明显。它的优势是真实性强,可信度高,感染力大;但这种"主人公"型第一人称叙事相比较于全知型外部聚焦叙事情境,描述过程中受到的束缚的确要多很多,至少各色人等的各种丰富内心世界就难以自由驰骋,人物性格刻画和故事情节推进都难免会受制于题材结构的特殊要求,因而让我们比较多地看到的是外部形态的展现。但作者对徽州自然人文景观和底层生活原生态的描述确实十分尽情尽兴,细致入微,可谓是用精神的色彩描绘了徽州的景貌,在心灵之乡与地域之乡的幸福联姻中显示了多彩多姿的徽州元素。②

2015 年 《黄山》第 1 期

---

① 倪国华《梦落黄山》:《相约去看花》(作家出版社)。
② 徐海啸《山路留痕》(合肥工业大学出版社)。

钻之越久,仰之弥高

——读《叔子诗稿》二十年

《叔子诗稿》,是安徽大学外语系已故教授冒效鲁先生的一本诗集①。叔子乃冒先生之号。毫不显眼的一本又小又薄的如同企业宣传的小册子,书名却是大名鼎鼎的钱锺书先生"敬署",并且由他和另一位大家吴孟复先生作序,还插有钱锺书的影印手书稿。

初读《叔子诗稿》,我就惊呆在书桌前凝神了许久。小36开90页,刊诗270首,均为绝句或律诗,有五言亦有七言,内容大多与钱锺书、黄宗江、吴祖光、施蛰存、刘大杰、陈从周、吴孟复等文化名流相系。其中最令我沉迷的是作者与钱锺书先生唱和的诗,达30首之多,且从二十世纪三十年代初次相识至八十年代辞世前,诗交之谊达半个世纪从未间断。

《叔子诗稿》中最早与钱先生有关的诗当是《马赛归舟与钱默存(锺书)论诗次其见赠韵赋柬两首》和《红海舟中示默存》。诗云:"我读杜韩诗,向往未能至。抒达胸中言,驱使古文字。后生欲变体,所患薄才思。邂逅得钱生,芥吸真气类。行穿万马群,顾视不我弃。……"后一首又云:"苦殚精力逐无涯,我与斯人共一痴。各有苍茫秋士感,莼鲈虽好那堪思?"这两首诗都未注年月,其诗意我是从汤晏的《一代才子钱锺书》中得到解读的②。1937年夏季,钱先生在牛津大学获得学位后,又去了法国留学一年。1938年9月中旬,钱从法国南部马赛乘阿多士邮轮返国,"在法国邮轮上,钱结识了一位青年外交官冒景璠(清末名士冒广生之子),字效

---

① 《叔子诗稿》,安徽文艺出版社,1992年出版。
② 汤晏《一代才子钱锺书》,上海人民出版社,2005年版。

鲁,号叔子,北京俄文专修馆毕业,曾在莫斯科中国驻俄大使馆任事。钱与冒在船上相遇,一见如故,几乎是相见恨晚了,船还未驶出地中海,泊埃及亚历山大港,两人就像老朋友一样,吟诗一来一往开始唱和起来。《围城》里的诗人董斜川即是影射他。"①

关于冒先生在苏联大使馆任事,大约是 1933 年至 1938 年,其间冒先生写了不少感怀俄国文学家屠格涅夫、普希金、莱蒙托夫等著名作家、诗人的诗篇,《叔子诗稿》可见。另,有一次,冒先生在黄梅戏表演艺术家严凤英家看到一张梅兰芳给列宁墓献花圈的照片。抬花圈的两位年轻人一位是梅兰芳,另一位他叫严凤英猜,"鄙人也!"是他亲自安排的这次活动。冒先生还和严凤英、王冠亚夫妇侃侃而谈斯坦尼斯拉夫斯基的戏剧理论,他们很是惊讶,原来冒先生在苏联时与戏剧大师多有交往②。我曾在安徽大学听人说冒先生见过列宁,应是讹传。

还有一件很重要也很有意思的事就是钱锺书先生的《谈艺录》与冒效鲁先生有关系。

以往读钱先生的《谈艺录》,压根儿就没有注意到也没有想到《谈艺录》这部"中国诗话里集大成的一部巨著,也是一部广采西洋批评来诠注中国诗学的创新之作"(夏志清语)的诞生,最初的创意竟然是出于其诗友冒效鲁先生的建白。钱在其《谈艺录》里开篇起句就提到:"余雅喜谈艺,与并世才彦之有同好者,稍得上下其议论。二十八年夏,自滇归沪渎小住。友人冒景璠,吾党言诗有癖者也,督余撰诗话。曰:'咳唾随风抛掷可惜也。'余颇技痒。因思年来论诗文专篇,既多刊布,将汇成一集。……"③另据汤晏《一代才子钱锺书》的描述,1939 年暑假,钱由昆明(西南联大)回沪探亲,再未返昆明,因接到父亲来信嘱其去蓝田国立师院任教,钱从父命,《谈艺录》就是在这时着手著述的,其时,钱年仅 29 岁。与此相印证的

① 《一代才子钱锺书》第七章第 161 页。

② 王冠亚《断肠人去雨潇潇——祭冒效鲁教授》,1988 年 4 月 15 日《安徽大学报》。

③ 《谈艺录》第一页,中华书局 1984 年版。

就是《叔子诗稿》中的《送默存讲学湘中》："我坐寡朋俦,交子乃恨晚。岂不欲子留?饥驱不容缓。独此方寸心,不与境惧远。回思谈艺欢,抗颜肆高辨。睥睨一世贤,意态何瑟涧。每叹旗鼓雄,屡挫偏师偃。光景倏难追,余味犹缱绻……""回思谈艺欢,抗颜肆高辨",不难想象当年这两位青年才俊每在一起时谈论唐宋元明清诸多诗人的艺术氛围是何其的浓烈。美国纽约大学历史学博士、钱锺书研究专家汤晏先生对《谈艺录》的评价是"一部空前绝后的诗话",据此,或可以说冒效鲁先生对这部"空前绝后的诗话"是有贡献的吧。

而且,从诗稿的 30 首与钱唱和的内容看,可以感受到不仅冒和钱在诗歌的审美意趣上的至契,而且在生活上也是彼此牵挂的。新中国成立后,冒先生有多首未注明年代的诗,都抒记了两人隔空惦念的情怀。如《讯默存疾》曰:"示疾悬知世已非,朋簪寥落惧多违。《围城》惝恍犹能记,落照苍茫遂不归。……"又如《默存寄视〈容安馆春暮即事绝〉次和》:"买邻无计算黄金,千里相思两地心。想得城东旧时屋,藤萝一架早成荫。"再如《得默存〈九日寄怀绝句〉逾旬始报》,且可看出冒先生与钱夫人杨绛先生的交谊匪浅:"几回北望倚危栏,袖里新诗锦百端。想得添香人似玉,熏炉一夕辟邪寒。"

我得《叔子诗稿》,纯属偶然。二十年前的一天,我在合肥四牌楼新华书店的降价书柜花了不到两元钱淘得这本书。回来粗略一翻,如雷贯耳。却又竟是这等的境遇,不禁捧书哀叹,情不自堪,当即在扉页上记下了悲从中来又兴奋不已的心情。而我那天能在杂乱不堪的降价书中淘得此宝,还要感谢省黄梅剧院已故著名编剧王冠亚先生。

1988 年 4 月的一天,安大中文系教授沈敏特老师送来一稿,对我说,不知能不能用,争取一下发出来吧。我当时是安徽大学校报副刊编辑,一看稿件是王冠亚悼念冒效鲁先生的,内容很是精彩。全文主要追忆了1958 年省黄梅剧团决定排演我省著名编剧洪非改编的《桃花扇》,严凤英饰演李香君。冒先生不知怎么得到的信息,主动上门去给严凤英说戏,严恍如来了天人助她,高兴得跳将起来。冒先生从严家门前的桐城路赤阑桥说到姜白石,又从董小宛、柳如是说到李香君,滔滔不绝如数家珍。原来冒先生之祖乃东林党贤士冒辟疆,其与秦淮八艳董小宛之间曾发生过惊天地泣鬼神的传奇。冒先生正色对严凤英说,董小宛这位姐妹李香君,"在鸨儿眼里不过个妓女,而在复社少年的眼中却是个女中豪杰!你要演出她宁折不弯大义凛然的气质来!"(王冠亚《断肠人去雨潇潇——祭冒效鲁教授》)。我当然是毫不犹豫地发了这篇文章,而且还加了编者话。文章刊发后,我竟接连得到多位老先生当面向我的致谢。这究竟是为什么?为什么沈老师说要"争取一下"?为什么未见校园里张贴过讣告?我问校人事处同志,说他曾经是"内控对象"。学校里还有不少这样的属于"内控对象"的高知。我虽然已在安大工作了十多年,但对冒教授却是一无所知,作为编者,同时更是有冒教授精神世界的神秘气场的诱使,我去外语系苏研所找了几位他生前的同事,特别是去先生府上与冒夫人长谈,看她展示在我面前的大量图片文字资料,还有在上海为冒老送别时许多文化名人如王元化等留下的挽联诗词和签名,更是让我如见其人,肃然仰敬。

我把我偶遇《叔子诗稿》的因缘视为三生有幸。所以,二十年来,我迁居时处理了几大批的旧书,但这本小册子却始终是置放在我身旁的书架上,以便经常品读。其实诗中有很多地方至今我还是没有怎么读懂,客观上说是绝大多数的诗作都几乎没有可以助我解读的注释说明,更因之仅凭自己浅薄的古诗词古文字修养,在这样的高山密林深处探究必是要迷离恍惚的。但我坚持读。为了读它,我链接式地选读与冒先生有联系的钱锺书诗文,还收集冒先生之父冒鹤亭、胞弟舒湮的史料碎片。更奇的是某年某月某夜竟梦里去拜访冒先生,途中见一老者鹤发童颜,正精气神十足地在安大校园的一处人堆里谈笑风生,气度儒雅非凡。

冒效鲁先生没有钱锺书先生因《围城》的走红带来晚年的赫赫之光,甚至在校内闻其名知其人者恐也寥寥。《叔子诗稿》只印了1300册,还剩在折价书柜上屈尊,实在令人扼腕叹息。这不禁又使我联想起合肥丁敬涵大姐赠我的《马一浮交往录》一书。① 马一浮,儒释哲一代宗师,与梁漱溟、熊十力被学界誉为"现代三圣"。丁是其弥甥女②,青少年时代与马一起生活 17 年,受马慈爱抚育,亲炙家学。她晚年耗十载岁月几易其稿成就的这部书稿惨遭多家出版社拒收,最后幸遇浙江大学出版社出版,浙大还积极开展了马一浮档案史料征集抢救。阿拉伯有谚语说:死去一个老人,等于烧毁了一座图书馆。我经常独自心境复杂地读着《叔子诗稿》,由衷感到冒、钱这代人留下的遗墨堪比丰碑,实在是让我等钻之越久,仰之弥高。只有这样的学人才是真学问大家,真大师风范。虽然他们的身影离我们越来越远,但他们曾经的风雅却是今天我们最想追随的。

2015 年 《安徽文学》第 8 期

---

① 《马一浮交往录》,浙江大学出版社,2013 年版。
② 弥甥女,马一浮大姐之孙女。马无子女,视其如掌上明珠。

第三辑

解说词·文学本

声 画 醉 我

1996 年年底，新年的钟声就要敲响，忽一日深夜，接到两位校领导陆勤毅、黄德宽先生从办公室打来的电话，愕然中听到他们说要请我"出山"。我住校外，对学校发生的很多事浑然不知，原来学校正在为申报国家"211 工程"建设立项而竭尽全力，专家组很快进驻，而向专家汇报的电视专题片还没做出来。我不清楚他们是怎么想到我的，当时迫在眉睫，碍于老朋友面子，情急之下就应允了下来。

当夜就无法安睡，开始心事重重。想自己胆敢应承，也不过有些多年业余爱好的底气而已。我从中学就开始爱读电影文学剧本，后又上瘾了电影分镜头剧本，对叠化闪切推拉摇移这样的镜头语言产生了极大的好奇，于是自学《写电影剧本的几个问题》《电影文学的技巧》《电影剧作的结构形式》《中外名片优秀手法剖析》等，读书札记做得很认真，纯属课余兴趣使然，绝对料不到有朝一日能派上用场的。但在运思动手之时，更为直接的借鉴是二十世纪九十年代中期勃然刮起的中国纪录片旋风，对我影响最深的《沙与海》《龙脊》《最后的山神》及《壁画后面的故事》等，我不但反复看片，看拍摄文学本，还读主创人员的创作经验，专家学者的艺术分析，收获颇丰。本子写出来，片子做出来后，据说向专家组一行汇报的那一场播放效果出奇地争脸，场内振奋场外沸腾，我被一群哥们儿诨称"煽情高手"，我回敬他们：邻居中国科大用得着"煽情"吗？

从此一发不可收。

当我再接手"211 工程"建设 10 周年回眸的专题片时，我已经业余创作了多部电视片，而且又和其他几位老师在学院和全校开设了《影视语言和影视鉴赏》的必修或选修课程,大受欢迎。这就倒逼着我必须比较系统深入地去观看一批经典影视作品,啃一批影视理论专著,诸如《电视声画艺术》《影视语言学》《影视美学》《镜头前的艺术》《电视画面创作技巧》等,不能只是一种轻松玩票的心态了。我从电影之父格里菲斯和纪录片之父弗拉哈迪开始,到普多夫金、爱森斯坦;从巴赞、克拉考尔到法斯宾德、特吕弗,在为学生赏析不同风格流派的《公民凯恩》《广岛之恋》《野草莓》《雁南飞》和《黄土地》《红高粱》《霸王别姬》《花样年华》,以及电视纪录片《龙脊》《沙与海》等的过程中,结合作品讲授镜头视点、角度和运动,讲授画面构图和景别特性,尽情分享蒙太奇的"奇",银屏时空的"特",镜头语言的"美",几年的教学实践,让我更上了一层楼。我要站在新的台阶上突破过去,绝不重复自己。于是我在烈日当头独自一趟趟跑,在新校区老校园一人枯坐一隅,苦苦寻找视角,寻找灵感,寻找创意,致使《倾注》收获了好的口碑。有人问我创作经验,我一言以蔽之曰:少干预,多尊重。如果说《倾注》确还有点意思,那就是因为学校领导对我创作个性和创作自由给予了充分信任,充分尊重。我不要戴着镣铐跳舞。

但很多时候,这种遵命的任务创作,艺术个性和自由往往是得不到尊重的。《城市·家园·炫彩音画》就是一次合作破裂的阵痛。人家无非就是想借你的那点电视手艺活好好包装一下他们的形象、他们的功劳,哪怕是工作总结式的公文语言配上多多益善的开会镜头工作画面就行,谁稀罕你玩弄那些个隐喻啊对比啊交叉啊视窗啊,对位啊分立啊烘托啊意象啊。我还自作多情地绞尽脑汁要为公司绘出一张城市形象的诗意名片哩。我的这个文学本最后被公司上层还有个别插手的市领导一棍打死推倒重来,后几易其人几易其稿,结果让我看到的成片居然大部分还是我的那点"货",我顿时气急败坏扬言要打官司告他们,但很快就被阿Q先生的理论制了怒,多大点事啊,从此绝不再染指社会上那些公司企业的这档子合作。还因此常常联想起我的那些学生娃在社会上打拼是多么的不易。

难道我本质上只适合于个体写作吗?

在大学,有些学者的确是不屑于电视表达的,他们视声画语言为浮浅,而我却经常沉醉在一些优美隽永的音像画面里难以自拔。镜头、音乐、音效、画外音、光、色彩、特效、造型……一部作品要调集糅合多少艺术元素！当年，妻公差外地，还不忘为我买来品质精良的《苏州水》系列片和《禅悟》片，就读浙江传媒学院的女儿也经常为我推荐我所不知道的电影或纪录片，欧美的、日本的、韩国的。她们满足了我的所好，拓展丰富了我的艺术视野。法国思想家德波称视觉性消费已是当今社会的主要文化特征，名曰"景观社会"，有人又称之视觉文化、"读图时代"。不管是否愿意接受，这似乎已然成了事实。我们置身其中，能无视于这个图像文化语境吗？

我爱千寿文字，也爱年幼镜头。

2016 年 8 月

安徽大学"211工程"建设10周年电视宣传片《倾注》解说词

这是生命与生命的心语,这是生命对生命的付出。

安徽大学,就在这生命的倾注中艰难地成长着,坚定地前行着,奋力地攀登着……

这不只是一所大学的历程,更是许许多多与她相依相恋的人的生命历程。

安徽大学不同时代的兴衰,深深浅浅地烙在了不同时代安大人的心里;

然而这十年——启动实施国家"211工程"建设的10年;

用理想与现实熔铸超越性未来的10年;

经历痛苦的蜕变、志在羽化飞天的10年;

她的关注度,她的影响力,再也不只是限于围墙之内的象牙塔了。

光前裕后,继往开来。历史机遇精心设计的是一个命运的拐点。所有的疑虑、观望,甚至非议,都在上上下下的自信和行动中消解而凝聚为一个共识:

安徽大学必须在原有基础上垒起更新更大的舞台,走强校之路,走特色之路,走开放之路。

历史记录着他们倾注的爱;倾注的情;倾注的心血;甚至生命……

强势,就是强师资人才之势;强规模层次之势;强教学科研之势;强学科特色之势,强人文底蕴之势。

仅有800亩地的校园、几千名本科层次的办学规模,在一个经济相对落后的省圈,碎步一路几十年,谈何竞争力!

"一得一失,易如反掌;一兴一亡,疾如旋踵。"

在这样的被竞争不断调控的格局里,连做强校之梦的时间也不能允许了,必须是、只能是紧紧抓住机遇,抢占高端之地,冲破一切困难,坚定不移地走强校之路!

强校是推动学校发展的实力,特色是创造学校品牌效益的支撑。要在林林总总数以千计的大学里凸显特色绝非易事,它必须依赖于资源的独特、定位的精准和内容的不可替代。但是不走特色之路,仅凭实力和规模,还是难免随人俯仰,或在同质化竞争中耗散资源。

为此,安徽大学集思广益,殚精竭虑,为创新独特的教育机制,使资源优化配置,他们又把心血倾注在这两个字上:"特色"。

办学思路特色,培养模式特色,专业结构特色,科研方向特色,乃至校园环境特色,这一切,尽在"211工程"建设的孜孜以求之中。

因为,没有特色就没有优势,没有特色就没有生命力!

"三基并重,全面发展"的人才培养模式,是安徽大学今天对昨天的一脉传承与发展提升,也是对高等教育规范秩序的一次解构与重构。它以人才培养规格为核心,以学分制为运行机制,以教学质量监控体系为保障,以四大教育模块为培养体系,科学发展地结构了"三基并重"这样一套既符合国情又适合校情,既能满足学生的专业基本要求,又能满足学生差异化个性张扬的新模式。

几十年前的一句经典名言,在今天的安徽大学里是这样广为延伸诠释的:

大学者,大师、大楼、大气也。

大气,就是体现优雅文化气质、高贵人文品格的一种大学之精神。安徽大学走强校之路,走特色之路,追求的就是这种崇尚学术,敬畏真理,珍爱创新,尊重个性的大学精神。

大学要有大学的视野,有大视野才有大思路,有大视野才有大手笔。

立足一省,地域定位,但绝不偏于一隅,安徽大学走的是一条"立足安徽,面向全国,放眼世界"的开放之路。

这十年,从1997年"211工程"立项建设以来的这10年,安徽大学经历了羽化为蝶的蜕变。

规模壮大了。

发展加速了。

模式创新了。

品格提升了。

这是爆发力。

这也是影响力。

这更是生命力。

20世纪50年代安徽大学迁建合肥时,就把一个梦想,一个理想,庄重地埋在了破土奠基的第一锹土里——"安徽大学一定要后来居上"!

从此,在半个世纪的岁月里,特别是这十年的日日夜夜,有多少安徽大学人为她而打开生命的空间,倾注激情,倾注青春,倾注才智,倾注心血,孕育着、滋养着这棵生命之树……

多么像世界艺术大师维格兰铸造的生命之树啊,一代一代的年轮环环相扣,不断登攀。安徽大学今天的跨越,今天的豪迈,今天的蓬勃,今天的生命力,就是在向世人预示安徽大学的未来——"待到山花烂漫时,她在丛中笑"。

2007年10月撰稿

2007年11月摄制

安徽大学建校80周年校庆电视专题片《纪念,从这里出发》解说词

母校,我在这儿/认识了卢梭,狄德罗,/还有那位磨镜片的伟大斯宾诺莎。/认识了徐志摩,戴望舒,/还有不应该彻底否定的诗怪李金发。/《西风颂》的旋律弹起我的竖琴,/《长恨歌》的节奏拨动我的琵琶……

无须借黄山之巅的笔架峰,为安徽大学八十华诞书写祝词;也无须邀淮河岸边的花鼓灯,为安徽大学八十校庆歌舞喧天。

安徽大学,从1928到2008,这一路,太多太多的风雨坎坷,太多太多的世事沧桑;就让我们从岁月沉淀出的路,从沧桑打磨出的路,悄悄地出发,向着她,用心纪念……

国难之中,放不下一张平静书桌的又岂止北平! 鲁迅先生当年就对郁达夫来安徽大学任教做过如此记载:"达夫也不宽裕,上月往安徽去教书,不到两星期,因为战事,又逃回来了。"

撤并,迁离,校长、教员走马灯似的更替,资源流失,人脉流失。

然而,即便如此,安徽大学从创办到省立、国立,还是创造了许多的奇迹,累积了许多的财富。

因为安徽钟灵毓秀,这里遍布悠久文化的沃土,还有大师云集浑然天成的氤氲。

听听七十五年前安徽大学校长程演生创作的《安徽大学校歌》吧:"潜岳苍苍,江淮汤汤,夏商肇启,雍容汉唐。"这位北大新文化运动的重要人物,在主政安徽大学的辛劳忙碌之中还不忘栽种一株荫庇子孙的树。看它

今天枝枝叶叶,我们都读懂了安徽大学多少年轮上的凿刻?

　　雨散菱湖,风回淝水,几十年弦歌断续。昔日莘莘学子,捧卷呷唔,今已是皤然老叟。几多云路几尘寰,无端世事如苍狗。

　　写这首词的老先生,新中国成立前安徽大学毕业,新中国成立后在安徽大学工作。当他把自己的才情化作一个时代的人的集体追忆时,多少终生难忘的经历——幸福的,迷茫的,一如潮水奔涌而来了:

　　一九五八年,在合肥西南郊,龙腾虎跃着一批奋战者的身影。他们来自五湖四海,有从北京派来的老革命张行言同志,有从上海调来的老教育家孙陶林同志,有复旦大学热烈响应祖国号召毅然来皖支援的专家教授,还有上海师院、上海体院、上海外院、南京军事学院增援的骨干教师。

　　理想,激情,青春,斗志。

　　红红火火的一片,轰轰烈烈的一片。

　　教学楼、图书馆拔地而起;550 名新生勃发英姿。

　　在这片刚开垦的处女地上,种子吐芽了,新树抽枝了,创立了三十年的安徽大学,涅槃重生了!

　　一九五八年九月十六日,一个让安徽大学与一位伟人发生历史性联系的日子。这一天的午夜时分,毛泽东主席不辞白天视察的辛劳,在他下榻的稻香楼宾馆西苑厅欣然命笔,为安徽大学题写校名。

　　伟大领袖挥翰临池亲题校名,安徽大学重整旗鼓,石破天惊! 二十天后的十月六日,时任安徽省委第一书记兼安徽大学校长的曾希圣同志发出动员号令:安徽大学一定要后来居上!

　　一九六〇年五月十四日,董必武同志来了,他老人家在视察了安徽大学后高兴地题词勉励。

　　一九六一年十一月三日,陈毅同志在安徽大学礼堂面对全校师生发出这样的吼声:"大学是研究学问的!""大学不是搞劳动的,不要把题目搞错了!"针砭当时,振聋发聩,几十年言君虽终,然言犹在耳啊!

千古兴衰多少事,悠悠,不尽长江滚滚流。

安徽大学春潮涌动了!

1978 年,安徽大学招收了七七、七八两届学生,还招了第一批硕士研究生。他们都经历了十年"文革",都经历了上山下乡,实在是干涸得太久太久,渴望得太久太久。当年一个个教室、阅览室抢占座位的场景细节,一场场"潘晓"人生道路的热烈讨论,一说几十年,回味无穷!

改革开放,天下大势!科教兴国,天下大势!安徽大学又生机勃勃起来,她凭借独特的魅力,吸引了来自祖国四面八方的学子。

有人说,综合性大学激情、活力、浪漫、哲理,当然还有些不太安分……谁说不是呢!二十世纪八十年代的安徽大学,思潮拍岸,观念撞击,才思飞溢,文采张扬。他们少了今天的浮躁和诱惑,他们在燃起的思想解放、民族复兴的火炬照耀下前行,一代青年才俊就从这里脱颖走向了科学家、教育家、企业家、文艺家、法学家,高端管理……

当然,绝不能忘记的更有这一时期安徽大学着力推进改革的艰难探索,努力寻求突破性的发展之路。

以主动适应地方经济发展为目标的院系专业调整;以提升教学质量创造品牌效应为目标的主干课程建设;以激活教育管理机制为目标的学位制初建和学分制试点、教改实验;以增强办学实力扩大社会影响为目标的学校董事会创立……

这一切,所有这一切,都是安徽大学后来腾飞跨越的奠基和铺垫,都是被历史所记录的动人篇章。

无怪乎当时就有位经济学院学生即将离校时对安徽大学说:

> 我将这校园的一片片
> 成熟的落叶轻轻收藏,带走,

310

不是为挽住这金色晚秋的最后时光，

也不是因对那逝去岁月的感伤惆怅……

纪念，从这里出发。这一次的"出发"，穿梭在两个世纪的时空交汇之中，穿梭在两次跨越的时空连线之中。

人们看见了，听见了，这 10 年，安徽大学是在高举"211 工程"建设的旗帜，跑着，笑着，迎风飘扬着向前追赶，向前迈进。

那激扬的表情，勃发的英姿；

那拼搏的精神，恢宏的气势；

一场紧接着一场地向着目标冲刺，一次紧接着一次地把历史改写。

一路艰苦奋战，一路气象万千。

任你从 1928 年起逐年逐月地搜索罢，校史上何曾有过这样如椽大笔的抒写？

机遇、挑战，一步跨越数十年；"211 工程"建设连战告捷，使安徽大学的软实力、硬实力全面提升，安徽大学进入了史无前例的高品质、高速度发展时期！

近几年，很多的老朋友、老校友，来安徽大学转一转，看一看，骤然间感觉不一样了，大不一样了！

他们从老龙河校区到新磬苑校区，眼前忽然闪亮，焕然一新，一路指点，一路惊叹：

每一处的规划布局，都透出传统文脉的延续；

每一处的细节凸显，都蕴藏校园生命的绚烂。

在这样一个诗画才情的空间，一个富含文化的空间，一个气宇轩昂的空间，一张如磬的"名片"高高地筑起，"名片"上是三个势抱云天的大字：

里——程——碑。

磐苑,我愿做你的歌者/ 歌唱你新鲜的生命/如花朵般娇艳茁壮/磐苑,我愿做你的鼓手/为你敲击出时代的强音

——欧阳倩

发现磐苑,同时也是品读磐苑、收藏磐苑的过程。发现,是因为热爱;品读,是因为懂得;而收藏,则是对我们在磐苑一段青春年华的真挚纪念。

——范继辉

这应当是最美丽的纪念。任水流花谢,冬去春来,这里都是多少心藏"安徽大学"毕业证书的人青春成长的摇篮。年年月月,这里总是缕缕晨曦中荡漾着朗朗之声:

"文化丕成,民族是昌。莘莘多士,跻兹上庠。"

这应当是最深刻的纪念。任百代过客,逝者如斯,这里都是多少胸佩"安徽大学"校徽的人放飞梦想的醉乡。周而复始,这里总是煌煌乐章中交响着炽烈之音:

"高文显学,宋清孔彰。莘莘多士,跻兹上庠。"

那么,就让这样的纪念化为心中的纪念吧!

那么,就让这样的纪念化为薪继火传吧!

追怀,永不融化的历史;

追赶,更加壮丽的未来。

纪行,永不消逝的脚印;

纪念,再从这里出发……

2009 年 9 月撰稿
2009 年 9 月摄制

城市·家园·炫彩音画

——合肥城建跨越式发展细节簇锦

[音画1]

在越来越鲜明,越来越强烈的现代节奏中,快切合肥老城区、新城区——

合肥政务新区,天鹅湖、国际会展中心,高新开发区、经济开发区,包河、环城翡翠项链、明珠广场、胜利广场、徽园、大学城、徽州大道、高架桥

——处处热火朝天的工地

[解说1]

今天的合肥,每一块土地都燃烧着如火如荼的热情,每一个时刻都响彻着阔步前进的铿锵之声。

[音画2]

画面上,极富冲击力地强推:"跨越 发展"字幕

节奏对比

霓虹灯

合肥城建(特写)

字幕:合肥城建发展股份有限公司

音效衬托字幕:国家一级资质房地产开发企业

安徽省唯一获国家房地产开发综合效益百强称号企业

国家建设最高奖:鲁班奖、广厦奖获得者

[解说2]

合肥宽敞了,高大了,亮丽了,俊美了,当人们走马观花抑或驻足寻觅,目睹一个有着特殊贡献的身影——合肥城建发展股份有限公司时,你或许

会浮现他们辉煌的过去;或许会更关注他们的现在与未来。

[音画3]

多视窗画面:城隍庙、七桂塘商品市场

琥珀山庄

安居苑

世纪阳光花园

公司主要负责人出镜

字幕效果(资质证件)

[解说3]

历史是这样刻录在集体记忆之中的:25 年前,他们从旧城改造起步,从计划经济体制中冲线,在市场经济大潮中发展。一次跨越就是一次思想解放,一次跨越就是一座建设丰碑。

(片花) 史态的切换 [开创志]

[音画4]

合肥市名人馆:名人蜡像

邓小平视察南方巨像(或录像)伴以音乐

转合肥旧城面貌资料(录像、图片,色处理)

[解说4]

当《春天的故事》的那位伟人在南国画的圈正光芒四射,而我们省城合肥,在城区中心扑面而来的不是伟岸,不是繁华,而是满眼低矮危漏的棚户景象,满眼坑坑注注的狭窄道路。

[音画5]

旧城改造时的工作镜头(资料)

[解说5]

旧城改造,历史地落在了合肥城建人的肩上。

[音画 6]

　　拆迁、改造的工地景象(资料)

　　长江路改造后、改造前[对比]

　　金寨路改造后、改造前[对比]

　　城隍庙、七桂塘改造后、改造前[对比]

　　金融大厦、天都大厦、黄山大厦等(多角度多景别)

[解说 6]

　　波涛涌起,激浪冲天。

　　长江路、金寨路改造拉开旧城改造的序幕;

　　投石问路,且战且胜。城隍庙、七桂塘两大商品市场显露峥嵘;

　　第一栋高楼,第二栋高楼矗立蓝天,庄严宣告合肥高层建筑的时代从此开始。

[音画 7]

　　斗转星移,四时更替,大浪淘沙

　　中央、省领导视察参观、座谈

　　省内外络绎不绝的参观考察者

　　《中华人民共和国城市规划法》(特写)

　　推字幕:统一规划

　　　　　　合理布局

　　　　　　综合开发

　　　　　　配套建设

[解说 7]

　　时光每天都在冲洗着一切,却又把精粹的沉淀结晶成史诗。

　　合肥旧城改造——

　　参与建设了 6 条主要市政道路,19 个居住组团,10 幢商务综合大楼和两个大型综合市场。公司首创的"统一规划,合理布局,综合开发,配套建设"16 字经验,载入了《中华人民共和国城市规划法》。

　　一次创新领航,首开先河的探索;

一次独领风骚,为省内外创造了榜样的跨越。

[音画8]

开发合肥图示

琥珀山庄、琥珀潭、黑池坝全景摇移;

世纪阳光花园全景摇移

[解说8]

合肥城建的开拓者们,在尚处封闭保守的围城中闯出一条新路,标示了省城地产的半壁江山。这时候,一次又一次更重要的跨越摇旗呐喊,行兵布阵了——

开发建设琥珀山庄!

开发建设安居苑!

开发建设世纪阳光花园!

他们要在开拓创新中打造形象品牌,开辟崭新的天地。

(片花)现态的摇移[品牌志]

[音画9]

抒情的旋律中展示琥珀山庄布局精彩细节。

琥珀潭景点——黑壁石山

叠落悬亭

水榭歌台

灯饰喷泉

环坡绿带

黑池坝景点——文化广场

绿化休闲广场

水广场

琥珀山庄不同角度视点的镜头,尽情展示有特色的局部与细节

市民、游客络绎不绝

琥珀山庄的施工音像资料,琥珀山庄的工作图片资料

[解说9]

这批建设者,师从自然又点化自然,他们依山取势,得景随形,剪山岚作秀色,化腐朽为神奇。高品位的规划设计,艺术化的浓墨重彩,把琥珀山庄和琥珀潭、黑池坝那么和谐地组合镶嵌在翡翠项链之上,用最具大自然语言风格的民族语汇,运用在环境生态学意义上的"田园城市"意蕴之中!

被城市设计师们认为是空间体系主要节点的城市广场,是最为重要的城市意象之一,难怪有西方客人路过这里惊讶地说,没想到在合肥能看到创意、布局如此美丽的下沉式广场!

然而又有多少人能够想象,当年他们面对的是近八百亩高低起伏的荒芜之地,三万多平方米情况复杂的拆迁棚户!

[音画10]

琥珀山庄

(画面回放,叠字幕)

国家建设部城市住宅小区建设试点评比荣获综合金牌奖

囊括综合金牌奖以及规划、设计、施工质量、科技进步、优秀领导、优秀管理等全部最高奖项

荣获全国建筑工程质量最高奖——鲁班奖

安徽省人民政府通令嘉奖

《人民日报》报道

《经济日报》报道

《光明日报》报道

中央电视台报道

中央人民广播电台报道

[解说10]

琥珀山庄,把一颗企业明星高高托起,闪闪放射着耀眼的光芒。

那一年,合肥因它而骄傲。

［音画11］

安居苑"安徽省十佳住宅小区"

由"世纪阳光花园"设计图、模拟楼盘迭现实景全貌。

[解说11]

就在安居苑合着新世纪的节拍普惠中低收入者的时刻,合肥城建又在为下一个更为壮美的跨越注入活力。

［音画12］

世纪阳光花园

迭现摇移:阳光　绿色　生命

感受灿烂阳光　　品味现代园林

拥抱绿色　让每一个景观都成为生活的亮点

体育竞技跨越的剪影

世纪阳光花园高层建筑雄姿

赤橙黄绿青蓝紫各色宅苑、各个景点不同角度不同视点的画面

[解说12]

这将是公司一次腾飞式跨越;

这将是公司新世纪矗立的第一个里程碑。

这座被中国房地产协会评为"精品小区"、安徽省唯一获得国家住宅类最高奖"广厦奖"的世纪阳光花园,是又一次大手笔的鸿篇巨制,或写意泼墨于大布局,或工笔细描于小空间,志在必夺一场新的胜利,跨越一个住宅建设的新高。

［音画13］

演示并字幕:

"世纪阳光花园"的可视对讲系统

闭路监控系统

电子巡更系统

住户经济求助报警系统

多功能网络服务系统

[解说 13]

握住你和我,握住春和秋。世纪阳光花园,以迥异于琥珀山庄和安居苑的时代风貌崭新亮相。它全力构建信息网络家园,倾情树立智能居家典范。

[音画 14]

各种荣誉证件、奖杯、锦旗等特写画面回放。

琥珀山庄、安居苑等生活场景集锦。

[解说 14]

市场证言:

这些荣誉,他们当之无愧。

历史证言:

这些荣誉,他们当之无愧。

他们把一片片荒野创造成一处处庐州胜景。

他们的经验被写进法律,成了一款法规性条文。

他们用 25 年的实力信誉,在 300 万平方米的开发面积上打造了一个矗立建筑业之林的卓越品牌。

然而,合肥城建人说,那都是曾经的辉煌,我们更要做安徽新版图上最强劲的建设者,我们要走出安徽,迈向更广阔的天地。

(片花)趋态的推拉[腾飞志]

[音画 15]

琥珀山庄,世纪阳光花园,渐拉渐远,把合肥城建·琥珀名城规划效果图由全景推向特写。

字幕:合肥城建·琥珀名城——"国家康居示范工程"

(2007 年 5 月 11 日国家建设部住宅产业化促进中心专家组评审通过)

[解说 15]

　　琥珀名城,是合肥城建发展股份有限公司投向合肥新的城市组团浓墨重彩的第一笔。采用国家建设部推广的近 50 项新技术,总规划面积 65 万平方米的宏伟画卷,将气势磅礴地向世人展示"国家康居示范工程"的新理念、新形态、新模式;它将积极促进落户合肥的全国首个政府引导的住宅产业发展国家基地的建设和发展。

　　毫无疑义,琥珀名城不是当年琥珀山庄的简单复制,这是一次质的飞跃,一次住宅建设新高度的腾飞!

[音画 16]

　　在跳跃、欢乐的都市节拍中推——

　　合肥"141"发展构架战略图

　　1 个主城区 +4 个组团 +1 个滨湖新区

　　热火朝天的大拆违、大建设工地场景画面迭现

[解说 16]

　　当合肥正以巨大的张力构建新的战略格局,如狂飙席卷,翻天覆地,合肥城建也是万里鹏翼,影从云集,要为呼之欲出的"大合肥"腾飞新的谋略,谱写新的旋律——

　　为正在崛起的中部安徽有更浓诗意的省会;为省城合肥的市民有更美诗意的安居。

[音画 17]

　　合肥环城公园绿化地带

　　充满现代气息的鲜亮滨湖新区效果(动效演示)

　　主城区辐射(动效演示)

　　包河版图、景点

　　瑶海版图、景点

　　蜀山版图、景点

　　庐阳版图、景点

[解说17]

当合肥正在由园林环城时代向蕴意深远的滨湖时代转变;正在由单中心空间布局向多中心组合空间体系转变;正在由中等城市向现代化大都市转变时,

这一切对于合肥城建,都是意味着使命! 责任! 机遇! 挑战!

[音画18]

"大合肥"辐射——合马芜铜经济圈,长三角经济圈

[解说18]

引领江淮,辐射全省,联动中部,并轨长三角,荦荦大者,何其波澜壮阔! 何等动人心魄!

[音画19]

琥珀名城沁园

欧洲城镇风情建筑效果展示

[解说19]

今天,合肥城建高高扬起住宅产业化旗帜,明天,他们必将放飞更加远大的理想——

[音画20]

星罗棋布的合肥房地

后浪推前浪的长江气势

[图示]区域性品牌→全国性品牌

以合肥为核心→二、三线城市→全国

[解说20]

运筹帷幄,决胜千里! 以品牌推广和独特盈利模式复制为战略;以省会合肥为核心,以二、三线城市为项目开发区域拓展为主要定位,进而冲出安徽走向全国——这就是合肥城建的发展战略规划。

[音画21]

发展战略规划效果图示

[解说 21]

现在,进军二、三线城市的第一战役已经拉开序幕,巢湖、蚌埠投资项目陆续开工建设。令人鼓舞的预期效益,将是合肥城建由区域性品牌冲向全国性品牌富有象征意义的有力前奏。

[音画 22]

巢湖鸟瞰细节

项目效果图演示

[解说 22]

环抱烟波浩渺、淡水明珠的巢湖,乃安徽"金三角"的腹地。位于巢湖市总体规划重要组成部分和景观节点的"放王岗区块"核心位置,合肥城建将开发建设一个精品住宅小区项目。

[音画 23]

蚌埠鸟瞰细节

项目效果图演示

[解说 23]

位于淮河之滨的蚌埠,既是我省重要的工业城市,又是我国重要的交通枢纽之一。在蚌埠市新城综合开发区的中心商务区,合肥城建开发的"琥珀花园"住宅小区项目将引领蚌埠居住理念的提升。

[音画 24]

相关画面运用多视窗、伸缩视窗、动态屏显等多形式

组合回放,企业发展示意动效图

公司企业歌,激昂奋进,画面翻飞

[解说 24]

从琥珀山庄到琥珀名城、琥珀花园,琥珀系列璀璨夺目,25 年硕果累累。

从旧城改造到房地置业,建树品牌,垒造实力,25 年一路征战。

合肥城建,就是这样在发展中不断壮大,在壮大中不断发展。

她的如歌岁月,主旋律永远是前进,向前进!

[音画 25]

公司工作情景迭现

[解说 25]

扩大视野,拉长战线,开拓新的市场,合肥城建与时俱进,凭借品牌、管理、专业、资金的优势组合,积淀成"合肥城建"特有的企业文化品质,向着房地产业的广阔天地稳步前进。

[音画 26]

公司股本结构图示

《公司法》展示

《公司章程》展示

《员工管理工作手册》展示

[解说 26]

才上层楼,又上层楼。这是一个健康良性发展的品牌企业的水到渠成。

今天,经过几年的艰辛磨合和成功改制,公司建立并完善了一套新的经营机制,从制度上为公司的长远发展奠定了坚实基础。

[音画 27]

公司高管学习、工作情景展示

员工学习、工作情景展示

公司文化活动展示

[解说 27]

群贤毕至,抱团攻坚。25 年发展历程,通过培养引进,公司聚集了一支有专业经营水准、有应对市场风险能力、有战略发展眼光的高管团队,打造了一支独具优势,保证公司持续发展的高素质人才队伍,并且制定了一套适应形势发展和市场竞争的用人机制。

[音画 28]

相关资料迭现

公司工作场景迭现

穿越蓝天的飞机　风驰电掣的列车

合肥　深圳

深圳证券交易所

[解说28]

经济实力是企业发展的基础。合肥城建立足于当下,着眼于未来,必须以超越常规的气魄和胆识,充实自己,壮大自己。为此,合肥城建将通过公开发行企业债券,利用上市募集资金等多种渠道进行资本运作,融入并依托资本市场,培育高回报利润增长点。

[音画29]

时钟与电脑的声音交织

字幕:

2008 年 1 月 28 日 9:25

深圳证券交易所

人头攒动　喧嚣

屏幕显示牌频繁闪动 002208　合肥城建

[推特写] 002208 合肥城建

公司员工一片欢呼

合肥市委、市政府贺电

媒体纷纷报道

[解说29]

这是 2008 年中国地产第一股,这是安徽地产第一股。合肥城建的成功上市,为合肥现代化大建设拓宽融资渠道创造了经验,为安徽房地产在国内打造品牌地产打下了基础。

[音画30]

画面、字幕双视窗:

未来项目规划

[关键数字]

技术开发和创新发展规划

[关键词]瞄准前沿

　　　　　不断提升

　　　　　重点提高

　　　　　积极推进

[解说30]

　　当这面旗帜高高地升起,飘扬在江淮上空的时候,合肥城建,尽管有着独特的竞争力和成熟的市场经验,但仍然丝毫不敢懈怠,他们在精心瞄准市场开发深度拓展的同时,更在精心瞄准房地产业前沿高地的技术开发和科技创新。

　　他们要走 1 + 1 ≥ 2 的合作开发之路,走科学发展之路。

　　这是企业发展的必然要求;这也是时代发展的必然要求。

[音画31]

　　企业一级资质证书

　　鲁班奖

　　广厦奖

　　首届中国房地产业领先企业

　　质量安全管理先进单位

　　守信与稳健企业

　　中国房地产开发著名品牌示范企业

　　中国房地产诚信企业

　　房地产风云人物

　　第 2 届安徽省十大经济人物

　　中国房地产卓越贡献 100 人

　　宽阔大道向前延伸。

[解说32]

　　20 多年艰苦奋斗积淀的文化精神和专业实力;

　　20 多年开发经验铸就的科学管理体系和规范制度;

　　20 多年战略发展培育的高管团队和人才梯队。

辉煌——品牌

跨越——腾飞

区域——全国

让历史留住经典！让经典告诉未来！

[音画33]

人头攒动的街市

游人如织的广场

热火朝天的工地

生机勃勃的房产

合肥老城区、新城区、滨湖新区精彩回放。

[解说33]

回望,追溯,似乎可以从一路脚印读出一个亘古不变的主题词——生命力!

一个国家如此。

一个民族如此。

一个企业如此。

[音画34]

霓虹闪烁:"合肥城建"

抠像琥珀山庄的山石"琥珀"二字

在舒缓悠扬的小提琴旋律中,在合肥新的战略规划效果图上迭现——

旧城改造

琥珀山庄

安居苑

世纪阳光花园

城建·琥珀名城

公司企业的标志

洪钟嘹亮响起

朝阳灿烂如火

叠:公司员工追着红日阔步向前

[**解说** 34]

　　就像那只神奇而精美的琥珀

　　就像那个神奇而生灵的故事——

　　琥珀里有一盏灯

　　火光一直在里面亮着

　　也不知发生了多少

　　惊心动魄

　　火光的深处很静

　　但飘出去

　　也会系住七色的阳光

　　而阳光

　　每天都是那么新艳

　　那么美丽

　　那么灿烂……

2008 年 8 月

■ 国医沃土

——献给安徽中医学院建院 50 周年

校歌悠扬。富有冲击力的音乐。

敲击字幕:1959.10.19—2009.10.19,安徽中医学院成立五十周年。

一组时空交错的画面。

在新安医学资料与安徽中医学院大背景的快切中,古典风格民乐伴随一汪溪流潺潺而下,粉墙黛瓦栉比,茂林修竹掩映。

新安医家影像和安徽中医学院校名交替叠出,画外齐诵:

中华医药　上溯岐黄

锲而不舍　入室登堂

博大精深　源远流长

济世活人　百代流芳

……

声画中推字幕:

先祖

种子

沃土

国医

字幕组合片名,推——

328

国医沃土——献给安徽中医学院建院 50 周年

院庆标识

山河

日月

五彩缤纷,热烈欢快。

强烈烘托喜庆中的"安徽中医学院"

[解说词]

云山苍苍,

江水泱泱,

安徽中医学院一路风尘,50 周年了!

(图片、影像资料与字幕双视窗)

位于永红路的原安徽中医学院旧址

位于六安路的原安徽中医学院旧址

位于三里庵的原安徽中医学院旧址

郭沫若亲题校名手迹。

照片:

杨尚宇党委书记(1960—1968)

陈粹吾院长(1959—1968)

李锐党委书记兼院长(1977—1979)

照片:

知名专家查少农、陈可望、孟昭威、王乐匋、王世杰、傅聿明

[解说词]

半个世纪的情与爱,半个世纪的史与诗,稠密密的,沉甸甸的,一路走来的人,虽然岁月已随风飘去,心里却深刻地藏着抹不去的记忆……

安徽中医学院的前身,是 1952 年创建于芜湖的安徽省中医进修班,

1953年扩建成安徽中医进修学校,1956年迁至合肥。

1958年,中共安徽省委决定建立安徽中医学院,1959年正式挂牌,由时任中国科学院院长郭沫若亲题校名,并招收第一届本科生。然而不久就遭受了十年"文化大革命"的灾难性破坏,学院被撤并,直到1975年在周总理的亲自关怀下才获得恢复。1976年12月,重获新生的安徽中医学院终于在梅山路新址挥锹奠基。

梅山路学院重建工地图片,画外机声隆隆。

专家们坐在砖垒的课桌前工作图片。

画外讲课声。

元老级学院领导、专家教授 座谈回忆(同期声)。

1978年学院领导与第一批高中级职称人员合影图片。

座谈回忆(同期声)。

1978年至1979年间学院教学科研活动图片剪影与梅山路新校园建设音画交织。

[解说词]

安徽乃"中医之乡",世代相衍,声名远播,传统中医药文化在这里积淀了千百年,绵延了千百年。国医瑰宝,济济多士,郁郁乎茂哉,春风吹又来,开始了勃勃生机。

(片花)国医沃土
——献给安徽中医学院建院50周年

(霓虹)安徽中医学院

第一附属医院安徽省中医院名医堂

第二附属医院安徽省针灸医院名医堂

三孝口国医堂联:

国医华堂,承新安准绳

杏林名圃,师南阳典则

一笺书法飘逸的名医药方(如王金杰)的影印上叠显

(特写)名医堂　国医堂

安徽中医学院新安医学文化馆多视角全景式镜头。

[解说词]

　　"名医堂""国医堂"是安徽中医学院向社会展示实力的一扇窗口,也是学院师生在街市搭建的一个舞台。

　　其姿其容,略见一斑。今天的人们似乎可以从这扇窗口,这处舞台,穿越时空,看到她和新安医学的血脉相连……

安徽中医学院"新安医学研究中心"

安徽中医学院新安医学教改班

安徽中医学院新安医学研究生

安徽中医学院新安医学学社

安徽中医学院新安医学论坛

新安医学文化馆背景

推字幕:名医名著安徽中医学院已故专家王乐匋《新安医籍考》

推字幕: 名案名方

新安医学研究中心学术活动

卷轴式字幕:

新安医学家画像

新安医学典籍:

(宋)张杲《医说》　　(明)吴崐《医方考》

(明)江瓘《名医类案》　　(明)汪机《石山医案》

(明)方有执《伤寒论条辨》　　(明)徐春圃《古今医统大全》

(清)吴谦《医宗金鉴》　　(清)程杏轩《医述》

华佗像,亳州中药材市场

[解说词]

　　这是安徽中医学院的教授们对新安医学研究中的一组权威统计数据勾勒的轨迹:

　　从宋代至清代,古徽州产生医学史上有影响的医学家近千人,仅徽州祁门一县就出了19名御医。中医著述近千部,广及医经、伤寒、诊法、草本、针灸、内科、外科、妇科、儿科、医案、养生……其中最早的医学史专著《医说》、第一部医方专著《医方考》,第一部医案专著《名医类案》,首开伤寒流派先河的专著《伤寒论条辨》,无一不出自新安医家之手。备受推崇的《全国十大医学全书》,仅徽州一地就占了三大家,有新安医家徐春圃二百卷《古今医统大全》,吴谦九十卷《医宗金鉴》,以及程杏轩之《医述》,这是何等荣耀的医学财富和科研成果! 而在安徽之北,那位家喻户晓的大医家华佗,早以他的杰出医学成就名垂千古,影响至今。

　　海内外专家学者参观新安医学文化馆签名、留言、图片、影像等

　　新安医学学术研究、论坛、网站等

　　新安医学图雕塑墙

　　雕塑墙化为背景

　　医家画像、照片等

　　古树　老屋

　　静窗　风韵

　　医学古籍叠化现代医学教材

　　课堂教学

　　临床教学

　　晨曦中的丛林

　　参天大树

[解说词]

　　医家之夥,且卓然不群;医著之多,且博大精深。北华佗,南新安,双峰

332

矗立,百代医宗。他们用时空的经纬建构了一个中医药学的人才"硅谷"和理论宝库,无论是曾经显荣于皇室恩宠的御医,还是曾经川流不息于民间烟火的郎中,他们都为后世后学的传承发展插上了一行行典范标杆。

名医,名著,名案,名方,化为了今天培育国医的沃土。生于斯,长于斯,安徽中医学院得天独厚,叶茂根深。

盘根相连。虬枝相连。

在改革开放代表性背景音乐中横移,1979 年至 2008 年三十年学院决策谋划发展图片,影像资料。中央和省领导视察学院图片,影像资料。四十周年、五十周年校庆中央及省领导题词集萃。

高速公路、铁路上飞驰景象

[解说词]

祖述宗师,百年接力。弘扬民族医学,培养中医药人才,安徽中医学院土生土长,责重山岳。

今天,当几代安徽中医学院的师生员工集体回顾这五十年走过的岁月,无不感慨每一个艰难前行的脚印所烙下的心路历程。一任接一任,一代接一代,如雄风呼啸中的火炬传递。尤其是新时期三十年,安徽中医学院在改革开放的春风沐浴中殚精竭虑于学院的发展和壮大,全院上下齐心协力,为拓展规模和丰富内涵而奋斗,为中医药学的传承和创新而奋斗。这三十年,安徽中医学院真正紧跟了新时代的步伐,进入了历史上最快最好的发展时期。

院庆标识

翻页特技

电脑击键混声

[解说词]

请你轻轻点击安徽中医学院,屏幕上立即就会有一组组令人惊喜的数字,如千军万马奔腾而来。

电脑绘图

师资队伍建设——

教授、研究员、主任医师

副教授、副研究员、副主任医师

具有博士学位

具有硕士学位

其中博导、硕导

国家级模范教师

省级模范教师

[解说词]

最为显著的体现办学实力不断增强的,首先是师资队伍建设大步跟进,无论是年龄结构、专业结构,还是学历结构、职称结构,都正在继续朝着适应学院发展提升和教学科研的需要,朝着社会医疗事业发展提高的需要而改革前行。几十年来,先后产生了一批省级和国家级的先进模范教师。学院正是有了这样一支队伍,把弘扬新安医学的旗帜高高地举起;也正是他们的苦战攻坚,把学院的教学、科研和学科建设推到一个新的高地。

电脑绘图字幕、音乐烘托

本科、研究生教学、医疗等活动画面多视窗

本科专业(方向)

硕士点　博士生联合培养基地

画面、字幕:

教育规模扩大　招生培养模式完善

培养层次提高　培养能力增强

已成为安徽省立项建设的国家级新增博士学位建设单位

以优良成绩通过国家教育部本科教学水平评估

[解说词]

无论是本科教育还是研究生教育,规模和内涵的发展,都呈现出令人刮目的跨越式趋态。昔日庭院深深小家碧玉式,如今已发展为具有本科、硕士、博士的立体梯层格局,教育规模、教育质量、培养模式和培养层次都发生了历史性的巨变。

安徽中医学院成立50年来,为社会培养输送了近三万名中医药高级人才,不但在祖国的大江南北、城市乡村有他们的足迹,而且在世界舞台上也有他们的身影。桃李天下,名门芳菲,安徽中医学院是我们值得自豪的!

电脑绘图,字幕音乐烘托

专业、学科建设与相关画面或图片多视窗。

学科与专业建设

在建国家级特色专业

省级重点建设学科

国家中医临床研究基地建设单位

正在形成并走向成熟的优势学科群体

第一附院

第二附院

国家级"十一五"重点建设专科

世界针灸学会联合会授予第二附院全球首家临床基地

国家中医药管理局授予第二附院国家中医药国际合作基地

[解说词]

有特色就有生命力。几十年的传承,探索,创新,安徽中医学院精心营造的学术氛围,精心打造的重点学科,精心整合的优势学科群体,无不体现出安徽特有的"北华佗、南新安"与现代医学互为渗透的鲜明特色。正是有了这些鲜明特色,才使得学院的学科建设越来越显示出厚重而旺盛的生命质感。

以中医学、中药学、针灸推拿学为代表的一批重点建设学科和特色专业已经建成或正在建设,并取得了阶段性的可喜成果;获国家发改委和国家中医药管理局批准成为国家中医临床研究基地建设单位的科研项目,堪称宏伟壮观的大手笔;由一批重点学科、重点实验室、重点课程、精品课程合成的优势学科群体,正在形成并走向成熟;第一、第二附院除了日常繁重的门诊、病房任务,科研的亮点也在闪烁着光芒。

线装书式系列成果展示,与实拍画面、图片、字幕及音乐烘托组合

[解说词]

产学研,把科研成果转化为社会效益和经济效益,以服务于社会和人民,是安徽中医学院多年以来的努力坚持。这些老教授、老专家,带着他们的一届届中医学子,把研究的重点聚焦在疑难杂症的攻克,把研究的视野扩展到围墙外的普天大众。中医中药的影响力是怎样凝成的? 中医学院的影响力是怎样凝成的? 他们可以回答你,成果可以回答你。

《安徽中医学院学报》

翻页特技,字幕:

中国科技核心期刊

中国科技论文大型数据统计源期刊

论文集

正在建设中的实验室

国家中医药管理局内科气虚病证重点研究室(1)

国家中医药管理局科研三级实验室(5)

安徽省中药临床实验研发服务能力建设科技公共服务平台

安徽省中医内科应用基础与开发研究实验室

国家攀登计划项目

国家重大基础研究项目

国家973 计划项目

国家863 计划项目

国家自然科学基金项目

教育部、卫生部、国家中医药管理局、国家体育总局、国家环保总局

项目

安徽省项目

共同形成的三个省级科研创新团队

现代中药研发创新团队（省首批"115"产业创新团队）

新安医学科技创新团队

内科气虚病证中医药调控基础应用研究创新团队

[解说词]

从无到有,从小到大,从低到高,从弱到强,从单枪匹马到创新团队,几十年来,安徽中医学院代代相传,把教学、科研、基本建设一个梯度一个梯度地推向精彩,推向新高,人才培养能力增强了,科研生产能力增强了,为社会医疗卫生事业服务能力增强了,社会影响力也增强了,特别是在近年的公共卫生突发危机事件中,安徽中医学院更是当行出色,大显身手。

2003 年抗击"非典",2005 年抗击"禽流感"中,参与治疗情景

2008 年治疗预防手足口病,中医药治疗方案研制情景

2008 年汶川地震医疗队赴灾区情景

2009 年甲型 H1N1 流感病毒学院附属医院严阵以待情景

两附院专家门诊、医护人员工作情景集萃

重要国内国际专业学术活动集萃

为社会服务花絮集萃

"中医中药中国行"活动集萃

参加国际徽商大会系列产学研对接会集萃

组团赴各地开展产学研主题活动集萃

与兄弟院校交流合作集萃

乡镇卫生院中医临床技术培训班集萃

外国友人参观访问集萃

"杏林之路"大学生中医药学术研讨活动剪影

"挑战杯"大学生课外学术科技作品竞赛剪影

"挑战杯"大学生创业计划竞赛剪影

"三下乡"大学生暑期社会实践活动剪影

获奖锦旗、奖杯、证书等

其他校园文化剪影

[解说词]

大学者,非大楼也,乃学之大境界也。学之不至,精魂何依? 深造在安徽中医学院的莘莘学子,笑比陋室子代,说有如此浓厚的学风,又何陋之有? 历数举办了15届的"杏林之路"大学生中医药学术研讨;屡获优胜的全国、全省"挑战杯"大学生课外学术科技作品竞赛和大学生创业计划竞赛;7次获中宣部、团中央和全国学联授予先进单位称号、17次连获省表彰的暑期"三下乡"活动……今天乃至今后,当经历者和后来者蓦然回首向这些荣誉致敬的时候,安徽中医学院能不含笑示意吗?

学院与亳州、黄山、绩溪、宁国建立合作关系资料

学院与美国、加拿大、澳大利亚等国家或地区的30多个医疗教育机构建立合作关系资料(或电脑绘图)

外国留学生、研究生学习、生活资料

[解说词]

国医中药,虽然依祖国之青山,傍祖国之秀水而生长,然而改革开放的大潮把学院的门激荡开了! 朝着社会,朝着世界大开了! 无论是学院的外国留学生教育还是与世界众多国家和地区的合作交流,它都是在以一个事实证明——国医中药,中华民族非物质文化遗产,正在走向世界!

(片花)国医沃土
——献给安徽中医学院建院 50 周年

日月　江河

插影视史料

徽州新安医学文化氛围

亳州华佗、中药材市场

五禽戏　太极拳

簇拥前行的穿白褂中医学生

一棵拔节成长的树（特效）

［解说词］

一百多年来，中医在文化激进与文化守成的斗争中沉沉浮浮，然而从徽州老屋，从华佗故里弥漫开来的杏林春风总是仁心仁术，经久不散。

因为有滋养国医的厚厚的沃土。

安徽中医学院就是沃土上的一棵树，五十年轮，硕果累累。

（三维）

千百棵树

千岩竞秀

天际无尽

［解说词］

可是，登高远望，只见连峰接岫，竞远争高。安徽中医学院一定要使而且一定能使综合办学实力全面提升！

规划效果图

校领导在校党代会上做报告（录像、字幕）

致院庆感言（同期声）

火树银花热烈奔放（三维）

一行行弯弯曲曲的脚印

［解说词］

今天，当举国上下还沉浸在新中国 60 周年大庆的日子里，我们也在以我们的方式隆重纪念安徽中医学院建院 50 周年。当然，真正的纪念是要认真总结过去；真正的纪念是为了创造更美好的未来。

背景资料艺术组合

精彩组合回放

抒情性象征镜头

[解说词]

杏林珍海,国粹中医。就因了它有着精奥的中国哲学背景和丰厚的儒家文化背景,让今天的中医学子把新安医学乃至华夏民族中医学融进血与肉的深处,然后在骨头与骨头的峡谷,长出枝干,长出青绿。

色彩对比,镜头对比

中西结合教学

中西结合治疗

学院宣传栏

毕业典礼,欢呼雀跃

[解说词]

当然,21世纪高科技的今天又毕竟不是恽铁樵时代了,人们希望能看到更多苍髯皓首长幼比肩的情境,人们更期望中西携手,传承创新,科学发展,从中医学院源源不断地走出出类拔萃的人才。

在校歌《青春在飞扬》中现:

黄山光明顶　　喷薄日出

虬枝磅礴　　　气势夺人

校歌旋律强烈烘托,"鲲鹏志"雕像

特技:安徽中医学院50周年(定格)

男女声齐诵:

千载文明　　大道泱泱

百年树人　　家国殷望

莘莘学子　奋发图强

敬持仁术　福泽四方

效法前贤　敬重师长

兼容并蓄　克绍弘扬

融会贯通　不绝乃昌

推校训特写

诵声中回闪华佗像、新安医家像、学院知名专家像、杰出学子代表像——

嘹亮的安徽中医学院歌中,显历届毕业照、录像、未来规划蓝图……

[解说词]

50 年挥手从兹去矣,心碑上已然刻下了曾经的辉煌。

10 年后再来聚首纪念吧!

20 年后再来聚首纪念吧!

未来的安徽中医学院,必将站在新的高地,高瞻远瞩新的前程!

背景图,电脑击字幕声(或再配以醇厚的低音朗诵):

三国时有位名叫董奉的中医,志行高洁,医术超群,遍游山川,后来他在安徽凤阳县一座山上自建茅屋住下,给附近的百姓看疑难杂症,从不收钱,只要求病人愈后在他住的山上种几棵杏树,这座山就被后世叫作杏山。杏林里的果子熟了,董奉也不卖,而是换成粮食救助那些缺吃少穿的穷人。从此人们就用发生在安徽的"杏林春暖"典故称颂医生,代代相传……

2009 年 10 月撰稿

2009 年 10 月摄制

【注1】片名《国医沃土》为本片导演、安徽电视台资深编剧、制片人许公炳先生所献。

【注2】片中四言朗诵句系摘引安徽中医学院"国医堂"大厅巨幅、南京中医药大学吉文辉教授所撰《杏林学子修身铭》。

在此一并致谢。